SARA WOLF

JE NE TE HAIS... PLUS DU TOUT

Traduit de l'anglais (États-Unis)
par Alexandra Maillard

POCKET JEUNESSE
PKJ·

Titre original :
Lovely Vicious – Remember me forever by Entangled Publishing

Collection « Territoires » dirigée
par Pauline Mardoc

Loi n° 49 956 du 16 juillet 1949 sur les publications
destinées à la jeunesse : mars 2018

ISBN : 978-2-266-27034-2
Dépôt légal : mars 2018

Chapitre 1

Trois ans, quarante-trois semaines, deux jours

J'ai l'impression que les personnes âgées *adorent* conseiller de profiter de la vie tant qu'on est jeune. Lesdits vieux ont généralement quatre mille neuf cents ans et une Volvo. Avoir trop d'expérience rend aussi chiant et insipide qu'un soda éventé.

Pièce à conviction A : Jack Adam Hunter.

Pièce à conviction B : Les vampires multicentenaires, sans doute.

Pièce à conviction C : Les grands-parents.

Ma grand-mère est la seule et unique exception à cette règle. Mamie est absolument phénoménale. Quand j'avais deux mois, elle m'a emmenée faire un tour dans un panier attaché sur sa Harley-Davidson. Je suis convaincue que cette expérience a fait de moi l'héroïne fringante que je suis aujourd'hui. Maman et papa l'ont envoyée en maison de retraite après ça.

Ils ont dû se dire qu'emmener sa petite-fille faire un tour avec son gang de motards était le signe d'un début de démence ou quelque chose dans le genre. Mais maintenant que je suis en Géorgie, nous sommes enfin réunies. Il y a eu des larmes. Et des mouchoirs pleins de morve. Pendant environ cinq minutes. Maintenant, on en est aux insanités.

— Loin de moi l'idée de remettre en cause ce moment, dis-je en tendant d'autres feux d'artifice à ma grand-mère, mais si j'étais, tu sais, quelqu'un de vraiment chiant, de nul, bref, tout sauf moi, une question me viendrait : qu'est-ce qu'on fait sur ce toit à 4 heures du matin, point d'interrogation ? Voire quatre points d'interrogation ? Le tout accompagné d'un emoji super inquiet.

Mamie laisse échapper un petit *tss-tss* désapprobateur avant de fourrer le reste des fusées dans le conduit de la cheminée. Elle s'assoit sur ses talons, écarte des mèches de cheveux vertes de ses yeux et m'adresse un sourire espiègle.

— En tant que présidente du comité de bienvenue et de départ de la maison pour vieux de Silverlake, il est de mon devoir d'organiser des adieux dignes de ce nom. Rien à voir avec cette procession funéraire et ce charabia affligeant du prêtre. Viola était une femme bien qui aimait beaucoup la vie. Elle n'aurait jamais voulu une sortie aussi insipide, mais ses enfants ont insisté. Alors qu'elle était déjà morte !

— L'horreur ! je m'exclame.

— Exactement ! fait mamie en me pointant du doigt.

Ses yeux sont les mêmes que les miens : bruns avec des nuances ambrées. Comme ceux de papa.

l'être. Parce qu'il n'y a que toi qui puisses t'apporter le bonheur dans la vie.

J'ouvre la bouche pour argumenter, mais elle me fait signe de me taire.

— Je sais. Je sais que d'autres choses et d'autres personnes te donneront *la sensation* d'être heureuse. Mais elles ne feront pas ton bonheur. Ton bonheur ne peut venir que de toi. De ton cœur, de ta capacité à le laisser grandir en toi. Certaines personnes ne le comprennent jamais ou quand elles le font, il est trop tard. Ces personnes ne le laissent jamais entrer parce qu'elles ont peur. Mais c'est se punir. Beaucoup de gens n'ont même pas conscience qu'ils s'infligent ça. Je veux que tu en aies conscience. Je veux que tu essaies d'être heureuse, pour toi.

Je sens les larmes me monter aux yeux. Si je pleure maintenant, il y a des chances que je ne m'arrête jamais.

— Il y avait cette fille, dis-je. Une… une amie. Enfin, en quelque sorte. Elle ne l'a… elle ne l'a jamais laissé entrer. Elle était malade. Très malade.

— Et où est-ce qu'elle est, aujourd'hui ? demande mamie avec prudence.

— Elle… (Je serre sa main un peu plus fort.) Elle s'est suicidée. J'ai été la dernière… la dernière à lui parler, mamie, et je…

Les bras fins et forts de ma grand-mère m'enveloppent. Une odeur de lilas et de naphtaline m'effleure les narines.

— J'aurais pu… J'aurais dû le voir, j'aurais dû…

— Tu n'aurais rien pu faire.

Le ton de grand-mère est implacable.

— Mais… j'étais avec elle, et je savais qu'elle était triste…

— Elle devait être très malheureuse.

— On le savait tous ! Sauf qu'on pensait que…

— Et aujourd'hui ? Tu penses qu'elle est toujours malheureuse ?

— Mais… elle est morte.

— Où qu'elle soit, elle est plus heureuse qu'ici.

Je m'écarte.

— Non ! Elle est juste morte. Elle ne peut plus rien éprouver. Alors que si elle avait vécu, elle aurait encore la possibilité d'être heureuse, ici, auprès de tous ceux qui l'aiment…

Le regard maussade de mamie s'illumine soudain.

— Ça me rappelle vraiment ces gens qui dictent aux autres comment vivre leur vie.

Ma bouche s'ouvre pour répliquer, mais se ferme aussitôt. Grand-mère a raison. Qui suis-je pour dire que Sophia aurait été plus heureuse si elle s'était accrochée à la vie ? C'est déplacé de ma part. Mamie me serre plus fort contre elle et attire ma tête contre sa poitrine. Je me laisse faire. C'est un peu comme rentrer à la maison.

— Pleure, ma chérie. Et ensuite, relève-toi. Trouve ce qui te rend heureuse, murmure-t-elle. La vie est trop longue pour être triste. Je suis sûre que ton amie aurait voulu que tu sois heureuse.

La colère et les insultes de Sophia me reviennent en mémoire.

— Je ne crois pas.

— Mais tu m'as pourtant dit qu'elle était ton amie, non ?…

— Ouais, mais… Je lui ai fait du mal. Je me suis mal comportée avec elle.

— Volontairement ?

Je suffoque une seconde avant de pouvoir dire oui. Je repense à mon baiser avec Jack. À notre guerre. Aux rires, à ma colère et aux moments doux et tendres. Les souvenirs m'aiguillonnent comme du jus de citron sur une coupure.

— Non !... J'essayais de l'aider.

Les fins sourcils de mamie se lèvent. Je secoue la tête.

— C'était le cas, au début. J'essayais d'aider une autre amie. Mais ensuite, j'ai commencé à l'apprécier. Je parle de *lui*. Et ça a fait du mal à Sophia. Plus mon affection pour lui grandissait, plus je lui faisais du mal. Alors, j'ai mis un terme à tout ça. Je n'essayais pas de l'aider, en fait. Je ne pensais qu'à moi.

— Je crois surtout que tu essayais d'être heureuse avec ce garçon.

Un petit rire cynique m'échappe.

— Mais ça faisait du mal à Sophia. Nous lui avons fait beaucoup de mal. Je me suis interposée entre eux. J'ai... Elle a dû penser qu'il ne lui resterait plus rien, si lui avançait dans la vie. Alors, elle... elle...

La robe blanche sur le gazon vert me revient en mémoire. Les yeux bleus de Sophia, vides. Ses cheveux étalés comme un champ de maïs, et la lumière de la lune maculée de sang à l'endroit où sa tête avait heurté le sol. Le petit bracelet aux perles d'argent avec TALLULAH inscrit dessus, brillant tandis que je le regardais...

Elle avait tout perdu, et je lui ai pris la dernière personne qui lui restait. Je l'ai fait sans réfléchir, sans penser aux conséquences. J'ai foncé tête baissée, par égoïsme. Parce que je voulais être heureuse.

Parce que je voulais de l'amour alors que je savais que je n'en méritais pas.

Et maintenant, je n'y aurai plus jamais droit.

Je suis malfaisante.

Je suis le sombre dragon qui dévore la triste princesse.

Mes pensées sont interrompues par les doigts de grand-mère sur mon front.

— J'entends les rouages de ton cerveau. N'emprunte pas cette voie. C'est de l'arrogance. Tu te prends toi et ton influence sur les autres trop au sérieux. Si elle s'est suicidée, c'est parce que sa vie était triste et qu'elle y pensait depuis très longtemps. Pas parce que tu as fait une petite chose de rien du tout.

— J'y ai contribué. J'ai…

Mamie remue sur son lit avant de souffler tandis qu'elle remonte les couvertures sur elle.

— Je ne vais pas me disputer avec toi alors que tu es en pleine crise d'auto-apitoiement, tu m'entends ? Reviens me voir quand tu penseras de façon claire. Je veux parler à ma petite-fille, pas à une martyre qui rejette toute la faute sur elle.

Je me tais. Chose si rare que grand-mère pousse un soupir de soulagement.

— Je suis désolée, ma petite chérie. Je sais que c'est dur. Mais tu rends les choses encore plus difficiles, déclare-t-elle avant de se redresser et de m'embrasser sur la joue. Reviens à 9 heures. L'infirmière allumera le feu à ce moment-là.

Un petit sourire maussade me monte aux lèvres.

Le trajet du retour est un enchaînement de routes sombres sous une lune gibbeuse blanc doré. La même couleur que les cheveux de Sophia. Sa voix résonne soudain dans ma tête.

Tu as essayé de m'aider et je ne te remercierai jamais assez pour ça.

Je retourne à la maison de retraite à 8 heures le lendemain matin. Mamie et moi calons nos miches dans des chaises longues, armées de nos lunettes de soleil et de citronnade.

Lorsque l'heure fatidique arrive et que la cheminée se met à cracher des feux d'artifice, mamie éclate de rire et lève son verre en hommage à son amie. Je l'imite et accompagne mon salut d'un petit signe de la tête.

Chapitre 2

Trois ans, quarante-quatre semaines, deux jours

Quand j'avais neuf ans, papa a fait ses valises et il est parti. C'était une belle journée ensoleillée. L'air embaumait les mûres. Je portais une salopette. Je l'ai regardé monter dans le taxi et s'éloigner. J'ai couru pour le rattraper, mais mes jambes étaient trop petites.

J'ai appris un truc vraiment important, ce jour-là : quand les choses se corsent, les gens partent. Non pas que je les juge. Les coups durs sont parfois difficiles à gérer. Ils sapent votre énergie, votre temps, votre attention. Alors les gens partent parce que c'est plus facile. Du coup, ils peuvent consacrer ce temps et cette énergie à d'autres choses, à des trucs moins difficiles. Papa est parti parce que maman lui cassait les pieds : m'élever la stressait, et ils étaient toujours à court d'argent à cause de ce que je leur coûtais. C'était stressant pour lui comme pour elle. Alors que c'était ma faute. Ils auraient été heureux s'ils ne m'avaient pas eue. Je n'ai jamais trouvé le courage de m'excuser auprès d'eux.

Mais j'entre à l'université, aujourd'hui. Je suis plus âgée. Je ne suis plus la petite fille qui voulait courir derrière le taxi.

Le soleil tente de me cramer les orbites. Se réveiller à 14 heures tous les jours signifie juste que je suis une rock star. Ou un zombie. Voire les deux. Les rock stars prennent de la cocaïne et la cocaïne est essentiellement composée de poussière de mort-vivant, non ? Je sais *tellement* de choses sur les drogues. Je vais à l'université et je connais plein de trucs sur les drogues. Tout va bien se passer pour moi.

— Isis ?

On frappe à la porte. La voix de papa filtre à travers le battant.

— Qu'est-ce que tu marmonnes à propos de drogues ?

Je viens de recommencer à penser à voix haute. Je bondis de mon lit, enfile un short en jean, lisse mon tee-shirt froissé, puis ouvre la porte. Le regard désapprobateur de papa me scrute.

— C'est une super question, papa, dont voici la réponse : je me suis entraînée à dire non. Aux drogues. En dormant.

L'expression de papa est parfaitement sinistre. Je le serre contre moi et descends en me dandinant au rez-de-chaussée. Des dizaines de portraits de famille sont accrochés sur les murs blancs et des tapis somptueux couvrent le sol. Les rambardes sont en merisier brillant et la volée de marches en bois massif. On se croirait dans un conte de fées.

— Ah enfin ! Bonjour, Isis !

— Et voilà la méchante belle-mère…, je marmonne.

Elle n'est pas méchante, en réalité. Sur une échelle d'Angélique à Cruelle, elle est définitivement à quatre, soit Négligemment Égoïste. Le même niveau que les profs remplaçants et les mecs qui font péter les basses dans leur voiture juste quand on essaie de s'endormir.

Kelly me regarde depuis le hall d'entrée : blonde aux yeux bleus, des poignets plus fins que des pattes de cigogne et assez de maquillage pour concurrencer un mannequin en une de magazine. Elle est toujours parfaitement apprêtée. Même la nuit, et même le dimanche. On dirait qu'elle est enceinte de dix mois, mais malgré son état, elle a l'air de sortir d'une pub La Redoute. Elle a déjà des jumelles et elle n'est même pas décoiffée. Je me demande si elle ne serait pas un androïde, mais je n'ai toujours pas trouvé comment débrancher sa batterie.

— Il y a des croissants, si tu veux, mais je t'ai préparé ton petit déjeuner préféré : des pancakes à la crème fouettée ! déclare-t-elle, tout sourire. C'est bien ça, n'est-ce pas ? C'est ce que m'a dit ton père.

— Ouais, ouais. J'adorais ça. Quand j'avais quatre ans.

Je reste là avec un air ravi jusqu'à ce que la situation devienne trop bizarre. Papa ne sait rien de celle que je suis aujourd'hui. C'est tellement évident que ça fait mal.

— Écoute, merci mille fois pour ces efforts qui vont t'octroyer tout plein de points de karma, j'en suis sûre, mais j'ai un autre plan petit déj prévu.

— Tu mens…, réplique-t-elle d'un ton léger.

— Heu, non, en fait. J'ai rendez-vous avec des amis.

— Ah oui ? Lesquels ? Tu n'as pas d'amis ici.

— Comme tu le sais, j'ai des amis dans tout l'espace-temps. Et certains d'entre eux ont même des dons de télépathie. Et des pouvoirs magiques qui leur permettent de projeter des boules de feu. Tu aimes les boules de feu ? Je l'espère pour toi. Parce que mes amis n'aiment pas beaucoup les gens qui disent que je n'ai pas d'amis.

Le visage de poupée de porcelaine de Kelly se durcit. Comme chaque fois que j'ouvre la bouche. Elle déteste ce que je dis et qui je suis. Je le sais très bien. Je ne corresponds pas à l'idée qu'elle se fait de l'adolescente parfaite. Elle cherche à me dire que je suis ridicule, mais elle voudrait surtout que je la prenne pour exemple. Je la frôle en passant et attrape mon sac à main et mes clés posés sur la table du couloir.

— Et si on allait faire du shopping ? me propose-t-elle lorsque j'ai déjà un pied dehors. On ira où tu voudras ! Je connais un super endroit en centre-ville…

— Et si je déclinais ? Avec une pointe de non merci ?

— C'est dommage, répond-elle en s'efforçant de sourire. On devrait passer du temps toutes les deux. J'aimerais vraiment mieux te connaître.

— Tu aimerais mieux me connaître ? Tu voudrais savoir quoi ? Que j'ai fait pipi dans ma culotte en CE2 ? Que j'aime la mauvaise musique pop, les manèges et la couleur orange ?

— C'est un excellent début ! s'exclame-t-elle.

— Ce n'est pas moi qui t'intéresse. Tu veux juste que je t'apprécie. Mais ça ne marche pas comme ça. Ce genre de chose n'arrive pas du jour au lendemain.

— Qu'est-ce qui se passe, en bas ? demande papa en descendant l'escalier. Pourquoi parles-tu à Kelly sur ce ton, Isis ?

— Quel ton ? je demande, moqueuse.

— Celui-là. Ne me parle pas comme ça. Je suis ton père.

Un nœud brûlant me serre la gorge.

— Désolée…, je marmonne. J'ai parfois du mal à m'en souvenir vu que tu as disparu pendant huit ans.

Je claque la porte derrière moi. Le gravier crisse sous mes pas furieux. Kelly a eu la mauvaise idée de me laisser les clés de sa « vieille » BMW noire, qui est impeccable. Elle en a trois, toutes de couleur différente, mais avec des toits ouvrants et des jantes customisées. Je monte, claque la portière, démarre et m'éloigne de la pelouse bien taillée et des majestueuses rangées de palmiers. Même la cabane des enfants a un sol en marbre et une petite fontaine. Les jumelles me saluent de la main tandis que je la dépasse. Je leur réponds en les imitant. Je les aime bien. Elles sont jeunes et naïves, ce que je ne saurais leur reprocher.

Comme celle que j'étais autrefois.

Cet endroit est l'antre du luxe, et je suis vautrée dedans comme une gamine geignarde sur les genoux d'un père Noël de galerie marchande.

Il me faut tout le temps du trajet jusqu'à la plage pour me calmer. J'ai accepté de venir passer l'été ici parce que papa semblait avoir sincèrement envie de me voir, il voulait passer du temps avec moi avant mon départ pour l'université, et aussi parce que maman semblait aller beaucoup mieux. Enfin… Papa voulait que je vienne parce qu'il culpabilise et qu'il essaie de rattraper le temps perdu. Mais c'est impossible !

Kelly n'a pas changé – moi si. Je ne la supporte plus. Je suis différente, aujourd'hui. Il y a deux ans, lors de ma dernière visite, je n'ai rien dit. J'étais triste.

Je ne me suis pas disputée avec elle. Je me débattais avec mes sentiments à l'égard de Sans-Nom. La dernière fois que je suis venue ici, c'était juste avant…

Je secoue la tête.

La dernière fois que je suis venue ici, j'étais pure. Simple. Propre.

Papa pense que je suis encore la petite fille d'il y a deux étés, et il me traite comme telle. Comme si je lui devais le respect. Comme si je devais me soucier de ce qu'il dit.

Mais ce n'est pas le cas.

Parce qu'il m'a abandonnée. Deux fois.

Je serais incapable de le lui dire en face, en revanche. Cela mettrait trop le bazar dans ce qui nous reste de dynamique familiale. Balancer la nouvelle que je n'allais pas à Stanford n'a pas contribué à améliorer son opinion à mon sujet non plus. Il avait déjà commandé un tee-shirt « Ma fille va à Stanford ! » à la con, tout ça. Qui fait ce genre de chose ? Les touristes et des gens sans le moindre goût vestimentaire.

Je soupire avant de me garer. Goldfield Beach est une petite plage avec des dunes grises couvertes d'herbes qui se balancent sous les bourrasques. L'eau sombre est agitée aujourd'hui, comme si une sorcière super énervée préparait une mixture capable de tuer pas mal de monde. C'est l'Atlantique – l'Atlantique au bord duquel j'ai grandi, en Floride. L'odeur de sel et des rochers baignés de soleil m'emplit le nez. Les mouettes se battent autour d'un crabe échoué. L'océan se contrefout du ton que j'emploie, de savoir si je vais faire du shopping, ou si je choisis l'université d'État de l'Ohio au lieu de Stanford.

Je vire mes chaussures et me mets à courir.

Le footing et moi avons divorcé après que j'avais perdu assez de poids. Mais courir me fait un bien fou, là tout de suite. Même la BMW est imprégnée de l'odeur nauséabonde de Kelly. Courir sur cette plage est le seul moyen pour moi de laisser tout ce merdier derrière.

C'est une expérience à la fois drôle et unique. Avec beaucoup de sable. Je trébuche sur un caillou et me cogne l'orteil si fort que je pense me retrouver avec un pied de hobbit difforme. Je halète tellement que j'ai envie de vomir. Une fiente de mouette rate mon bras de peu.

— C'est pas grave, ma poule, t'inquiète !

Je mets une main au-dessus de mes yeux et scrute le ciel.

— Heureusement pour toi, je suis à la fois belle et pleine d'abnégation. Je te pardonne !

Une énorme fiente macule alors mon épaule en signe de gratitude.

Je soupire. La situation pourrait être pire. Il pourrait y avoir du monde. Et l'un de ces témoins pourrait être Jack Hunter.

Mon estomac convulse soudain comme un prodige yogi. La vision de deux yeux bleu glacier me traverse l'esprit et me transit aussitôt le cœur. J'intime à la petite flamme encore en moi de la faire fondre sur-le-champ.

Pas maintenant.

Plus jamais.

Il n'y a personne pour me voir réfléchir à la vie de cette manière à la fois incroyablement-nostalgique-et-pourtant-sexy qui me caractérise. J'ai laissé mon empreinte à East Summit High, mais je ne serai plus personne, à l'université.

Avec tout ce qui s'est passé après la mort de Sophia, je n'ai pas eu le temps de m'inquiéter de cette expérience inédite imminente. Mais maintenant que la rentrée est dans une semaine, je commence à flipper. Je suis presque une étudiante ! Je vais me retrouver en résidence universitaire avec une camarade de chambre, et des vrais cours pour lesquels les notes compteront vraiment !

Ils définiront le reste de mes projets de carrière-tiret-vie-avec-Tom-Hiddleston. Je devrais commencer à prendre les choses un peu plus au sérieux. Argh !!! Ce seul mot me fait frissonner jusqu'à la moelle épinière.

L'université est pour les adultes.

Je ne me sens pas adulte.

Et je m'inquiète pour maman, même si j'ai prévu de rentrer un week-end sur deux. Son psy dit qu'elle va mieux. Je suis contente que Léo soit derrière les barreaux – pas juste parce qu'il m'a balancée contre un mur, fendu le crâne et presque tuée/fait oublier Jack Hunter –, car c'est là la place des méchants, point barre.

Lorsque maman m'a regardée partir, à l'aéroport de Colombus, il m'a semblé que ses joues étaient redevenues roses et qu'elle avait plus souri en une semaine que depuis ma naissance.

Ou peut-être qu'elle avait fait de super gros efforts pour moi ce jour-là.

J'attrape un petit galet et le lance pour le faire ricocher, mais il coule aussitôt.

East Summit High a fané, pour le dire ainsi, après la mort de Sophia.

Personne ne dit ça à part moi, bien sûr. Avery est de

moins en moins venue au bahut, jusqu'au jour où elle n'est plus venue du tout. Quelques semaines avant les examens, on a appris qu'elle était à l'hôpital psychiatrique et qu'elle suivait une thérapie intensive. Il n'a plus été question de passer le bac, pour elle. L'ordre social d'East Summit s'est retrouvé balancé dans le mixeur et centrifugé à fond – par des filles qui voulaient remplir le vide qu'elle avait laissé, et récupérer sa couronne de reine du bal au passage.

Avery a assisté à la remise des diplômes, en revanche. Elle s'est avancée jusqu'à l'estrade quand on a appelé son nom, super pâle et défaite. Ses parents se trouvaient dans l'assistance, l'encourageant de discrets sourires, mais sans desserrer les lèvres. J'ai alors eu la sensation qu'ils l'avaient envoyée dans une maison de fous pour le show, pour qu'elle aille très vite mieux, mais sans se demander si ça l'aiderait vraiment. Et alors, sans qu'aucun d'entre nous n'ait eu le temps de cligner des yeux, elle s'est retrouvée inscrite dans une université privée dans le Connecticut au lieu de UCLA comme elle l'avait prévu. Même si elle s'est comportée comme une salope, j'espère que ça finira par aller pour elle. Ou qu'elle sera plus heureuse, disons. Mais Sophia était sa rédemption, son idole et son amie. Si j'avais perdu les trois d'un coup, j'aurais été anéantie, moi aussi.

Wren a regardé le cercueil de Sophia comme s'il matait une émission télé, une scène de film, pas la réalité. Kayla – ma meilleure amie et la petite amie de Wren – l'a aidé à traverser cette épreuve, en passant chez lui tous les jours et en restant avec lui à l'infirmerie du bahut chaque fois qu'il craquait. Ça nous a brisé le cœur, de le voir aussi triste. Sophia avait été son amie pendant très longtemps. Je me suis occupée de lui rappeler de manger – en lui apportant des burritos et des quiches – et quand il n'y arrivait pas, je lui envoyais des SMS pour lui rappeler de dormir. Je n'ai sans doute pas été d'une grande aide. J'aurais pu faire plus. Le bal de fin d'année a eu lieu, mais aucun de nous n'y a assisté. Nous avons passé la soirée sur la tombe de Sophia, à la place. Pour lui dire au revoir à notre manière.

Au moment de la remise des diplômes, Wren a recommencé à sourire. Le MIT était toujours d'actualité pour lui, et il avait même prévu de s'y rendre plus tôt dans le courant de l'été pour passer quelques UV supplémentaires – ou pour fuir. Sa décision a bouleversé Kayla. Mais vu qu'elle va à la fac à Boston en octobre, elle souffre un peu moins. Wren et elle se sont beaucoup rapprochés, après la mort de Sophia. Je ne sais pas s'il s'est passé quoi que ce soit de sérieux entre eux, j'ai seulement vu Kayla le serrer très fort contre elle, rien de plus. Je ne les ai jamais vus s'embrasser, et Kayla a toujours refusé de me balancer ce qu'ils faisaient en privé, plus par respect que par gêne. Elle a tellement mûri. Je jette un autre galet. Il vole au-dessus des vagues et ricoche deux fois avant de couler, cette fois.

Kayla me manque. Vraiment.

On a pour ainsi dire passé l'été ensemble, elle et moi, dormant chez l'une ou chez l'autre et buvant du vin dehors en contemplant les étoiles. Nous n'avons pas fait la fête. Je n'en ai pas eu envie. On s'est promis de communiquer par SMS tous les jours. Et sur Instagram. Snapchat. Et Facebook. En gros, on s'est promis de *beaucoup* se parler. On se verra moins, mais une couverture chaude et réconfortante enveloppe mon cœur chaque fois que je pense à elle. Elle me soutient. De façon inconditionnelle.

Je n'ai jamais aimé les enterrements. Maintenant, je les aime encore moins.

J'ai pleuré. Évidemment.

Jack Hunter n'a pas versé la moindre larme, en revanche.

Il aurait dû, mais il ne l'a pas fait. Il est resté debout dans un coin avec sa mère, qui a pleuré pour deux, sa robe noire à elle et son costume noir à lui se mêlant tandis qu'elle s'appuyait contre son fils pour tenir debout. Ses cheveux étaient coiffés de manière impeccable ; son visage, un masque opaque du plus sombre givre que j'avais jamais vu, tout à fait digne de son surnom au bahut : le Prince de Glace. Des cernes témoignaient de sa fatigue, et ses pommettes étaient plus saillantes. J'ai tremblé en le regardant. Il ne jouait plus le type impassible et éteint. Il *était* impassible et éteint. Ses yeux étaient deux coquilles vides. Son corps, sa présence, étaient comme des miroirs prêts à exploser au moindre contact.

J'ai essayé de le faire revenir à lui. Une fois. À la veillée, dans la maison funéraire qui sentait le renfermé et qui était truffée de gâteaux et de biscuits fades. J'ai dit quelque chose à propos de Sophia, à propos du fait que le prêtre, qui l'avait qualifiée de jeune fille magnifique et désintéressée, ne la connaissait pas. Jack s'est contenté de serrer sa tasse et de regarder à l'intérieur, debout seul dans un coin, loin du bruit et des gens qui pleuraient. Il a tourné les yeux vers moi, contemplé mon visage rouge et a fermé les yeux.

— C'est terminé, a-t-il déclaré d'un ton trop calme.

— Quoi donc ? ai-je demandé, le ventre soudain serré.

Il s'est écarté du mur et s'est éloigné en lâchant un dernier mot.

— Tout.

Il n'est plus venu au lycée après ça. J'en ai parlé avec le principal Evans, qui m'a dit que Jack avait laissé tomber les cours. Harvard n'avait pas révoqué son admission et il aurait encore pu y entrer en théorie, même avec des F durant les deux derniers trimestres. Mais Evans et moi savions qu'il n'irait pas. Il n'en avait plus rien à faire.

Quand avril est arrivé, au bout de deux mois d'absence, je suis allée le voir. Je voulais le faire depuis bien plus longtemps. Bon sang, ce que j'en avais envie ! J'ai vraiment dû prendre sur moi pour ne pas me précipiter chez lui. Je pensais qu'il avait besoin d'espace, que ça l'aiderait si je le laissais tranquille. La dernière chose qui aurait pu l'aider aurait été de me voir. Que la folle qui a été votre pire ennemie vous traque serait stressant même pour le prince de glace le plus aguerri. En plus, je n'aurais pas su comment l'aider. J'aurais juste rendu les choses plus compliquées. Comme avec Sophia.

Mais quand Mme Hunter est venue frapper à ma porte, en pleurs et me suppliant de le retrouver, j'ai aussitôt su que je devais partir à sa recherche. Même si cette pauvre femme ne savait pas exactement si son fils et moi étions amis ou ennemis, elle était assez désespérée pour demander de l'aide à toutes ses connaissances. Mais personne n'avait pu répondre présent : Wren et Avery allaient trop mal.

J'étais la seule.

J'ai attendu jusqu'aux vacances de Pâques. Et ensuite, je me suis lancée à la poursuite d'un fantôme.

Mme Hunter m'a donné le mot laconique que Jack avait laissé. Il disait qu'il partait, de ne pas appeler la police, et qu'il l'aimait. En désespoir de cause, Mme Hunter avait réussi à obtenir des informations concernant les comptes de son fils. Elle m'a expliqué que l'argent pour l'opération désormais inutile de Sophia avait été recrédité, et que Jack en avait donné la majeure partie à quelqu'un, gardant à peine quatre mille dollars pour lui. Assez pour tenir un petit moment, c'est sûr. Mais pas beaucoup plus de trois mois.

Il avait laissé toutes ses affaires dans sa chambre. Il avait seulement emporté la boîte à cigares de son père contenant les lettres de Sophia. J'ai cherché des signes de son passage sur la tombe de Tallie – Tallie, la fille que Sophia et lui n'avaient pas eue parce qu'elle était morte avant de voir le jour. Rien. Pas la moindre trace. Quelqu'un avait laissé une rose sur la tombe de Sophia, fanée. Elle devait avoir plusieurs semaines. Si Jack était revenu entre-temps, il aurait laissé une fleur fraîche.

Ensuite, j'ai vérifié les hôpitaux. Mira et James, les gamins avec qui je traînais quand j'étais hospitalisée, m'ont appris que Jack était passé les voir le lendemain des funérailles de Sophia. Il leur avait expliqué qu'il partait pour un long moment, et leur avait offert à chacun un énorme ours en peluche en guise de cadeau d'au revoir. Sophia et eux avaient été amis, mais ça allait au-delà de ça. Avant que les tumeurs ne transforment sa personnalité, Sophia avait beaucoup aimé ces enfants. Ils représentaient un peu Tallie, pour elle – le bébé qu'elle n'aurait jamais, et Jack le savait. J'ai appelé le *Rose Club* dans une ultime tentative pour le retrouver. L'opératrice m'a indiqué qu'il avait démissionné voilà plusieurs mois.

Et soudain, les choses se sont arrêtées là. Toutes mes pistes étaient stériles. Jack me glissait entre les doigts comme le sable du marchand de sommeil des contes.

Et puis une fille prénommée Lily m'a contactée. Elle était une amie de « Jaden », le pseudo d'escort de Jack. Je l'ai laissée me raconter ses salades avant d'accepter de la retrouver dans un café à Colombus.

Lily était blonde et sublime, et mesurait presque un mètre quatre-vingts. À son sac à main de luxe et à son parfum, j'ai compris qu'elle était, elle aussi, une escort. Elle ne l'a pas nié, et m'a encore plus plu. Cette fille ne gâchait pas mon temps, qui était précieux, vu que j'essayais de sauver Jack.

Sauver ?

Je secoue la tête et regarde un panache d'écume salée se briser contre un rocher. « Sauver » n'est pas le bon terme. Je suis incapable de me sauver moi-même, alors quelqu'un d'autre… Mais durant un moment, je l'ai vraiment voulu. Jack méritait qu'on l'aide. Je pensais devoir faire ça pour lui, après tout ce qu'il avait traversé. Et vu ce que j'éprouvais pour lui.

Je ris et balance un caillou sans chercher à le faire ricocher.

Quelle conne…

L'ancienne Isis n'aurait pas renoncé quand Lily m'a annoncé que Jack était passé lui rendre visite avant de quitter la ville. Il ne lui avait pas dit où il allait, mais lui avait laissé un dossier en papier kraft en lui disant de le remettre à une certaine Isis si jamais elle venait fouiner du côté du club. Ce qu'elle a fait.

— Il doit beaucoup t'apprécier, m'a dit Lily en scrutant ses ongles tandis que je fourrais l'enveloppe dans mon sac.

— Oui. Comme les cobras aiment les mangoustes.

— Non, écoute-moi, a insisté Lily en se penchant en avant pour poser une main sur la mienne. J'ai croisé beaucoup d'hommes, OK ? Jack est… Jack est spécial. Il dirait le contraire, mais soit il tient à quelqu'un de tout son cœur, soit pas du tout. Il est incapable de faire les choses à moitié. Et toi, tu fais partie de la première catégorie.

Mon cœur m'a soudain donné l'impression d'être écrasé par un sumo. J'ai tenté de respirer et de dire quelque chose, mais chaque inspiration était douloureuse. Je ne voulais pas la croire. Si c'était le cas, pourquoi venait-il de s'enfuir comme ça ?

Lily est partie très vite après ça, me laissant seule avec l'enveloppe.

L'ancienne Isis n'aurait pas renoncé si elle avait vu ce qu'il y avait à l'intérieur.

Il ne m'avait pas laissé de mot ni d'ours en peluche géant, mais un billet pour Paris avec un « désolé » inscrit dessus de son écriture large et nette.

Les yeux me piquent comme ils l'avaient fait sur le moment. Il voulait juste se débarrasser de moi.

Arrête, Isis. Ne verse pas dans le tragique. Rien de bon n'arrive avec les tragédies. Exemples : le Titanic, les lapins qui meurent quand leur cœur bat trop fort, et chaque épisode de *Pretty Little Liars*. Jack ne m'a pas dit au revoir en personne, et ensuite, il m'a fait parvenir un billet d'avion pour me faire quitter le pays.

J'ai dit plusieurs fois à Kayla que j'aimerais parcourir l'Europe sac au dos, mais surtout pour plaisanter.

Jack était dans les parages, et l'a sûrement entendu. Il avait dû voir par-delà la plaisanterie et comprendre que j'en avais vraiment envie. Enfin, j'imagine.

Je sors le billet de ma poche. Il est tout froissé, et l'avion est parti depuis six jours. Mais je n'ai pas pu le jeter ni l'utiliser. Jack avait certainement pris une part de l'argent de l'opération de Sophia pour l'acheter. Il n'y avait pas moyen que j'accepte (ou rejette) un truc pareil. Alors, je me contente de le garder. Une Isis plus courageuse s'en serait servie. Une Isis dénuée de culpabilité l'aurait utilisé.

Je ferme les yeux et repense au moment où je suis allée dans la chambre de Jack pour y chercher des réponses. La plage disparaît et je suis allongée sur son lit, à regarder le plafond et à me demander où il peut bien être dans cette bouche de l'Enfer qu'on appelle la Terre. Et s'il est en sécurité. Heureux serait trop demander. Mais tant qu'il est sain et sauf, et que ça dure, il pourra être à nouveau heureux un jour. C'est du moins ce que je pense. Mais quelle arrogance de ma part… Affirmer des trucs dont je ne sais rien. Je n'ai jamais perdu quelqu'un que j'aimais. Jack, oui. Trois fois.

Il pourrait ne plus jamais connaître le bonheur.

Il pourrait être cassé pour toujours.

Sa chambre disparaît et l'océan reprend sa place. Le nœud au fond de ma gorge revient se venger.

— J'espère que tu vas bien, espèce de crétin, je murmure aux vagues.

La seule chose que je puisse faire, c'est garder espoir et aller de l'avant. Je ne peux pas attendre. J'ai ma propre vie à mener. J'aurais juste aimé que les choses tournent autrement, c'est tout. Pas qu'on soit ensemble, lui et moi. Parce que ce serait horriblement et bêtement égoïste-tiret-impossible. Je me soucie simplement de lui. En tant qu'ennemie jurée. En tant que rivale. Jack était la seule personne au monde à pouvoir me mettre au défi. J'aimerais qu'il soit en relative bonne santé et en état de fonctionner pour qu'on puisse se retrouver et se battre de nouveau un jour. Parce que c'était drôle, de se battre, et parce que j'ai beaucoup appris et mûri grâce à ça. Juste me battre avec lui. C'est tout ce qui me manque. Rien d'autre.

Mon cœur se serre. Je me mets à pleurer. Histoire de me remonter le moral, je retire ma chemise et essuie la chiure de mouette sur le capot de la BMW de Kelly en riant.

Et ça me fait un bien fou. Jusqu'au moment où je commence à pleurer plus fort.

Chapitre 3

C'est son sourire tordu qui l'a trahi.

Ce sourire spécial qu'ont les jeunes mecs qui s'apprêtent à faire une bêtise. Possiblement violente, et douloureuse. Et illégale, aussi, mais très drôle à leurs yeux. Beaucoup moins pour leurs victimes.

Je connais ce regard. Je suis pareil. J'ai eu ce même sourire aux lèvres une ou deux fois dans ma vie, à l'époque où j'étais un gosse bête et en colère qui venait de perdre son père et qui passait ses nerfs sur tout le monde. J'ai eu ce sourire avant de frapper Léo avec la batte. Et encore une fois un jour avec une cliente qui trouvait les scénarios de viol terriblement sexy.

J'ai vomi pendant une heure après ce rendez-vous et je me suis frotté la peau pendant des heures pour faire sortir tout le mal qui était en moi. Pour rétablir mon humanité.

Mais cela n'a pas fonctionné. Et cela ne fonctionnera jamais. L'humanité sera toujours sombre. Les humains se feront toujours du mal les uns aux autres, peu importe à quel point ils prétendent le contraire.

Je l'ai appris il y a trois mois, après les obsèques de Sophia.

Dans ma voiture, tandis que je fuyais l'Ohio. Et ma propre douleur.

Je traque le garçon devant moi dans les rues calmes de la ville. Il me conduit à deux autres types. Des étudiants en première année, certainement. Maigres, avec des jeans skinny et des écouteurs dépassant de leurs poches. Pas de muscles. Pas d'expérience. Aucun courage. C'est pour ça qu'ils ont coincé ce SDF entre une benne à ordures et un mur couvert d'un graffiti. Ils se moquent de lui et le poussent. Le pauvre gars porte une chemise et un pantalon crasseux. Il tient dans ses mains une banane à moitié mangée, qu'il a dû trouver dans une poubelle. Sa barbe grise est longue jusqu'à sa poitrine ; et son visage, tanné par le soleil. Il marmonne d'une voix si basse et à une allure telle qu'on croirait un chant ou une malédiction.

— Qu'est-ce que t'as, espèce de vieux taré ? fait un des garçons en se penchant vers le pauvre bougre, une main à son oreille avec un air exaspéré. Parle plus fort, on entend que dalle !

L'un de ses deux copains sort son téléphone et le brandit.

— Je l'ai, c'est bon. J'enregistre. Vas-y.

Le troisième fronce les sourcils.

— Fais pas ça, mec. Quelqu'un va nous voir.

— Personne ne va nous voir, assène le deuxième. On l'a de dos, ajoute-t-il avant de s'adresser au premier. On t'a de dos, mec. Tu peux y aller !

Le premier garçon hésite. C'est là que je sais.

Le premier ne représente pas de vraie menace. Ni le troisième, qui semble mal à l'aise et prêt à fuir d'une seconde à l'autre. C'est le deuxième, celui avec la caméra, le vrai lâche. Il se cache derrière un objectif comme Wren cette fameuse nuit, au collège. Mais il sourit. Wren n'a jamais souri. Wren avait l'air comateux, décérébré. Comme s'il avait mis son âme quelque part très loin pour échapper à la violence. Le caméraman, lui en revanche, en est l'instigateur. Il l'encourage, la motive avec son petit pouvoir malade d'adolescent dégingandé.

Avant de faire tomber le téléphone de sa main d'un coup de poing, je remercie brièvement je ne sais quel dieu de m'avoir permis de vivre assez longtemps pour faire la différence entre des gens méchants et ceux vraiment horribles. Certaines personnes n'apprennent jamais la différence et le paient un jour.

Comme Isis.

Ou Sophia.

Mon cœur se serre de douleur. Je frappe de nouveau, en plein dans le visage de Caméraman, cette fois. Le type titube en se tenant le nez. Ses doigts se couvrent de sang. Ses copains sursautent et battent aussitôt en retraite. Le SDF crie avant d'aller se blottir dans un coin et de plaquer ses bras maigrichons sur sa tête.

— T'es qui, putain ? crie le deuxième ado.

— Personne ne frappe Reggie ! je déclare. Ou alors vous deux, vous serez les suivants.

— Va te faire foutre !

Le premier se jette alors sur moi. Je plonge sur le côté et lui bloque les bras dans le dos d'un geste fluide. Il se débat avant de tenter de me flanquer un coup de boule, mais ma prise ne se relâche pas.

— Toi, là-bas ! je lance au troisième. Aide ton pote à se lever et partez. Quand vous aurez tourné à l'angle, je lâcherai votre copain.

Le troisième transpire à grosses gouttes. Il jette un petit coup d'œil à son ami en sang puis à celui qui est immobilisé avant de prendre la bonne décision, et d'aider Caméraman à se relever. Ce dernier attrape à tâtons son téléphone, et boite jusqu'à l'angle avec son copain en jurant comme un forcené. Mais au bout d'une dizaine de secondes, il pousse son acolyte vers l'avant et revient sur ses pas en me pointant du doigt avec un air furieux.

— Je te revaudrai ça, espèce de grosse merde !

— Ça, ça m'étonnerait, j'assène froidement.

Ma réplique réveille quelque chose en lui. De la fierté, peut-être, parce qu'il se précipite sur moi. Je me montre moins clément, cette fois. Je lui balance un coup de coude en plein dans le diaphragme, qui l'envoie au sol, suffoquant. Je tends la main vers le sans-abri.

— On devrait y aller. Ses amis vont revenir.

Le pauvre homme se déroule. Ses yeux bleus mouillés de larmes croisent mon regard. Il opine lentement et prend ma main pour se relever. Je le fais marcher devant moi jusqu'au bout de la ruelle afin de surveiller nos arrières, puis jusqu'au centre commercial, où les voitures et les nombreux témoins dissuaderont les garçons de tenter quoi que ce soit. Le SDF marcherait d'un bon pas s'il ne boitait pas. Probablement un vétéran qui a connu des jours difficiles.

— Merci..., coasse-t-il.

Je prends un ton moqueur.

— Je suis intervenu pour les arrêter. Pas pour vous aider.

— Peu importent vos raisons. Que Dieu vous bénisse.

Il l'a fait. Dieu m'a béni, me dis-je tout en regardant ce pauvre type s'éloigner. *Et ensuite, il m'a tout repris.*

J'écarte cette pensée d'un haussement d'épaules. Je suis beaucoup plus riche que la plupart des gens. Pourtant, ce privilège me rend malade. J'ai dix-huit ans. Je suis de type caucasien. J'ai un peu de sang italien par ma mère, et russe par mon père. Mais je suis définitivement blanc. Et de sexe masculin. Je ne suis pas hideux, et mon cerveau est moins contaminé par la crétinerie générale que d'autres. Maman et moi n'avons jamais eu besoin d'argent. J'ai de la chance. Je suis un privilégié.

Le sans-abri qui boite le long du boulevard a beaucoup plus besoin de bénédiction divine que moi.

Sophia en avait encore plus besoin que n'importe qui.

Le vacarme de la circulation devient un bruit blanc agressif à mes oreilles. Les gens passent près de moi avec des visages flous. Rien ne semble vrai, on dirait un monde piégé dans une boule à neige. Les couleurs du centre commercial sont délavées. Cela sent le polystyrène et le bois, des odeurs sans saveur alors qu'elles devraient en avoir. Ce n'est pas normal.

Mais rien de nouveau. Quelque chose ne va pas chez moi. Je me démarque. Je suis trop froid. Je ne suis pas comme ces visages dans la foule. Je ne ressens pas les choses aussi profondément qu'eux. Je ne vibre pas avec autant d'émotions. Je n'ai pas autant d'amis, et je n'en voudrais pas plus, d'ailleurs. Je veux rester seul.

Si j'étais plus normal, plus chaleureux, aurais-je compris ce que Sophia s'apprêtait à faire ? L'aurais-je mieux comprise *elle* ? Aurais-je été capable de percevoir son désespoir et de l'arrêter ?

Si j'étais plus comme Isis, l'aurais-je sauvée ?

C'est ce que tu fais, répond sa voix en écho. *Tu protèges les gens.*

Mes doigts se contractent malgré mes articulations en sang. Elle a tort. Je leur fais juste du mal.

Je me tourne et me dirige vers ma voiture.

J'étais venu rencontrer mon employeur, Gregory Callan, de *Vortex*. Cette petite balade imprévue au centre commercial avait simplement pour but de retirer de l'argent. J'ai été détourné de mon chemin par ma propre colère.

À la différence d'Isis, qui était convaincue que Gregory était louche, j'ai donné sa chance à ce dernier. Forcément, vu ce qu'il avait fait pour moi. Il est le seul à m'avoir retrouvé. Après l'enterrement de Sophia, j'ai quitté l'Ohio et j'ai conduit sans m'arrêter ni me soucier de l'endroit où je me retrouverais. J'ai fait des haltes dans des bars et des pubs décrépis, me battant et m'évanouissant derrière les bennes à ordures avec les lèvres tuméfiées et les genoux éraflés. Je me suis fait vivre l'enfer, m'arrêtant à peine pour dormir et manger. Le visage de Sophia me hantait à chaque rayon de lune, à chaque ombre dans le désert de sable. J'ai désespérément tenté de lui échapper – non, d'échapper à la culpabilité. J'étais maigre, délirant et couvert de blessures, quand Gregory m'a trouvé dans un motel miteux de Las Vegas.

Comment il s'y est pris, je ne le saurai jamais. J'ai tenté de me battre avec lui, mais j'étais trop faible pour lui flanquer ne serait-ce qu'un coup de poing. Il m'a bloqué les bras dans le dos et souri d'un air affable. Je me souviens encore de ses propos.

Tu appelles ça un coup de poing ? C'est une honte.

Si tu veux mourir, je n'ai rien contre. Mais fais-le après que je t'ai appris à te battre, dans ce cas.

Je me suis évanoui dans ses bras avant d'être réveillé par la douce chaleur du soleil matinal et l'air sec du désert. Gregory m'avait emmené dans un ranch au milieu de nulle part, où un gigantesque type avec un bandana et un jean maculé d'huile m'a servi du bouillon et a changé mes pansements. J'ai tenté de me battre avec lui aussi, mais j'étais tellement épuisé et faible que je n'ai même pas pu serrer les poings. L'homme s'appelait Littlehawk, et lui et Gregory se connaissaient depuis toujours. Ils avaient fondé *Vortex* ensemble, recrutant les stagiaires les plus doués de l'académie de police et les vainqueurs de tournois d'arts martiaux avant de les entraîner pour en faire de parfaits gardes du corps, comme ils l'avaient eux-mêmes été.

De tendres stagiaires arrivaient au ranch de Littlehawk et en repartaient endurcis après des semaines à charrier du bois de chauffage, à rapporter de l'eau, et à tenter de maîtriser la horde de chevaux sauvages qui vivait là. Et enfin, il y avait les leçons de tir, les courses avec obstacles et un entraînement mélangeant divers arts martiaux : wing chun, karaté, muay thaï et judo. Autant dire que le soleil du Nevada cuisait le tendre argile de l'inexpérience en céramique dure. J'observais les recrues de ma fenêtre tandis que je récupérais. Avec envie. Ils donnaient le meilleur d'eux-mêmes à l'entraînement. J'étais comme ça, avant : dévoué, travailleur. Étendu dans mon lit, impuissant, je rêvais d'être dehors avec eux, à me remplir de sueur et de souffrance au lieu de culpabilité et de noirceur.

Quand j'ai été assez en forme, Gregory et Littlehawk m'en ont donné la possibilité. Et ça m'a sauvé.

Je n'ai plus regardé en arrière, après ça.

Je suis loyal à l'égard de *Vortex* parce que j'ai une énorme dette vis-à-vis des hommes qui dirigent cette société. Ils m'ont permis de ne pas me perdre totalement alors que j'étais mon pire ennemi.

L'air de septembre est suffocant. Les criquets poussent leurs chants solitaires dans les hautes herbes dorées sur le côté de l'autoroute. Cette vague de chaleur est le dernier sursaut brutal de l'été sans précédent depuis cent ans qui frappe actuellement l'Ohio. La ville de Colombus n'a jamais paru aussi sèche. Le ciel est bleu pâle, sans limites. Ma chemise blanche à manches longues colle à chaque pore de ma peau. Mon costume noir par-dessus est effroyablement chaud.

Je ne devrais pas être là.

Je devrais être à Cambridge, dans le Massachusetts. À Harvard.

Je devrais être en train de m'installer dans la résidence du campus. Je devrais supporter l'idiot qui me servirait de camarade de chambre pendant un an. Je devrais suivre des cours, prendre des notes sur l'ordinateur portable que ma mère m'avait acheté. Mais j'ai rendu l'ordinateur, et ma chambre. J'ai tout restitué. J'ai résilié mon inscription, fermé mes comptes en banque, et rempli un sac à dos avant de laisser un mot sur le plan de travail de la cuisine disant à maman de ne pas s'inquiéter.

Et ensuite, je suis parti.

Ce monde, cet innocent petit bocal à poissons rempli d'angoisse existentielle adolescente que les gens appellent université, n'est pas pour moi. Je suis mentalement plus âgé que les autres. Je l'ai toujours été. Je suis plus intelligent qu'eux. Je l'ai toujours été.

C'est incroyable que tu arrives à soulever ta tête de ton oreiller chaque matin.

La voix d'Isis me parvient, claire et lumineuse. J'arrive mieux à l'ignorer, maintenant. Je n'ai pas vu Isis depuis six mois et pourtant, sa voix résonne encore dans ma tête. C'est incroyable. Incroyablement énervant. Cela témoigne de ma réticence à laisser partir les derniers petits moments de ma vie où j'ai vraiment été heureux. Heureux ? Je ne sais pas si j'ai jamais été heureux, même avec elle. Mes pensées sont un méli-mélo de souvenirs confus et de moments de tendresse volés, toutes renforcées par la culpabilité brûlante du visage de Sophia.

Peut-être que j'ai été heureux, mais à quoi bon ? Le bonheur n'a rien de très intéressant.

Une chose qui ne dure pas n'a pas de valeur.

Je tourne à droite vers les routes sur lesquelles des camions à dix-huit roues roulent à vive allure et le long desquelles des conteneurs Matson occupent des terrains poussiéreux et clôturés. Deux énormes grues réorganisent bruyamment les pâtés de conteneurs, qu'ils chargent et déchargent avec une grinçante et consciencieuse lenteur. Des hommes en veste orange et avec des casques sur la tête zigzaguent au milieu, vérifiant leur chargement, notant des choses sur des porte-blocs et se criant des obscénités les uns aux autres par-dessus le chaos. Gregory – un grand gaillard large d'épaules avec une impressionnante moustache poivre et sel et un costume en tweed – se tient sur le parking quasi vide. Un homme plus petit, quoique encore plus costaud, et plus jeune se tient près de lui, affublé d'un costume noir pareil au mien. Sa posture est dynamique et pourtant détendue, ses cheveux en pétard et ses yeux sombres. Un tatouage en forme de dragon remonte le long de son cou. C'est Charlie Moriyama, l'homme de confiance et le bras droit de Gregory. Je l'ai croisé une fois ou deux au ranch, alors qu'il était venu parler à Gregory. Il avait même donné des cours de judo. Il m'avait flanqué une sacrée dérouillée. J'éprouve du respect pour Charlie, que je le veuille ou non ; il est impétueux et immature, mais extrêmement doué.

En face d'eux se tient une femme aux cheveux noirs remontés en un impeccable chignon. Elle porte une jupe crayon, l'air très professionnelle, mais je serais incapable de dire dans quel secteur elle bosse. Les cours de Gregory me reviennent aussitôt ; aucune arme ne se devine sous ses vêtements et aucun bijou ni aucun tatouage ne la signale comme dealeuse de drogue ou membre d'un gang. Elle n'est même pas maquillée, ce qui est étrange, vu que la plupart des gens qui font appel aux services de Gregory sont généralement extrêmement riches et très attentifs à leur apparence.

Gregory m'aperçoit et me fait aussitôt signe de les rejoindre. Il joue très bien le vieil homme jovial, ce qui lui permet surtout de cacher le businessman féroce, le soldat roublard et le maître en arts martiaux qu'il est.

— Jack ! Vanessa et moi étions justement en train de parler de toi.

Je vais aussitôt me planter à côté de Charlie, qui marmonne, bras croisés.

— Tu en as mis du temps…

— J'ai dû faire un détour. Des travaux sur la route.

— Allez…, intervient Gregory tout sourire. Essayons au moins de donner l'impression de bien nous entendre devant… ?

Il se tourne et adresse un regard interrogateur à la femme comme s'il lui demandait de définir elle-même son statut.

— Disons… une cliente potentielle, pour le moment, déclare Vanessa.

Ses yeux bleus sont rivés sur mes articulations. J'essuie le sang qui les macule avec un mouchoir que je garde en permanence dans ma poche.

— … devant une cliente potentielle, termine Gregory. En plus, Jack a droit à cinq minutes de retard. Si je ne te connaissais pas mieux, je dirais que tu es jaloux, Charlie.

Ce dernier ricane.

— Jaloux ? Ouais, patron, c'est ça. Je suis vraiment jaloux de l'aspirant Batman.

J'ai grimpé les échelons plus vite que les autres employés chez *Vortex*. Évidemment que Charlie est jaloux. Il est dans le business depuis des années, même s'il ne doit pas avoir plus de vingt-deux ans. Il s'est hissé vers le sommet en y laissant des ongles. Il pense que je suis couvé et pourri gâté. Ce que je suis. Jusqu'à un certain point.

— J'ignorais que ce que je fais de mon temps libre pouvait faire l'objet de tes commentaires…, j'assène.

Charlie me retourne un regard furieux.

— Je le commente à partir du moment où tu te sers de ce que tu as appris à l'entraînement pour foutre une raclée à des mecs qui volent des Mister Freeze à la supérette du coin.

— Ils s'en sont pris à un type sans défense.

— Ils n'étaient que des petits escrocs qui commettaient des larcins ridicules ! lance Charlie d'une voix rageuse. Mais ton complexe du sauveur t'a poussé à gâcher ton temps pour leurs culs à la con.

— *Mon* temps. Pas le tien. Ça ne te concerne vraiment pas.

— On est passés aux infos à cause de toi !

— Ils n'avaient ni son nom ni sa photo, intervient Gregory. Tu peux te détendre, Charlie. Vraiment. Nous ne sommes pas là pour une chasse aux sorcières. Vous réglerez ça plus tard.

Charlie devient écarlate jusqu'au bout de ses mèches en bataille. Je jette un coup d'œil à Gregory, qui a les yeux plissés malgré son sourire. Il aurait dû dire à Charlie de se calmer depuis des lustres. Mais le laisser tout déballer devant une cliente était sa manière de laisser Charlie s'humilier comme un grand. Exactement le genre de jeu subtil auquel Gregory adore jouer. La plupart des gens qu'il forme et emploie ne sont pas assez intelligents pour le voir venir.

— Vanessa…, reprend Gregory. Pourriez-vous faire les présentations ?

— Je m'appelle Vanessa Redgate, enchaîne la femme. Je ne peux pas révéler l'identité de mon employeur, mais nous aimerions passer un marché avec M. Callan.

— En toute discrétion, je suppose ? je demande en désignant les alentours. Vu l'incongruité de ce lieu de rendez-vous…

Vanessa opine.

— Nous traquons un petit groupe de hackeurs d'élite qui a déplacé des fonds pour le compte du plus grand marché noir sur Internet.

— La Route des Épices…, je précise avant qu'elle ait pu le faire.

Vanessa hoche la tête à nouveau.

— Je suis impressionnée. Je ne savais pas que les agents de chez *Vortex* excellaient dans d'autres domaines que leurs muscles.

Gregory éclate de rire avant de me tapoter l'épaule.

— Jack est un cas à part. Continuez, je vous prie.

— Ces hackeurs qui travaillaient pour la Route des Épices se surnommaient les Gardiens. Les gens qui m'emploient ont décidé à l'unanimité de ne pas recourir aux services de…

— D'entrepreneurs, l'interrompt Gregory, tout sourire. Nous préférons ce terme.

Vanessa lui jette un regard circonspect, mais poursuit :

— … ont décidé de ne pas recourir aux services d'entrepreneurs. Mais mon supérieur et beaucoup de gens au sein du projet ont travaillé pendant des années pour retrouver ces Gardiens. Nous avons fini par dénicher une piste, mais nous ne voulons pas prendre le risque de monter une équipe ; entraîner des gens pour ce genre de mission n'est pas intéressant d'un point de vue financier. En plus, le temps que cette équipe soit suffisamment entraînée, la piste sera sûrement devenue caduque.

— C'est là que nous entrons en scène, dis-je.

Elle fait oui de la tête.

— Nous avons la preuve que deux individus très proches des Gardiens ont récemment été transférés à l'université d'État de l'Ohio comme étudiants de deuxième année.

L'université d'État de l'Ohio… Ce nom retient

mon attention comme un gros poisson dans un filet trop petit. Durant mon séjour au ranch, quand j'avais été assez en forme, Gregory m'avait prêté un ordinateur portable. Il l'avait fait en formulant une requête : que je trouve un but. Une tâche simple pour tout le monde, sauf pour moi. J'avais tout perdu, avec la mort de Sophia. Mais je ne pouvais pas m'opposer à Gregory. Il m'avait sauvé. Alors, je me suis concentré sur la seule chose que j'avais l'impression d'avoir laissée inachevée, la seule que je me sentais capable de faire pour ceux que j'avais abandonnés.

Will Cavanaugh... – l'ex-petit ami et agresseur d'Isis, le type qu'elle appelait « Sans-Nom ». J'ai repris les choses là où elles en étaient avant la mort de Sophia, alors que j'avais retrouvé sa trace en traquant ses réseaux sociaux. Il ne postait pas grand-chose. Surtout des critiques à propos d'équipes de basket et de leurs matchs, mais ce n'était pas suffisant. J'avais avidement dévoré tout ce qu'il partageait et consulté toutes ses anciennes photos. L'une d'elles montrait même Isis – l'ancienne Isis –, souriant timidement. Voir cette image avait renforcé ma détermination. J'avais essayé de remonter l'adresse IP de Will, mais cela ne m'avait pas mené très loin ; il s'en tenait à ses anciennes méthodes, se routant un peu partout à travers le monde pour se débarrasser de traqueurs dans mon genre.

Un jour, pourtant, tandis que je consultais les posts de sa famille sur Facebook, sa tante m'a fourni une information capitale. Elle a tagué Will dans une photo d'elle, rayonnante, brandissant un sweatshirt de l'université d'État de l'Ohio. Le hashtag indiquait #monneveuestaccepté. La photo a été retirée peu de temps après, Will avait dû intervenir d'une façon ou d'une autre. Mais l'information était entre mes mains.

Will Cavanaugh entrait à l'université d'État de l'Ohio à l'automne.

Alors les propos de Vanessa concernant cette fac m'interpellent. Pourrait-elle en avoir après lui ?

— La mission, poursuit Vanessa, serait de surveiller discrètement ces deux individus sans éveiller les soupçons. Le but ultime serait de réunir des preuves, préférablement des copies papier et des fichiers byte logs de leurs activités de hackeurs, ou leur correspondance avec les Gardiens eux-mêmes.

— Combien de temps ? grogne Charlie.

Vanessa hausse un sourcil à son intention.

— Combien de temps le contrat courrait-il ? complète-t-il.

— Aussi longtemps que vous arriverez à maintenir votre couverture.

— Donc, il n'y a pas de date limite, j'interviens.

— Jusqu'à ce que vous réunissiez des preuves que nous estimerons assez solides pour les incriminer tous les deux, oui.

Je regarde Gregory, qui hausse les épaules.

— Ce n'est pas notre genre de boulot, Vanessa, déclare-t-il. Vous comprendrez sûrement.

— Mais ça pourrait le devenir, j'ajoute aussitôt. Charlie et moi sommes les plus jeunes chez *Vortex*. On pourrait s'en charger.

Gregory me lance un petit coup d'œil.

— Tu pourrais. Mais pourquoi le *voudrais*-tu ? C'est du boulot d'informateur, pas de garde du corps.

— Mais *on pourrait*, j'insiste.

— Tu voudrais qu'on aille à la fac et qu'on reste

le cul assis au milieu d'une bande de jeunes snobinards pendant *un an* ? raille Charlie.

— Vos études seraient payées, intervient Vanessa. Il faudrait aller en cours et avoir des notes suffisamment bonnes pour poursuivre votre année. Mais votre mission première serait d'assurer cette surveillance et de vous montrer discrets. Personne ne devrait savoir ce que vous feriez vraiment là.

— Vanessa, intervient Gregory, je suis sûr que vous comprenez bien que *Vortex* est une société de protection rapprochée, pas un nid d'espions.

— Je le sais très bien, lui assure-t-elle. Mais vous nous avez été très chaudement recommandés par plusieurs amis qui ont recouru à vos services. Et aucune autre entreprise n'a autant (elle me dévisage alors) d'employés aussi jeunes. Il est impératif que nous employions des informateurs qui aient vraiment l'air d'étudiants.

— Ces deux étudiants qui sont connectés aux Gardiens… Vous auriez leurs noms ?

— Je ne peux rien vous dire sans que vous ayez accepté cette mission.

— Tu t'en sens capable ? me demande Gregory.

J'opine avec conviction.

— Ce serait assez simple.

— Pour toi, grogne Charlie. Mais les autres employés comme moi, on est là pour assurer la sécurité de nos clients, pas pour nous retrouver dans un merdier digne d'un James Bond.

Gregory soupèse ces derniers propos un instant avant d'adresser un signe de la tête à Vanessa.

— Nous acceptons cette mission.

— Quoi ? lance Charlie, incrédule.

— C'est le début de l'année scolaire. Vous vous fondrez parfaitement dans le décor, déclare Gregory d'un ton glacé. Je sais que vous en êtes capables, l'un comme l'autre. Surtout toi, Charlie. Tu as le charisme nécessaire. Tu l'as toujours eu.

Gregory le tire par le bras et me fait signe de me pencher.

— Écoutez, ce n'est peut-être pas le genre de mission qu'on accepte d'habitude, mais ça paiera bien. Qui que soient nos commanditaires, ce sont de gros joueurs. Voire des membres du gouvernement. Ce serait bien que ce genre d'individus soient redevables à *Vortex*. Vous comprenez ?

Les yeux de Charlie se mettent à étinceler alors qu'il comprend soudain.

— Quand partirait-on, monsieur ? je demande.

Gregory hausse les épaules.

— Le plus tôt possible, je suppose. Je vous ferai parvenir les détails dès que je les aurai.

— Je suis partant, monsieur.

Charlie inspire, le torse bombé.

— M-moi aussi, patron ! renchérit-il aussitôt en me lançant un regard furieux. Je ne vais pas laisser Batman tout foutre en l'air.

— J'ai un nom..., dis-je d'une voix traînante.

— Jack, c'est ça ? Comme Jack Sparrow. Jack l'Éventreur. Jack et le haricot magique..., énumère-t-il.

Ces insultes sont tellement familières qu'elles m'aiguillonnent avec une douceur amère, que j'écarte aussitôt.

— Très bien, assez de blagues de cour de récréation, assène Gregory en se redressant avant de sourire à Vanessa, la main tendue vers elle. Mes garçons viennent de me dire qu'ils acceptaient cette mission.

— Formidable ! commente-t-elle en lui serrant la main. Je vous transmettrai tous les détails. Maintenant, si vous voulez bien m'excuser.

Une seconde plus tard, elle a disparu derrière un conteneur Matson. Elle s'est déplacée si vite que j'ai à peine eu le temps de la voir faire. Elle avait dû prévoir sa sortie depuis plusieurs minutes. Charlie tremble.

— Putains d'espions…

— Je l'ai trouvée plutôt sympa, j'interviens.

— Évidemment. Tu es comme eux, avec ton côté robot et ton caractère impitoyable. Je suis sûr que tu tuerais ta petite amie si le patron te le demandait.

Ma main agrippe le revers de son costume sans que j'y réfléchisse. Le monde devient effroyablement blanc, brouillant le visage de Charlie et estompant la voix affirmée de Gregory qui tente de me convaincre de le lâcher. Je le plaque malgré moi contre un conteneur. L'odeur de poussière, de sueur et d'acier se transforme en cendre, dans mes narines. Charlie est une marionnette entre mes mains. Je pourrais le détruire si facilement, comme je l'ai fait avec Joseph cette nuit-là, près du lac, comme je l'ai fait avec Léo, et comme je l'ai fait avec Sophia.

Je l'ai laissée mourir, après tout.

Je l'ai tuée.

De la peur transparaît dans les yeux sombres de Charlie. Cette vision empêche le rugissement de consumer mon esprit. Je relâche mon collègue et me dirige vers ma voiture. Gregory me suit avant de me faire signe de baisser la vitre côté passager. Je m'exécute à contrecœur.

— Regarde-moi…, fait Gregory d'un ton soudain sombre et autoritaire.

Je soutiens son regard.

— Tu seras capable de faire ce boulot ou est-ce qu'il va falloir te faire reprendre l'entraînement ?

Mon corps tressaille instinctivement au souvenir cuisant des séances d'entraînement avec Gregory.

— Je maîtrise parfaitement la situation, monsieur, j'articule lentement.

Gregory me dévisage un instant, puis hoche la tête avant de tapoter le capot de ma voiture.

— Va faire tes bagages, dans ce cas. On t'attend à la fac.

Nous retournons au motel dans lequel Gregory nous a loué une chambre avec deux lits jumeaux fonctionnels et pas grand-chose d'autre, mais c'est toujours mieux que de dormir dans nos voitures. Et bien mieux que le gravier sur lequel il nous a fait passer nos nuits pendant notre formation. Charlie grommelle des obscénités avant de sauter sous la douche. Je commande de la nourriture chinoise et allume mon ordinateur portable. Toujours ponctuel et désireux de voir les choses avancer, Gregory nous a déjà forwardé les dossiers. Les visages de deux étudiants me fixent. L'un d'eux est bronzé, provocateur, beau, et a des yeux sombres de chat : Kyle Morris de Lakeside City, dans le Michigan. L'autre est beau garçon, il a les cheveux bruns, un visage symétrique et un regard en acier trempé.

Will Cavanaugh, de Good Falls, en Floride.

J'avais raison.

Et le jeu vient vraiment de commencer.

Chapitre 4

Trois ans, quarante-quatre semaines, six jours

Parfois, quand la vie vous flanque un coup de pied aux fesses, mieux vaut le lui rendre.

Dans les couilles.

Avec des bottes aux bouts renforcés.

En gros, si quelqu'un, n'importe qui, vous frappe, il est plutôt mature de passer son chemin sans répliquer. Mais ce n'est pas marrant. Et j'adore me marrer. Je ne fais que ça vingt-quatre heures sur vingt-quatre.

Le grognement de mon père à l'autre bout de la table m'indique que j'ai encore pensé à voix haute.

— Isis… mange ton petit déjeuner, tu veux ? m'implore-t-il.

— Non, père. Il faut que j'y aille.

Je me lève aussitôt de ma chaise tandis que les jumelles se bombardent de flocons d'avoine.

— Tu vas t'asseoir et manger ton petit déjeuner avec nous, s'il te plaît, Isis…

— Où vas-tu ? intervient Kelly en me souriant gentiment.

— Chez moi.

Le regard de Kelly s'illumine à cette perspective. Celui de papa s'assombrit.

— Isis… ton billet est pour le 13…

— Papaaaa, je chouine. Mon amie est morte et j'ai une revanche à prendre sur la vie.

— On va tous mourir. C'est le roi lion qui l'a dit, intervient l'une des jumelles après avoir arrêté de balancer du porridge.

Ses tresses blond clair contrastent avec ses yeux bleus tandis qu'elle cligne des paupières.

— Exactement ! fais-je en la désignant. Tu vois, papa ? Elle, elle comprend !

Papa devient écarlate comme s'il allait exploser. Kelly lui attrape aussitôt le bras et se met à roucouler.

— Oh, chéri ! Elle doit avoir tellement envie de rentrer dans l'Ohio et d'aller à l'université. Rappelle-toi quand on avait son âge. J'étais si excitée de quitter la maison et de faire ma vie ! Elle a juste hâte d'avoir son indépendance. L'agence de voyages m'adore, je suis une très bonne cliente. On me laissera changer son billet gratuitement.

Mon père laisse échapper un soupir énervé tandis que son visage se détend.

— Tu n'es pas… tu n'es pas heureuse, ici ? Tu étais censée passer les vacances d'été avec moi. Ça fait deux ans que je ne t'ai vue, Isis. Deux ans…

— Je m'éclate, ici, fais-je en mentant à fond. Et tu me manqueras. (Je recommence à mentir. *Je ne te connais même pas.*) C'est juste que tu sais… Kelly a raison. J'ai envie de rentrer !

Papa me regarde par-dessus son verre avant de soupirer. Kelly sourit. J'ai gagné. Tandis que je fais mes bagages, je comprends qu'il n'y a rien pour moi dans cet endroit en dehors de la BMW qu'on m'a prêtée et d'une famille qui n'a jamais vraiment été la mienne. Il m'a fallu neuf ans pour l'assimiler.

Tu es vraiment lente, toi, non ?

Cette voix résonne si clairement dans ma tête que je jurerais que Jack se tient juste à côté de moi. Sauf qu'il n'y a personne. Une photo de traviole de Kelly, papa et leur nouvelle famille me dévisage à travers la porte entrouverte. Il n'y a aucun portrait de moi dans toute la maison, pas même de l'époque où j'étais gamine. Je suppose que papa n'en a plus ou que Kelly n'a pas voulu les accrocher aux murs.

Je suis entourée de gens, mais complètement seule.

Je ferme ma valise et m'assois dessus.

Je pleure un peu à l'aéroport, deux jours plus tard. Papa ne verse pas une seule larme. Ce qui dit tout ce que j'ai besoin de savoir à propos de tout ce que je n'ai jamais voulu savoir. L'avion décolle.

Maman m'attend au retrait des bagages. Elle me prend aussitôt dans ses bras. Je sais que je suis vraiment chez moi, à ce moment-là.

Faire ses affaires pour la fac, c'est comme préparer son barda pour la guerre. On n'en reviendra pas. On ignore ce qui nous attend. Il y a des chances qu'on meure (les exams) et/ou qu'on souffre de blessures (les cuites, les MST…). Et si jamais on en revient, c'est qu'on aura vraiment eu de la chance. Mais le territoire ennemi supplie d'être exploré, et j'ai reçu tout l'entraînement de base nécessaire (le lycée). Ça va aller.

Sauf que Mlle Cupcake n'entre pas dans ma valise.

Donc non. Ça ne va pas aller *du tout*.

Maman m'entend gémir de désespoir et s'approche comme un chien de chasse fatigué d'avance à la perspective du massacre.

— Qu'est-ce qui ne va pas ? me demande-t-elle.

— Tout est fini à jamais ! fais-je avant de me jeter sur mon lit.

Maman attend patiemment que je traduise. Je pointe un doigt vers Mlle Cupcake à moitié enfouie dans la valise.

— Isis... ce n'est qu'une peluche, soupire maman. Tu vas à l'université. Il serait peut-être temps de te débarrasser d'elle.

Je me redresse d'un bond, les yeux ronds comme des soucoupes et la bouche béante.

Maman se reprend :

— OK, OK, Mlle Cupcake peut rester. Mais rappelle-toi : les premières impressions font tout dans la vie, et les seules personnes que Mlle Cupcake impressionnera seront des gamins de six ans.

— Précisément, *madre*. Je n'ai pas l'intention de me lier d'amitié avec des plus de six ans. De cœur. Je ne parle que du cœur. Parce que c'est plutôt sympa de conduire en toute légalité.

Maman secoue la tête en riant avant de redescendre s'occuper des crêpes.

Je file dans la salle de bains avec toute la grâce d'un ninja de dessin animé afin de vérifier son stock de médicaments. Elle a fait le plein : des antidépresseurs, principalement. Leur vision m'inquiète parce que ce genre de médocs peuvent pousser certaines personnes au suicide. Mais elle me rassure aussi parce qu'ils empêchent d'autres personnes de se suicider. C'est le 50/50 le plus pourri du monde, mais la seule solution. Ils permettront à maman de tenir pendant que je serai partie.

— Qu'est-ce que tu fais, Isis ?

Je claque aussitôt la petite porte vitrée de l'étagère.

— Je vérifie qu'il n'y a pas de rats ! Ni de champignons. Des trucs aussi mortels les uns que les autres. Tu savais que les rats peuvent faire des bonds de plus de trois mètres à l'horizontale ? Et qu'ils visent toujours la jugulaire ?

Maman se crispe et retrousse les lèvres comme si elle allait me gronder, mais elle s'avance et me prend juste dans ses bras. Des bras légèrement plus remplumés qu'auparavant.

— Ça va aller, ma chérie, me murmure-t-elle dans mes cheveux de moins en moins violets. Tout va bien. Ce n'est plus la peine de t'inquiéter.

— Je ne peux pas. Si j'arrête, quelque chose d'horrible va se passer. Si j'arrête, je ne ferai pas attention, je ne verrai rien venir, et quelque chose t'arrivera…

Maman resserre son étreinte.

— Tu as été tellement forte pour moi pendant si longtemps. Merci…

Un picotement familier me monte aux yeux. Maman recule sans me lâcher avant de me regarder de la tête aux pieds en me caressant la joue.

— Mais le temps est venu de garder cette force pour toi. Pas pour moi. Pour personne d'autre.

Je ris, mais avec une certaine tristesse.

— Je ne suis… je ne suis pas très douée pour ça.

Maman sourit. Ses yeux sont deux grands miroirs pleins d'amour.

— Alors, le moment est venu d'apprendre.

Tout au fond de ma penderie, je trouve le chemisier rose Chanel roulé en boule que Kelly m'avait offert. Mais il est plus que ça, aujourd'hui. C'est le chemisier dans lequel Jack avait dit que j'étais… j'étais… Je n'arrive même pas à le dire. Est-ce que ce n'est pas complètement naze de ne pas pouvoir prononcer un *mot* ?

Dans ce haut rose, quelqu'un m'a dit que j'étais magnifique pour la première fois de ma vie. Une personne que je respectais. Que je respecte. Quelqu'un que j'aimais.

Que j'aime.

Aime ?

Je secoue la tête et fourre le chemisier tout au fond de ma valise. On ne sait jamais. Je pourrais avoir besoin d'un rideau neuf à un moment ou un autre. Ou de papier toilette.

Maman m'aide à charger la voiture. J'emporte ma fidèle valise bleue et mon sac à dos défoncé du lycée. Je tremble tandis que je prends conscience que je n'y suis plus. J'en suis officiellement sortie ! Une part de moi aimerait boire dix-neuf Red Bull et danser la gigue pendant vingt-quatre heures non-stop. Mais une autre voudrait retourner au lycée en rampant, l'enrouler autour de moi comme une couverture de survie, et ne plus jamais en ressortir. Je décide de me rouler sur la pelouse en gémissant de terreur comme une chenille qui refuserait de sortir de son cocon.

Kayla se gare dans notre allée juste au moment où maman charge mon dernier sac. Je me lève d'un bond et me précipite vers elle. Elle est pile à l'heure pour notre dîner. Notre rencard d'adieu. Elle descend de voiture en robe blanche et sandales. Elle est sublime, et ses cheveux sombres sont coiffés à la perfection. Elle salue ma mère avec la grâce de sept reines françaises et m'entraîne vers son véhicule avec la force de sept guerriers vikings. Une fois sur la route, elle se met à souffler.

— Tu ne vas vraiment prendre que les trucs qu'il y avait dans le coffre ? Même des nomades voyagent avec plus d'affaires que toi !

— Ah…, fais-je en levant un doigt avisé. Mais les nomades n'ont pas de valise remplie d'oursons Haribo.

Kayla lève les yeux au ciel.

— Tu es complètement tarée.

— Je préfère le terme de dévoreuse d'oursons.

— Oh, vraiment ? fait mon amie en haussant un sourcil.

Je me retiens de lui arracher son petit air satisfait. Mais son visage est une œuvre d'art, sourcil haussé ou pas.

— De toute façon, c'est la dernière fois qu'on se voit avant les vacances de Noël, donc, on ferait mieux de faire la fête ou quelque chose de tout aussi joyeux et mémorable.

Kayla sourit avant de s'engager sur l'autoroute.

— Je sais exactement où aller pour ça.

Je reconnais la rue avant même d'arriver au restaurant. La *Fougère Rouge* nous domine de toute sa hauteur. C'est l'endroit où j'avais organisé le premier rendez-vous de Jack et Kayla. Celui où je les avais traqués. Ce que ma meilleure amie ignore, bien sûr. Elle choisit un box près de la fenêtre, où nous nous installons. Elle commande du thé glacé, et moi du ginger ale.

— Si on était en Europe, on pourrait commander du vin, soupire Kayla d'un ton rêveur. Bon sang, tout est si parfait, là-bas…

Je repense alors au billet d'avion que Jack m'a laissé. Un goût amer me monte à la bouche et mes sourcils se froncent à ce souvenir.

— Ouais, ouais. Si on surkiffe la peste, c'est sûr.

— Plus personne n'a la peste, aujourd'hui, Isis.

— Les fans de metal du monde entier ne seraient pas d'accord avec toi sur ce point.

Kayla profite que la serveuse arrive avec nos boissons pour commander une assiette de rouleaux de printemps pour deux. Je jette un coup d'œil nerveux au décor : les mêmes oiseaux de paradis colorés s'attardent sur les vases et les appliques en cristal ressemblent toujours à des algues figées dans de la glace.

— Je ne suis jamais venue, je déclare. C'est joli.

— Oh, ça va, arrête ton char !

Un petit frisson glacé parcourt ma colonne jusqu'à mes fesses. Plutôt désagréable.

— Pardon ?

Kayla prend une gorgée de thé.

— Jack m'a raconté que tu nous avais espionnés pendant notre rendez-vous.

— Peut-être, mais seulement parce qu'il n'était qu'une espèce de sale minet mangeur de cafards à l'air vicelard. Je devais…

— Je sais que tu l'as payé pour qu'il m'invite, m'interrompt-elle.

Je me retrouve bouche bée comme un poisson en train de suffoquer sur une rive.

— C'est bon, je m'en suis remise. Ça paraît tellement loin, aujourd'hui.

— Tu…, fais-je en déglutissant. Tu n'as pas envie de me casser la figure ?

— Pourquoi ? Cette soirée a été une des meilleures de ma vie.

— Quand est-ce qu'il…

— La nuit où on a arrêté de sortir ensemble. Le lendemain matin de la fête d'Avery, quand elle…

Quand elle avait enfermé Wren et Kayla dans une chambre. Ce que je tais. Ça ne servirait vraiment à rien d'évoquer ce mauvais souvenir. Kayla secoue ses cheveux en arrière.

— Jack et moi avons parlé de beaucoup de choses, sur le moment. Ça a été une des rares fois. Il m'a tout avoué.

— Et moi jamais. Eh merde… Je ne t'ai jamais rien dit. Je suis vraiment désolée…

— Ne sois pas bête, fait-elle en me balançant un coup de pied sous la table. C'est de l'histoire ancienne. Et de toute manière, je te pardonnerais tout. À part si tu assassines mon petit frère. Et encore. Peut-être que je te pardonnerais même ça, selon la quantité de bave qu'il m'aura crachée dessus pendant la semaine.

Nos rouleaux de printemps arrivent. Je fonds dessus tel un faucon sur sa proie. Kayla parle du Massachusetts et de tous les lieux qu'elle compte aller visiter avec Wren. La côte Est serait top pour elle : elle est sublime, élancée, bronzée. Une grande ville permettrait que le maximum de pauvres hères puissent se délecter de sa splendeur tandis qu'elle deviendrait la plus belle femme du monde, voire la reine de Westeros.

— Je n'aime pas *Game of Thrones*…, intervient-elle.

J'ai dû recommencer à penser à voix haute.

— Tout le monde est blanc, là-dedans…

Il y a moins de Blancs dans les livres, ce qu'elle saurait si elle lisait plus souvent.

— Je suis en train de lire *Guerre et Paix*…

Rectificatif : elle le saurait si elle lisait de meilleurs livres. De vrais classiques.

— Oh, mon Dieu, ce que tu peux être snob ! Ma meilleure amie est une intello snob !

Je fais basculer mes cheveux sur le côté de ma tête et commande un riz sauté. Kayla opte pour un curry coco. L'ambiance devient soudain dramatique. Kayla se ronge les ongles, un regard sombre remplaçant sa joie feinte.

— Tu vas me manquer, espèce de snob.

Je tends la main par-dessus la table et la pose sur la sienne.

— Je serai toujours là pour toi, je déclare.

Kayla se met à sourire. Je poursuis :

— Comme une paire d'yeux désincarnés. Je veillerai sur tes fesses avec une grande admiration-tiret-jalousie-tiret-instinct-maternel-protecteur.

— Euh…

— Wren ne comprendra pas ce qui lui tombera dessus quand je me matérialiserai pendant votre première nuit câline et que je lui flanquerai un coup de poing en plein sur la bouche.

Kayla me dévisage.

— Bon, OK. Je le frapperai doucement, je corrige. Avec mon petit doigt.

Nos plats arrivent. Kayla et moi nous jetons dessus comme des hyènes affamées, ce qui est bon signe, parce que sur l'échelle des mangeurs voraces, les adolescentes se situent juste en dessous des grands requins blancs et juste au-dessus des hyènes affamées. Donc, nous nous comportons bien. Un constat que la serveuse ne semble pas partager, vu qu'elle plisse le nez en emportant nos assiettes vides. Je file aux toilettes pour nettoyer la sauce aux cacahuètes qui macule mon visage quand les souvenirs viennent m'assaillir avec un désir de vengeance particulièrement haineux. Jack appuyé contre ce lavabo… Jack a touché cette vasque. Jack a touché mon visage pour la première fois dans cet endroit alors qu'il se tenait dans l'angle entre ce lavabo et ce mur. Jack est chaque carreau de cet endroit, et je ne peux y échapper.

Je ne *veux* pas y échapper.

Jack est peut-être aux abonnés absents, sorti de ma vie comme un fantôme, mais c'est comme s'il était encore ici. Je revois même sa large carrure. Je n'ai qu'à fermer les yeux pour remonter le temps.

Ce ne sont que des toilettes d'un restaurant thaï à la con. Mais pas pour moi.

Je me nettoie le visage avant de me jeter un coup d'œil dans le miroir.

C'est la dernière soirée que nous passerons ensemble avant un bon bout de temps, Kayla et moi. Avant quatre mois, au bas mot. Je pars demain. Elle, une semaine plus tard. Aujourd'hui, tout s'arrête, et tout commence. Personne ne sait ce que l'avenir réserve, mais je suis bien déterminée à garder Kayla dans ma vie. Je ne la perdrai pas.

Pas comme j'ai perdu Jack.

— Tout va bien ? me demande Kayla tandis que je regagne notre table. Une intoxication alimentaire ?

— Oh, en permanence ! C'est mon superpouvoir : le caca semi-automatique.

Kayla ne dit rien, ce qui signifie soit qu'elle n'a pas saisi ma blague soit qu'elle n'écoutait pas.

— Il te manque, n'est-ce pas ? me demande-t-elle doucement.

Je sais très bien de qui elle parle. Facile à deviner vu que le spectre de Jack flotte au-dessus de nos têtes comme une espèce d'énorme éléphant rose. Je décide de faire la conne. C'est plus facile.

— Wren ? Ouais, carrément ! J'ai contacté cette espèce de geek sur Facebook hier soir, mais il ne m'a jamais…

— Je parlais de Jack, espèce de crétine.

Je ne dis rien. Kayla soupire et croise les bras sur sa poitrine en attendant l'addition.

— Ce n'est pas juste. Il est parti comme ça, en te laissant là…

Je ris. Ce son me paraît bien amer.

— Ça va, t'inquiète. Il n'y avait rien entre nous, de toute manière.

Kayla m'adresse un autre regard assassin. Avery l'a bien éduquée.

— Ne me raconte pas d'histoires, tu veux ? Un bahut tout entier pourrait témoigner de votre attirance l'un pour l'autre. En plus, je suis ta meilleure amie. Et je suis sortie avec lui pendant un temps. Je sais très bien à quel point vous étiez attachés l'un à l'autre.

— Visiblement pas des masses, étant donné la vitesse à laquelle il est parti, dis-je en riant. Et sans dire au revoir.

Kayla reste silencieuse. Elle semble attendre que j'ajoute quelque chose. Je me contente de sourire.

— Vivre est vraiment bizarre, par moments. Je trouve qu'on ne s'y habitue jamais tout à fait. Mais on vit quand même. Et parfois, on tombe sur des trucs qui rendent l'existence un tout petit peu plus confortable, et on s'y accroche. Mais plus on le fait, plus ces trucs vous échappent.

Je regarde par la fenêtre la grand-rue, les lampadaires commencent à diffuser leur éclat doré. Cette petite ville me manquera. L'inverse n'est pas vrai.

— Je pense que Sophia le savait plus que n'importe qui. Voire qu'elle était même la seule à le savoir. C'est peut-être pour ça qu'elle a... laissé tomber. Parce que les choses qu'elle aimait lui échappaient plus vite si elle s'y accrochait plus fort.

— Isis...

Je me tourne vers Kayla.

— Je vais bien, je t'assure. J'ai juste beaucoup pensé à elle ces derniers temps. À ce que j'aurais pu faire. Ma grand-mère affirme que je n'aurais rien pu faire de plus, mais c'est faux. J'aurais pu... *lâcher l'affaire*. Si j'avais laissé Jack tranquille, Sophia serait encore parmi nous.

— C'est faux ! proteste Kayla.

— Peut-être, peut-être pas. Tout ce que je sais, c'est que dans ce monde alternatif où j'aurais laissé Jack partir, Sophia aurait des chances d'être encore en vie.

Kayla tressaille. La serveuse pose la note sur la table. Je tends la main dans sa direction.

— Tu veux vraiment tout payer ? On pourrait partager..., je propose.

Ce que nous faisons, moitié-moitié. Sur le chemin du retour, sous le ciel aussi noir et sans étoiles que les eaux froides de l'océan, Kayla finit par reprendre la parole :

— Tu n'as rien fait de mal, Isis.

— Non, c'est vrai, je lui accorde. Je n'ai rien fait de mal. Je n'ai rien fait du tout.

Kayla essaie de rompre la glace bien épaisse qui s'est accumulée sur notre conversation, et moi aussi. Le fantôme de la mort de Sophia nous hante. Moi, en tout cas. Il me hante, et ça gâche cette soirée d'au revoir.

— Écoute, Kayla, je suis désolée. Je suis juste… je suis vraiment désolée. Je ne sais pas depuis quand je suis comme ça, et je m'étais promis que je ne…

— Sauf que c'est plus facile à dire qu'à faire, m'interrompt-elle. Je sais. Wren a été dans le même état, lui aussi. T'inquiète. C'est bon. J'ai de la pratique, niveau mélancoliques.

Elle m'adresse un sourire fatigué.

Nous nous garons dans l'allée de ma maison et restons assises dans la voiture à regarder les papillons de nuit s'immoler sur les lampes du porche. Ils se jettent dessus encore et encore comme s'ils voulaient prendre feu et brûler.

— J'ai de la chance de t'avoir rencontrée, je finis par dire à Kayla. Et j'ai trois fois plus de chance que tu kiffes les folles à lier dans mon genre. On peut dire que j'ai gagné le premier prix à la loterie de l'amitié.

— Moi aussi, déclare Kayla en faisant la moue. Je n'aurais jamais compris qu'Avery me manipulait, sans toi.

— Jack t'a pas mal aidée, pour le coup.

Un petit sourire ironique se dessine sur ses lèvres.

— Je suppose. Un peu.

— Tu te souviens de la première fois qu'on s'est

rencontrées, à la fête d'Avery ? Quand il t'avait fait pleurer ?

— Oh, putain… Quelle pleurnicharde ! Trop la honte. Et dire que ça s'est passé il y a, quoi… à peine dix mois ? J'ai vraiment fait un bébé, à ce moment-là.

— Heu, tu as fait *ton* bébé…, je la corrige.

— Les bébés ne sont que des pleurnichards, riposte-t-elle.

Je prends le regard oblique et la voix d'un vieil homme sage avant de commenter cette dernière remarque.

— Mais tous les pleurnichards ne sont-ils pas… de gros bébés ?

Kayla me fourre un petit coup de poing dans le bras.

— Jack a été le premier à aborder le sujet. Il m'a poussée à m'interroger sur pas mal de trucs ; pourquoi je traînais avec Avery, est-ce que j'appréciais vraiment sa compagnie, à quel point mes sentiments étaient enterrés sous toutes ces heures de shopping et de ragots. Il m'aurait fallu beaucoup plus de temps pour le comprendre, sans lui.

— Ouais, mais il aurait quand même pu mettre un peu de sucre pour faire passer la pilule, putain ! Ça ne l'aurait pas tué, je grommelle. Willy Wonka fait ça tout le temps, et il se porte comme un charme !

Kayla secoue la tête en riant.

— Tu connais Jack. Il ne fonctionne pas comme ça.

Je souris – un rictus un peu tordu, quoique sincère. Kayla pose une main sur mon épaule.

— Vous êtes pareils, tous les deux. Je ne m'en étais pas rendu compte jusqu'à ce que Wren m'en parle. Il a raison. Vous êtes vraiment les mêmes. C'est pour ça que… je pense que même s'il est parti, il reviendra.

On ne croise pas des personnes comme toi tous les jours. Il reviendra.

— Et lorsqu'il reviendra, je le décapiterai, je déclare.

— Tu l'accueilleras à bras ouverts, répond Kayla d'un ton sévère. Et tu le serreras contre toi.

— Je l'accueillerai avec un bon gros *hug*. Contre son torse sans tête.

Kayla plaque une main sur sa joue. Je la prends dans mes bras, sincèrement hilare. Pour la première fois depuis ce qui me semble une éternité.

Je ne suis pas en train de perdre ma meilleure amie.

Nous allons juste faire chacune notre vie. Les vents nous entraînent vers des chemins distincts, mais nous nous retrouverons. Nous allons seulement explorer le même globe en empruntant des directions différentes, c'est tout. Comme Colomb et Magellan, qui partirent intrépidement pour des lieux qu'aucun autre explorateur du XVIe siècle et qu'aucun autre équipage malade du scorbut n'avait arpentés auparavant ! Sauf que l'un d'eux est mort de fièvre et de, genre… mutinerie, il me semble, et que l'autre n'était en gros qu'un connard de raciste qui a ouvert la voie à des siècles de génocide. Dans un sursaut de discernement judicieux, je décide d'abandonner cette métaphore pourrie.

— Dieu merci ! soupire Kayla. Tu pourrais descendre de ma voiture, maintenant, s'il te plaît ?

Chapitre 5

Trois ans, quarante-cinq semaines, zéro jour

J'en suis arrivée à la conclusion très originale que quitter la maison craint. Personne n'est jamais arrivé à une conclusion pareille dans toute l'histoire de l'humanité. Personne à part *moi*. Mais je suis spéciale.

— Isis ! On est en retard !

Et très en retard, même.

Être en retard ne me dédouane pas de faire des adieux dignes de ce nom. Tandis que maman démarre la voiture, je me tiens sur le seuil de ma chambre et hume l'air. Dix-huit années d'angoisse. Je n'ai pas passé dix-huit ans ici, mais toutes les merdes qui me sont arrivées au cours des derniers mois m'en donnent l'impression.

Au revoir, petite chambre.

Au revoir, fille que j'étais autrefois.

Je serre contre moi Mlle Cupcake doucement et avec précaution avant d'avaler une gorgée de ginger ale tout en regardant l'autoroute défiler quand une pensée terrifiante me passe par la tête. Mes paumes deviennent aussitôt moites.

Qu'ai-je fait de mon adolescence ?

Je n'ai pas participé à des actions caritatives ni fait de sport. Je ne suis pas devenue une princesse guerrière radicale ni bilingue en langage félin ou capable de faire apparaître des vêtements comme par magie. Poudlard ne m'a jamais envoyé de lettre, ce que je ne leur ai toujours pas pardonné. Attendez un peu que j'aille à Londres, que je trouve le quai 9 3/4, que je me faufile de l'autre côté et que je déverse ma colère. Je ferais de Voldemort ma marionnette. Je roulerais des pelles à Draco. Et je recruterais une bande d'elfes domestiques pour qu'ils m'éventent et qu'ils m'apportent du raisin…

Je m'interromps quand je m'aperçois que je suis en train d'écrire une fanfiction de Harry Potter sur le chemin de l'université. On se concentre ! Je vais avoir besoin de sept sujets de conversation différents pour faire une fabuleuse impression. Voire la moindre impression. Je préférerais presque faire mauvaise impression plutôt qu'aucune.

Je soupire au moment où maman emprunte la sortie.

Je n'ai même pas embrassé de garçon. Pour de vrai, disons. À jeun.

J'ai fait d'autres trucs, en revanche. J'ai tenu des mains et serré des gens contre moi. Sans-Nom a vraiment fait semblant d'être sympa quand il me prenait dans ses bras et me tenait la main. Il avait même dit qu'il me trouvait jolie, une fois ou deux. Mais c'était pour me donner confiance avant de me mettre plus bas que terre. Et tout ça bien avant le coup fatal.

Le fameux coup pourri. Ça ne mérite même pas de qualificatif.

Mais je dois laisser ça derrière moi, si je veux avancer dans la vie. J'ai tout fait pour enterrer cette histoire, la nier jusqu'à ce qu'elle s'efface, et ça a failli marcher. Assez pour que je réussisse à dormir dans le même lit que Jack sans péter les plombs. Ça veut donc dire que je vais de mieux en mieux, et c'est vraiment super que j'en aie conscience.

Ça me donne un tout petit peu d'espoir.

Jack m'a aidée à me rendre compte que je n'étais pas indigne d'être aimée. Que je ne suis pas un cas désespéré !

Que je ne suis pas que moche !

À moins que je l'aie compris toute seule.

Dans un cas comme dans l'autre, batailler contre Jack m'a aidée à prendre conscience de beaucoup de choses, fait mûrir à différents niveaux.

Une douleur vive irradie soudain dans ma poitrine, mais je la balaie et regarde maman sourire.

— Voilà le panneau, chérie. Tu veux bien sortir la carte ?

UNIVERSITÉ D'ÉTAT DE L'OHIO nous domine en grandes lettres blanches sur le côté de la route. Je sors la brochure et guide ma mère à travers le campus. Les arbres et les rosiers ont fleuri, et la lumière de la fin d'après-midi marbre la pelouse vert émeraude. Les bâtiments sont tous en vieille brique. Du lierre court autour des fenêtres et des colonnes romaines. La résidence universitaire est plus délabrée, mais tout aussi grande. Des centaines d'étudiants marchent dans tous les sens en compagnie de leurs parents, se serrent une dernière fois dans les bras les uns des autres, ou portent leurs bagages.

Maman se gare et descend de voiture. Mon ventre se serre d'excitation tandis que je bataille avec la poignée de la portière. Cette fois, ça y est. C'est là que mon enfance prend fin. Pas dans une grande explosion, mais dans un cri silencieux.

Je sens les brûlures de cigarette sur mon poignet et m'assure que ma manche les couvre bien. Correctif : mon enfance a pris fin depuis longtemps.

Je traîne ma lourde valise et mon sac à dos à l'étage, maman sur mes talons. La chambre située au premier est petite et d'un blanc immaculé. Il y a juste du carrelage froid et deux lits tellement hauts qu'on les croirait spécialement fabriqués pour Hagrid. Au minimum. On les a fourrés dans les coins de la chambre, avec une fenêtre entre eux. Deux bureaux sont installés juste à côté ainsi que des machines à torturer les fesses de premier choix : des chaises en bois. Deux placards attendent qu'on les remplisse de chaussures, de préservatifs, d'examens foirés, ou de tout ce que des étudiants pourront y mettre. Des rêves brisés, peut-être.

Ma camarade de chambre ayant déjà revendiqué le côté gauche, je laisse tomber mes affaires sur le lit de droite. Maman commence à déballer les draps et à faire mon lit. Je la regarde à l'œuvre. Cette vision me manquera. J'inspecte le placard de ma coloc : une guitare, des vestes de surplus de l'armée et des chaussures de rando. Son bureau est jonché de bijoux en argent : des clous, des bagues en forme de crâne, des colliers en forme de cercle de la mort hérissés de pointes. Yeehaa ! On devrait super bien s'entendre.

Une fois que maman a terminé de faire mon lit,

nous descendons nous asseoir sur la pelouse pour profiter du soleil. Maman me prend la main, qu'elle caresse du pouce.

— Je suis désolée, Isis.

— De quoi ? De ne pas m'avoir donné naissance une semaine ou deux plus tôt ? J'aurais tellement voulu être gémeaux. Ça aurait été mille fois mieux que cancer, c'est sûr.

Maman m'adresse un petit sourire ironique.

— Je suis juste contente qu'on ait pu vivre ensemble cette dernière année. Même si… même si ça a été difficile.

Je sais à quoi le regret ressemble. Je l'ai vu dans chaque trait du visage de Jack à l'enterrement de Sophia. Je ne l'oublierai jamais, même si des Zabadoobiens me kidnappaient et me faisaient subir un lavage de cerveau. Maman le porte comme un châle. Léger, mais bien serré autour d'elle. Je passe un bras autour de son épaule et pose ma tête dessus.

— Tout va bien. Et je me suis bien amusée, aussi. Ça a été dur, mais j'ai pris du bon temps et j'ai appris plus de trucs cette année que durant ma vie entière. Je suis vraiment heureuse d'être venue vivre avec toi. Merci d'être la meilleure mère qui ait jamais arpenté cette planète.

Maman fourre son visage dans mes cheveux avant de se mettre à pleurer.

— Je t'aime, Isis.

— Moi aussi ! fais-je dans un éclat de rire. Tu vas me manquer.

Je la verrai plus que Kayla, mais ça fait quand même mal. Je suis aussi douée pour les au revoir que Tarzan pour porter des fringues.

Au moins, Léo est en prison. Maman sera en sécurité pendant quelques années.

Elle a insisté pour que je garde la vieille Coccinelle à la fac. Ça fait longtemps qu'elle veut acheter une autre voiture, et ça lui donne le prétexte parfait. Je l'accompagne à l'arrêt de bus et lui fais signe de la main tandis que le sien démarre. Je la regarde s'éloigner, le cœur dévasté.

Je suis seule.

Personne ne me connaît. Je vais devoir repartir de zéro. Des centaines de première année me dépassent sur les trottoirs, piétinant la pelouse verte et mon cœur de jouvencelle au passage. Mon expression est plus impénétrable que celle de l'empereur Palpatine avant qu'il retire sa capuche. Une immense bannière fixée au-dessus de l'immense baie vitrée de la bibliothèque donne à lire un immense BIENVENUE LES TROUS DU CUL !

— Ils devraient plutôt écrire « Bienvenue bande de queutards ! » grogne une voix sur ma gauche.

Une fille avec sept boucles d'oreille sur un seul lobe et un visage rond se tient à côté de moi. Elle est forte, grande et a l'air puissante. Elle a les cheveux teints en rose clair et rasés sur les côtés. Ses rangers et sa chemise en flanelle me disent tout ce que j'ai besoin de savoir. Une *über* chieuse. J'ai aussitôt envie d'être elle et de me battre avec elle juste pour pouvoir dire qu'elle m'a frappée. Elle me regarde en clignant ses yeux noisette cernés de traits épais de khôl.

— Euh… pardon ? lance-t-elle.

— J'ai pensé à voix haute, c'est ça ? Ça m'arrive par moments. Les médecins disent que je pourrais souffrir d'une forme légère du syndrome de Gilles de La Tourette, mais moi je dis que c'est une étape de l'évolution humaine. Un jour, tout le monde sera comme moi et ce jour-là, le monde déchirera.

Les sourcils roses de la fille se haussent avant qu'elle éclate d'un rire plein et riche comme un bon ragoût. Elle me tend la main.

— Yvette Monroe.

Je la lui serre.

— Isis Blake. Mais mes amis m'appellent Tarée. Ou Débile. Parfois les deux.

Yvette m'adresse un petit sourire narquois.

— On est deux, alors.

Je reconnais soudain l'une des magnifiques boucles en forme de crâne à son oreille. J'ai vu une paire du même genre dans ma chambre.

— Ça risque de te paraître un peu psychopathe sur les bords, mais je remarque que tu as décapité Jack Skellington et que tu l'as mis sur ton oreille.

— Que dire pour ma défense ? fait Yvette en haussant les épaules. J'aime les os.

— Moi aussi, en fait. Parce que notre squelette supporte une structure musculaire interconnectée plutôt balèze et que sans lui, on serait juste des blobs de chair. Et parce qu'on ne pourrait pas faire des doigts aux gens. Tu es dans la 14B ?

Les yeux d'Yvette s'écarquillent.

— Ouais. Et toi, tu es…

— Ta coloc ! je crie.

Un type qui passe fait une grimace et me pousse pour me dégager de son chemin. Je l'informe de façon sonore qu'il peut remercier son squelette pour ça. Yvette paraît satisfaite de ma réaction vu qu'elle me frappe l'épaule. J'ai l'impression de m'enfoncer de cinq centimètres dans le sol.

— Toi d'abord, fait-elle en me reconduisant vers notre chambre.

— Moi d'abord quoi ? Pour faire la course à pied sur trois jambes ? Parce qu'il faudrait d'abord que tu saches que je n'ai qu'une bonne jambe. L'autre est en mode pas rasée et pas sexy.

— Toi d'abord, tu me racontes ta vie. Tu viens d'où ?

— Oh… D'Ohio. Enfin non. De Floride ! Ouais, c'est ça. J'ai grandi là-bas, et ensuite j'ai atterri ici en terminale. Et toi ? Oh… Laisse-moi deviner… de l'Enfer. Tu viens de chez Belzébuth.

— Oui, exactement : du Kansas.

— J'aime les nouilles japonaises pas cuites et conduire comme une folle, je poursuis.

— Je n'aime que le bacon et les cornichons. Et je ne conduis pas.

— Un jour en CE2, je me suis fourré un bonbec dans le nez pour impressionner un garçon. *Spoiler* : il n'a pas du tout été impressionné.

Yvette semble sidérée, pour sa part. Elle soupire.

— J'ai commencé à fumer parce que c'est ma première année de fac et que je sais déjà que je vais laisser tomber.

Son honnêteté me tue. Sa façon de le dire : franche, naturelle, modeste. Une qualité que je n'ai jamais eue, quand bien même cela aurait peut-être sauvé la vie de quelqu'un…

— Une de mes amies s'est suicidée, je déclare.

Yvette tourne le regard vers moi durant une seconde, ou une minute, qui s'étire en heure et que je voudrais ne jamais voir se terminer. Parce que Yvette me voit au lieu de me regarder comme si j'étais transparente à l'instar des autres ici. Ma camarade ouvre la porte de notre chambre, puis nous entrons. Elle désigne son lit de la main.

— C'est ma moitié. Ça, c'est la tienne.

Je hoche la tête. Elle sourit. La lumière du soleil éclaire ses cheveux roses.

— Allez, viens, allons nous chercher de quoi bouffer.

La fac, c'est génial.

On y sert de la soupe de palourde à côté de la pizza, des gyozas à côté des burritos et il y a du dessert. Tous. Les. Soirs. Putain. Si on veut. Et je le veux. Trop. Parfois, et je dis bien parfois, je mange une salade comme une Adulte® parce que c'est ce que je suis, à présent.

Mon lit Hagrid est plutôt pourri, côté confort, mais la pensée terrifiante de rouler par terre et de tomber d'un mètre cinquante de haut durant la nuit me permet de rester en sécurité bien au centre, sous les draps. Yvette ronfle et écoute Metallica à fond quand elle bosse, mais on s'entend bien, à part ça. Mieux que bien, même. Elle est plus sarcastique que moi, ce qui mériterait quatre prix Nobel, et elle est intelligente. Pas autant que Jack, mais elle n'est pas aussi naze que lui non plus. Elle est tout le temps un peu en colère, rit plus fort et s'énerve plus vite que toutes mes connaissances. Sauf Kayla quand je lui dis qu'elle est jolie, peut-être.

Mais l'honnêteté d'Yvette est un changement rafraîchissant après tous les non-dits de l'année dernière et l'agressivité ambiante. Elle n'a jamais évoqué le suicide de Sophia, même si je lui en ai parlé dès le premier jour. Elle n'est pas du genre à fourrer son nez dans les affaires des autres, et je l'adore pour ça. Elle fume parfois derrière la sortie de secours, où je la rejoins pour essayer de l'imiter, mais vu que ça finit généralement en vomi, nous allons mettre un terme à ça.

Je lui en dirai plus sur Sophia quand je le sentirai. Ou pas. Peut-être que je garderai ça pour moi, comme je l'ai fait avec Sans-Nom. Mais je ne laisserai pas le silence m'empoisonner la vie, cette fois. Je ne le laisserai pas me faire du mal. Je ne m'accrocherai pas à la douleur comme à un doudou en verre brisé. Plus jamais.

Mes cours sont top, mais trop faciles. Bon, d'accord, quatre profs différents nous ont donné des dissertes de dix pages à faire pour la semaine prochaine. Mais franchement, quarante pages, c'est vraiment du pipi de chat, pour moi, vu que j'en écrivais vingt par jour dans mon journal d'adolescente geignarde. Le truc le plus difficile, c'est la concentration, parce qu'on a cours dans de gigantesques auditoriums, qui pourraient carrément être transformés en arènes de gladiateurs si on déplaçait le bureau des profs et qu'on virait les chaises. Mais dans ce cas, les murs blancs stériles auraient l'air mieux avec des traînées de sang badigeonnées partout. Et il faudrait baisser la lumière, aussi. À se demander si les ampoules elles-mêmes ne seraient pas éclairées, tellement elles sont lumineuses. Mais ce serait impossible, à une telle hauteur. Sauf si le gardien avait des ailes…

Affalée dans son fauteuil à côté de moi tout au fond de l'amphi, Yvette m'informe que les gardiens ne peuvent pas voler, à la différence des vampires.

— Les vampires sont trop dégueu, j'assène.

— Tu as lu *Twilight* ?

— J'ai lu tellement d'autres bouquins.

— Y a pas mieux. Et les vampires étaient les meilleurs. Et les roulages de pelles étaient top.

Je hausse les épaules. Malgré son tee-shirt au crâne flamboyant et son jean déchiré, Yvette est une princesse sophistiquée qui rêve du prince charmant.

— Imagine-toi en train de coucher avec un vampire…

— Imagine-toi aller à l'église pour prier Notre Seigneur…

Elle rit avant de retourner sur Tumblr. Le mieux du mieux à la fac, ai-je décrété, c'est que les profs n'en ont strictement rien à faire qu'on les écoute. Ils se contrefoutent qu'on surfe sur Internet et qu'on passe notre temps à envoyer des textos. On paie pour être là, pas l'inverse. Ce sera différent quand les TP débuteront, mais pour le moment, c'est Shangri-La. Et s'il vous plaît, ne me parlez pas des TP, parce que la seule perspective de manipuler des combustibles d'origine chimique est tellement hilarante que je dois me contrôler pour ne pas me faire pipi dessus. Longue vie aux trucs qui explosent !

Maman m'appelle tous les soirs, parce que c'est ce que les mères font. Ça, et soupirer. Mais ma mère a toujours beaucoup soupiré parce qu'elle est triste et parce que avoir une fille tarée pèserait sur n'importe quelle âme mortelle. Sauf celle de… Beyoncé. Genre. Mais on sait tous qu'elle n'est pas mortelle. Et en plus, elle a Blue Ivy.

— Sa musique est vraiment trop naze, intervient Yvette tandis que nous allons dîner.

— Ah, oui ? Laisse-moi juste noter ça dans cette

jolie petite liste que j'ai intitulée « Les 25 raisons pour lesquelles tu me rejoindras dans le cratère de lave bouillonnant du royaume de Belzébuth ».

— Tu parles vraiment trop toute seule. C'est dû à quoi ? Un problème à la naissance ?

— Tout à fait : dommages collatéraux dus aux eaux radioactives dans lesquelles ma mère s'est baignée quand elle était enceinte.

Yvette ouvre la bouche pour dire autre chose, mais la referme et devient rouge ketchup. Je suis son regard tourné vers un groupe de filles, mais avant que j'aie pu identifier la reine des abeilles qui retient son attention, Yvette le détourne, se racle la gorge, et attrape un bol de soupe.

— En tout cas, articule-t-elle avec beaucoup de difficulté, il y a un concert au Weigel Hall, ce soir. Avec des mecs en sueur qui feront les cons avec des batteries et des reprises d'Alice in Chains. Tu devrais venir écouter de la vraie musique, histoire de t'éduquer un peu.

— Ouah, attends deux secondes. Est-ce qu'on va vraiment ignorer le fait que tu viens de…

Yvette décide alors de transformer sa soupe en nettoyant pour sol.

— Que je viens de quoi ?… demande-t-elle d'un ton cassant.

— Euh… rien. Laisse tomber. OK, j'en suis. C'est payant ?

Elle se détend.

— Gratuit. On se retrouve là-bas à 19 heures.

Je lui réponds d'un riff de guitare, qui me vaut un petit sourire avant qu'elle s'éloigne. J'attrape une part de pizza puis me dirige vers la terrasse, où le soleil couchant peint le monde d'or et d'argent. Les ombres des arbres s'étirent et s'entrelacent avec celles des passants.

Quand je le vois soudain.

Je fais tout pour ne pas le voir. Vraiment. Mon cerveau se met à crépiter, et j'en oublie même de déglutir. La peau me picote, chaude au début, puis tellement glacée que j'ai l'impression d'être en Alaska. Je me mets à transpirer et mes yeux scrutent les alentours à la recherche d'une sortie d'urgence : l'escalier du fond, à l'autre bout de la cafète, qui conduit vers la porte principale. Je réagis sans réfléchir tandis que je ramasse mon assiette et la jette d'un geste rapide. Il m'a à peine fallu deux secondes. Deux petites secondes pour que la terreur me tombe dessus et que je me précipite à l'intérieur tout en le regardant arriver.

Ses cheveux bouclés brun foncé tombent devant ses yeux et ses yeux d'acier sont d'un bleu si sombre qu'aucune lumière ne filtre au travers. La couleur des épées et de l'océan, terrifiante et acérée. Mortelle. Ce type a tué une partie de moi. Ses sourcils sont épais et sa bouche attirante. En plissant les yeux, on croirait voir un musicien d'un groupe anglais. Il a toujours ses taches de rousseur sur le nez, celles sur lesquelles j'avais écrit des poèmes débiles. Il est plus grand que dans mon souvenir et ses biceps sont énormes. Il a clairement soulevé de la fonte, ces derniers temps. Ce qui ferait tomber n'importe quelle fille, mais pas moi. Ça me donne juste envie de vomir. Tout ce que j'aimerais, c'est dégobiller sur la plante derrière laquelle je suis cachée. Mais derrière la panique qui transforme mon cerveau en bouillie, une autre part de moi hurle en silence.

Qu'est-ce ! Que ! Sans-Nom ! Fout ! Là ! Putain !

Ici, de tous les endroits de cette planète. *Ici*, de toutes les facs de ce pays. C'est une blague. Il doit être venu rendre visite à un ami ou un truc du genre. Il ne peut pas être inscrit. Il ne va pas aller en cours là, dormir dans le même périmètre que moi. C'est impossible. Je suis venue dans cet État pour l'éviter. J'y ai emménagé pour le fuir, et voilà qu'il m'a retrouvée. Merde ! Il n'y a pas moyen qu'il soit ici pour moi. C'est une coïncidence. Les mails de menaces à la con qu'il m'a envoyés étaient juste d'ultimes tentatives de déstabilisation désespérées. Sa façon de… de… De quoi ? Mes séances avec le Dr Mernich – la psy qui m'a suivie après que Léo nous a agressées maman et moi – me reviennent, brûlantes comme un feu sombre et puissant. Un détonateur ; c'est sa façon de procéder. Il voulait que je me souvienne. Et maintenant, il va faire en sorte que ça arrive.

— Hé… Tu vas bien ?

Je lève les yeux. Une fille aux cheveux teints couleur miel et aux immenses yeux gris cerclés par des lunettes me regarde en clignant des yeux. Elle sent la rose musquée. Mes extraordinaires dons d'observation m'alertent sur le fait que ses seins sont encore plus gros que ceux de Kayla et qu'elle a un petit bidon tout rond, ce que je remarque à peine dans le brouillard paniqué qui me cerne.

— Non, pas du tout, je lui réponds d'une petite voix aiguë.

— Ouais. Tu as une tête de merde, fait la fille avant de se couvrir la bouche d'une main et de reprendre à voix basse. Euh… pas pour la vie hein, juste maintenant.

Des étoiles se mettent à briller dans mes yeux tandis que je découvre la seule personne au monde capable de me battre moi, Isis Blake, au concours de l'humour le plus nul du monde. Et aussi au grand concours de la fille pulpeuse super bien roulée. Et qui sent la rose. Je me souviens soudain que je suis en plein milieu d'une crise de panique plutôt balèze.

— Tu es vraiment trop mignonne, mais je fais face au fait que mon ex-petit copain est inscrit dans cette fac, et que c'est naze au possible. Tu ne devrais pas traîner dans le coin en présence d'un truc aussi dégueu… aussi dégueu qu'une cuve remplie de blob vert fluo. Alors si tu pouvais partir histoire que je puisse recommencer à me sentir désespérée et terrifiée, ce serait top.

Fille-aux-Lunettes fronce les sourcils avant de se mettre à scruter la foule.

— Il te fait peur ? Alors, ça, ça ne me va pas du tout. C'est lequel ?

— Celui avec l'aura maléfique et menaçante à peine dissimulée sous un masque de tendances antisociales et des abdos. Il entre actuellement dans cette pièce précise et… Oh, mon Dieu ! Il faut que je parte d'ici. Pour Mars.

Je me précipite vers la porte du fond quand Sans-Nom pénètre dans la cafétéria. Je prends une bouffée d'air et fais une enjambée si grande et brusque que je manque tomber. Fille-aux-Lunettes me rattrape par le coude.

— Euh… sérieusement. Tu ne veux pas que je t'accompagne à l'infirmerie ?

Je la dévisage un long moment.

— Tu sais quoi ? Ce serait adorable de ta part. Mais je vomirais sur tes chaussures.

— OK. Si tu le dis.

Je dégobille alors sur ses chaussures sans plus de cérémonie. La fille se met à rire.

— Moi, c'est Diana. Et ça, ce sont les chaussures de ma coloc. C'est une vraie garce.

— Oh ! la vache…, fais-je en m'essuyant la bouche. J'adore pourrir les chaussures des cons. Je le fais tout le temps. Surtout sur celles de ce charmant garçon à la con. Et maintenant sur les tiennes. Non pas que tu sois un charmant garçon à la con. Ou peut-être que si, va savoir…

Un silence pensif retombe. Diana semble parfaitement au fait de son genre.

— Moi, c'est Isis.

— Ravie de te rencontrer, déesse égyptienne de la fertilité, commente Diana en souriant.

— Elle avait plein de charmes magiques et elle se baladait presque tout le temps à poil, ce qui est cool, sauf pour le sable qui se colle dans la raie du popotin. À part ça, je ne m'apprête pas à épouser mon propre frère – note de bas de page : trop dégueu – et si jamais j'avais les détonants pouvoirs magiques d'Isis, je n'aurais vraiment aucune raison de rester ici quatre ans pour découvrir quoi faire comme boulot à la con pour gagner ma vie jusqu'à ce que je meure et… oh, mon Dieu ! Il faut que je m'allonge.

Ce que je fais. Sur la chaussée. Diana me regarde avec curiosité.

— Tu as la tête posée juste à côté de là où tu as vomi, remarque-t-elle de façon judicieuse.

Je plisse le nez et roule dans l'herbe sur environ un mètre cinquante. Lorsque le monde cesse finalement de bouger sur lui-même, que je m'immobilise et que Diana se précipite au bas de la pente en me demandant si ça va, cernée par ce doux parfum de rose, j'éclate de rire.

Cette roulade a évacué toute la terreur qui me comprimait la poitrine et a brisé l'emprise glacée de Sans-Nom. L'odeur du sol chauffé par le soleil et la sensation de l'herbe qui me picote les fesses me rappelle que ça passera. Qu'il passera. Qu'il mourra lui aussi, un jour, et que ce jour-là, je serai libre. Que ce n'est pas la fin du monde. Il est ici. Je suis ici. Mais nous avons changé. Je suis plus forte à cause de tout ce qui s'est passé. À cause de lui, et de la douleur. Mais surtout à cause de Sophia, de Jack, de Kayla et de Wren.

Je voudrais être plus heureuse. Heureuse comme Sophia l'est maintenant. Heureuse comme je voudrais que Jack le soit.

Même s'ils sont tous les deux partis. Même s'ils sont tous partis.

Même si je suis seule.

Diana me regarde rire en souriant avant de s'asseoir à mes côtés. Mes doutes se confirment alors : seule une tarée continuerait de traîner avec quelqu'un qui vient de dégobiller sur ses chaussures, de rouler dans l'herbe comme un hamster défoncé au sucre, et d'en rigoler. Diana pourrait très bien être un *serial killer*. Ou tout simplement quelqu'un d'adorable. Dans les deux cas, quelqu'un qui ne devrait vraiment pas traîner avec Isis Blake.

— Tu pleures…, me signale-t-elle d'un ton désinvolte avant de cueillir un pissenlit et de souffler dessus.

Je m'essuie aussitôt le visage.

— J'ai pas mal pleuré ces derniers temps. Parce que… tu sais… C'est plutôt sympa de chialer, si on voit ça comme un geyser des yeux.

Diana se met à glousser. Je me lève et balaie de la main les brins d'herbe sur mes abdos musclés.

— Bon, écoute, ça a été vraiment super, tout ça, mais je dois y aller pour réfléchir sérieusement au fait que je pourrais être en train de perdre la boule…

Diana hausse les épaules.

— Je crois que tu as juste peur. C'est effrayant, la fac. On peut faire ce qu'on veut. On peut se planter et se faire recaler, boire, fumer, coucher sans que personne n'en ait rien à faire. On n'est plus des gamins. Il n'y a pas de parents, ici. Quoi que l'avenir nous réserve, il sera orienté par les choix qu'on va faire ici, maintenant. C'est vraiment flippant.

J'observe son visage. Diana remonte ses genoux contre elle.

— Et revoir des ex qu'on n'a pas vus depuis des lustres est aussi flippant.

Toute volonté de partir me quitte, à ces mots. Je me laisse retomber à côté de ma nouvelle copine. La dernière chose dont j'aie envie, là tout de suite, c'est de me retrouver seule. Nous regardons le soleil couchant zébrer le ciel de rouge feu et velours.

— Les mecs sont bizarres, conclut Diana sagement.

— Je ne sais rien des garçons à part que des bruits étranges sortent parfois de leurs bouches.

— C'est ce qu'on appelle parler, chez eux, explique Diana.

— Oh…

Elle me regarde entre ses paupières plissées.

— Si jamais il t'a fait du mal, je pourrais lui botter le cul, si tu veux.

— Tu proposes souvent des bottages de cul aux gens que tu connais à peine ?

— J'ai quatre petits frères. Ce serait dommage de gâcher mes talents.

C'est à mon tour de glousser. Des voix me font sursauter. Je jette un coup d'œil prudent autour de nous. Un groupe de filles bruyantes et désagréables est en train de passer.

— Je n'ai pas envie de vivre en regardant constamment par-dessus mon épaule, fais-je en soupirant. C'était déjà merdique, en Floride, et ça le sera ici aussi.

— Je te dirais bien de l'ignorer, mais je suppose que c'est plus facile à dire qu'à faire, je me trompe ?

Je hoche la tête. Diana attrape un brin d'herbe. Je suis sur le point de dire un truc intelligent et profond, qui changerait sûrement nos vies, quand la voix claire et forte d'Yvette s'interpose. Elle a un étui de guitare en travers du dos. Ses cheveux roses sont assortis au soleil couchant.

— Hey ! Tu viens au concert ou bien, espèce de tarée ?

Je me lève sur des jambes tremblantes tout en jetant un dernier coup d'œil vers la cafétéria.

Le collier d'épines qui m'enserrait le cou a disparu. Je suis en sécurité. Diana se lève en même temps que moi. Je lui souris.

— Sur une échelle de bof à dix, tu situerais la musique à combien ?

Chapitre 6

Trois ans, quarante-sept semaines, un jour

Weigel Hall est un gigantesque machin de verre et de brique construit par de riches ex-étudiants croulants et ridés qui voulaient voir leurs noms sur un immense truc avant de casser leur pipe. Les étudiants en musique et les emos traînent ici vingt-quatre heures sur vingt-quatre. Ce sont d'ailleurs eux qui ont organisé cette battle de groupes, soit des première année un peu grunge réunis en groupes indé. L'alcool n'est pas autorisé, mais tout le monde en fait passer en douce dans des bouteilles de soda et des flasques.

— Tiens-moi ça. Prends-moi en photo. Je veux voir mon propre concert en direct et en Technicolor.

Yvette me fourre un téléphone dans la main. L'air un peu perdue, mais enthousiaste, Diana se contente de glousser.

— Tu fais partie d'un groupe ? lui demande-t-elle.

Yvette la regarde comme si elle la voyait pour la première fois.

— Euh, ouais… Grosse ambiance…

— Tu y vas un peu fort. Ça manque trop de gens à poil pour pouvoir dire ça.

— Grosse ambiance est le nom de mon groupe, espèce de débile, assène Yvette en me flanquant un coup de coude. Je suis en retard. On passe juste après. Mais si quelqu'un avait bien voulu décrocher son téléphone au lieu de me faire courir partout à travers le campus pour la retrouver…

— Je t'avais prévenue ! Le gouvernement écoute tout ce que je dis. Je ne communique que par signaux de fumée dorénavant.

Yvette hausse les yeux au ciel avant de s'élancer dans la foule en direction des coulisses. Diana et moi regardons le groupe qui passe déchirer les cœurs des spectateurs tandis que leur guitariste leader balance un solo à dégommer les tympans.

— Elle est vraiment adorable ! me crie Diana.

— Pas autant que moi ! je hurle en retour. Attends, de qui on parle, déjà ?

— De ton amie. Yvette, c'est ça ?

— Oh, ouais, elle ! C'est ma coloc. J'ai tendance à infecter tout ce que je touche. Elle va devenir de plus en plus adorable à mesure que mes spores vont prendre le contrôle de son corps et faire d'elle mon esclave.

Diana glousse de nouveau. Je m'interromps.

— Je ne suis pas aussi malfaisante, en réalité.

— Je sais. Les gens malfaisants pleurent moins que toi.

Je ne pleurais pas autant, avant. Je voudrais lui dire, mais l'histoire serait trop longue à raconter. Il faudrait y consacrer, genre… trois bouquins entiers. Je me demande si Diana voulait dire « adorable » au sens amical du terme ou bien « hé, poulette, t'es vraiment trop adorable, viens donc dans mon lit. » Une écrasante fatigue me frappe soudain. La journée a été exténuante. Je marmonne des excuses entre mes mâchoires serrées et trébuche au milieu de la foule avant d'atteindre l'extérieur de l'enceinte, où la musique hurle moins. Je m'assois, cale mes genoux sous mon menton et regarde la lune se lever au-dessus du campus, le calme retombe. C'est chez moi, à présent, même si je n'en ai pas du tout l'impression. Quand vais-je commencer à me sentir à la maison ?

— Quand tu commenceras à te sentir bien, m'interrompt une voix.

Mes oreilles reconnaissent son propriétaire avant de le voir. Je regrette aussitôt d'être venue là, d'être venue dans cette fac, et de vivre en général.

Sans-Nom me regarde avec un petit sourire en coin, les mains fourrées dans les poches de son jean. Il est grand. Le bout de mes doigts devient insensible, tout à coup. Il s'assoit à côté de moi, envoyant des vagues de paralysie successives.

— Mais tu ne te sentiras jamais bien, ici, n'est-ce pas ? Pas maintenant que tu sais que je suis dans les parages.

Sans-Nom me regarde droit dans les yeux. Une part de moi se roule en boule sur elle-même, dans l'attente de la douleur inévitable.

— Qu'est-ce que tu fais là, d'ailleurs ? je parviens à articuler entre mes lèvres serrées.

Sans-Nom hausse les épaules et écarte des cheveux de ses yeux.

— Mon oncle et ma tante habitent ici, dans l'Ohio. Papa a préféré m'envoyer dans cette fac sachant qu'on avait de la famille dans le coin. Je voulais aller à l'université de Californie, mais on n'a pas toujours ce qu'on veut, dans la vie. Et même quand c'est le cas, on peut parfois le regretter. Ce n'est pas à toi que je vais apprendre ça, n'est-ce pas ?

Il me sourit, toutes dents dehors. Je me mets à trembler. Mes jambes et mes bras frissonnent de façon incontrôlable.

— Je suis désolé pour ton ami, poursuit Sans-Nom en soupirant. Il a réussi à empiéter sur mes pare-feu pendant quelque temps, le sale cafard. Comment il s'appelle, déjà ? John ? Jake ? Peu importe. Il est parti, maintenant. Ça fait des mois qu'il ne m'a pas cherché de problèmes. Et les registres de votre lycée montraient qu'il n'y allait plus, vers la fin.

— Comment tu le sais ? je demande en déglutissant.

— Comment tu crois que je le sais ? rit-il. Quand tout ce qu'on a c'est un ordinateur et un père qui ne veut pas vous voir traîner dans ses pattes, on apprend à s'amuser tout seul.

Mes ongles s'enfoncent dans mes paumes. Malgré la panique, j'arrive à me souvenir de son père : un homme immense et terrifiant qui buvait trop et travaillait dans les motos. Quand la mère de Sans-Nom a quitté cet homme, ce dernier a reporté sa colère sur leur fils. Durant une minuscule seconde, je ressens de la pitié, mais elle se dissout devant le petit sourire suffisant sur les lèvres de Sans-Nom.

— Tu as vraiment dû déguster. C'est vrai quoi, ça craint de trouver enfin un mec assez con pour t'apprécier et de le voir ensuite te filer entre les doigts.

— Qu'est-ce que tu veux ? je parviens à articuler.

Il soupire.

— Je veux que tu connaisses la vérité sur ce type, Isis. Sur ce qu'il a fait cette nuit-là.

Je n'aurais pas cru ça possible, mais mon estomac arrive à se ratatiner encore plus. *Cette nuit-là.* Il parle de celle où Sophia avait perdu Tallie. Celle que Wren avait filmée.

— Tu..., fais-je avant de déglutir très fort. Il y a plusieurs mois de ça, tu m'as envoyé une capture d'écran de la main de Jack en train de tenir une batte de base-ball.

— Exact.

— Comment tu l'as eue ?

— C'est simple. J'ai une copie de la vidéo. De l'ensemble.

Je n'arrive plus à respirer, tout à coup.

— Mais...

— Tu peux me détester, m'interrompt-il, tu peux penser que je suis le pire mec sur cette planète, mais je te connais, Isis. Je sais à quel point tu es curieuse. Si tu veux voir la vidéo, je sais que tu en meurs d'envie, tu viendras me trouver. Tu céderas à la tentation, à un moment ou un autre. Et je ne demande pas mieux.

Sans-Nom rit à ces mots, avant de me tapoter l'épaule d'un geste rapide. La panique tend chacun de mes muscles. Et, comme si des fils le maintenaient telle une marionnette, mon poing s'avance brutalement et le frappe dans les côtes. Sans-Nom en a le souffle coupé avant de se mettre à tousser. Son masque amical explose en mille morceaux. Son sourire devient cruel et l'éclat jovial de ses yeux se transforme en malveillance.

— Espèce de petite...

Ses mains tentent de m'attraper. Je plonge, mais aucun de nous ne peut plus bouger. Quelqu'un s'est interposé entre nous.

— Ça suffit.

Je reconnais aussitôt cette voix.

Un jean sombre, une chemise de flanelle aux manches retroussées, des épaules que je connais très bien – contre lesquelles j'ai dormi. Des cheveux fauves. C'est un mirage ; forcément.

— On peut savoir qui t'es, putain ? demande Sans-Nom avec mépris.

— Ça me vexe que tu ne me reconnaisses pas, Will. Toutes ces heures passées à fouiller dans mes registres scolaires et tu n'as pas consulté mes photos ? C'est plutôt négligent de ta part. On pourrait presque parler d'une erreur assez grossière.

Les yeux de Sans-Nom s'écarquillent, mais son visage se recompose en une expression neutre. Un sourire narquois étire les commissures de ses lèvres tandis qu'il se redresse de toute sa hauteur.

— Enfin réunis. Fabuleux ! La fête va pouvoir commencer.

Sans-Nom rit. Il regarde son interlocuteur, puis moi avant de tourner les talons et d'emprunter le trottoir bien éclairé. La paralysie me quitte dès qu'il n'est plus en vue. Je suffoque alors.

— Merde, merde, merde !

Je me lève et passe une main sur mes vêtements en attendant que les tremblements veuillent bien s'arrêter. Ce qui devrait prendre des heures. Et pas juste à cause de Sans-Nom.

Jack Hunter se tourne face à moi.

J'ai l'impression de ne pas l'avoir vu depuis des années alors que ça fait seulement quelques mois. Il paraît tellement plus vieux ; il n'avait pas de rides autour des yeux, avant. Les angles aigus de son visage se sont arrondis de façon plutôt charmante, et son profil rappelle un peu celui d'un aigle. Ses yeux arborent le même bleu clair qu'avant. Et ses sourcils sont toujours aussi froncés.

— Isis, je…

Je recule le poing, et le brandis vers l'avant pour le frapper.

La tête de Jack bascule sur le côté. Les gens autour de nous deviennent encore plus silencieux. Quelqu'un murmure « bagarre », mais personne ne bouge. Sauf Jack. Il tourne lentement la tête vers moi tandis qu'un cercle rouge se dessine sur sa pommette. Je m'attends à ce que de la colère emplisse son regard, mais rien.

— Isis…, répète-t-il avec douceur, cette fois.

— Tu te prends pour qui, qu'est-ce qui t'a pris de disparaître comme ça, putain ?

Jack tressaille – tressaillir ? Jack ? –, mais ne détourne pas son regard.

— Tu trembles, remarque-t-il.

— Je sais très bien que je tremble, merci beaucoup ! Je suis beaucoup de choses là tout de suite, et tremblante est la moins dangereuse d'entre toutes, crois-moi ! Tu nous as tous abandonnés ! Tu as juste… disparu ! Ta mère, Wren… merde… tout le monde ! Tu as laissé tout le monde derrière toi !

Les sourcils de Jack se froncent un peu plus. J'avise brièvement ses mains : aussi fortes, longues et fines qu'avant. J'aimerais les tenir, je voudrais le prendre dans mes bras, me jeter sur lui et le serrer si fort qu'il ne pourrait plus respirer ni partir, lui dire que ça va, que je lui pardonne, mais la colère et les mots de Sans-Nom se mélangent dans ma tête avant de ressortir, acides, de ma bouche.

— Tu m'as abandonnée, moi aussi !

— Isis, s'il te plaît, laisse-moi t'ex…

— Non ! fais-je pour interrompre sa douce voix suppliante.

Cette attitude lui ressemble si peu que ça m'effraie. Presque autant que lorsque les mains de Sans-Nom se sont avancées pour m'attraper.

— Tu as vraiment cru qu'un putain de billet d'avion suffirait à te faire pardonner ? Sur quelle planète ça équivaut à un au revoir digne de ce nom, et comment faire pour éviter ladite planète pendant, disons, le reste de ma vie ?

* * *

Elle n'est que feu et colère, toutes griffes dehors. Ses cheveux ondoient autour d'elle dans le vent nocturne. Ses yeux couleur cannelle brillent de colère. Isis semble irradier dans l'obscurité de velours. Elle est un peu plus mince que dans mon souvenir, et semble plus triste, mais toujours aussi ardente. Je me réchauffe à sa colère, accueillant cette chaleur douce-amère, et toute l'énergie vitale qui l'accompagne.

Elle est ici, à ma portée. J'ai cru l'imaginer quand je me suis avancé vers elle tout à l'heure, quand elle semblait terrifiée avec Will à ses côtés. Mais elle est réelle, là et en colère contre moi. Peut-être est-elle faite pour être en colère contre moi, et que c'est pour ça que cette scène me paraît normale. Nous avons toujours été en désaccord. Nous nous sommes toujours affrontés. Après tous ces mois de mal-être, pouvoir enfin assister aux vociférations de mon trublion… « mon » ? Non. J'ai gâché mes chances de parler d'elle au possessif. Les planètes sont à leur place, le dernier engrenage grince tandis qu'il se met en mouvement et que le monde recommence à tourner.

— Je croyais que tu allais à Stanford…, fais-je.

Elle se hérisse.

— Ne change pas de sujet, espèce de crétin.

— Tu aurais dû y aller. Ça t'aurait stimulée.

Tu aurais été plus heureuse là-bas. Le monde aurait tourné selon ta volonté. Tu aurais rencontré des garçons plus intelligents et plus gentils. Des garçons différents de moi.

— Ouah ! lâche-t-elle. Je n'aurais jamais pensé ça possible, mais tu me tapes encore plus sur le système qu'avant. Appelle le pape, parce que nous sommes en présence d'un authentique miracle.

Je vois ses épaules trembler de colère. Je n'ai pas voulu croire que c'était elle, au début. Elle était tellement calme, et ses cheveux à peine violets. J'ai reconnu Will Cavanaugh, en revanche. Comment faire autrement ? J'ai étudié son visage durant des nuits entières, mémorisant chaque trait et chaque courbe, prévoyant où et comment lui faire mal. La fille docile qui parlait avec Will n'aurait pas pu être Isis. Mais elle l'a frappé, déchaînée et furieuse, sans réfléchir, et j'ai aussitôt su que c'était elle. Ici, de tous les endroits sur cette planète. Mon cœur s'est mis à palpiter, la couleur et la chaleur revenant là où des mois d'entraînement et de culpabilité les avaient évacuées. Le destin est un sacré con.

— Et toi ? crache-t-elle en voyant que je ne dis rien. Harvard est trop snob pour toi ? Oups ! Pardon... Je dis n'importe quoi. La reine d'Angleterre elle-même est moins snob que toi.

— Je n'y suis pas allé, au final.

— Où, alors ? Où. Est-ce. Que. Tu. Étais. Passé. Putain !

Ses paroles sont du venin qu'elle distille avec les yeux plissés. Je ne peux pas lui répondre. Elle ne comprendrait pas. Non... elle comprendrait. Elle comprendrait mieux que personne, raison pour laquelle je ne peux justement pas le lui dire. Ça me rapprocherait trop d'elle. J'étais ravi de commencer ce boulot, au début. Ne serait-ce que pour me venger de Will, mais maintenant qu'elle est ici, je le regrette. Cette université nous rapproche. Tellement. Assez pour que je recommence à lui faire du mal et qu'elle ne puisse plus jamais guérir. Comme Sophia.

Je savoure les blessures que sa colère laisse en moi parce que la douleur me prouve que je suis toujours en vie. Alors que j'ai essayé de tuer mon ancien moi, de le planter là et de l'enterrer sous des mètres de culpabilité aux côtés de Sophia et de Tallie. Une seule réplique sortie des lèvres d'Isis, et le souvenir de notre guerre, de nos échanges, de nos liens, me revient. J'aimerais l'embrasser. Je voudrais la prendre dans mes bras et qu'elle me transforme en cendres.

Sauf qu'elle tremble. Alors j'opte pour les mots.

— Je ne pensais pas te revoir un jour.

Elle rit, moqueuse. Son armure est sortie, plus épaisse et plus hérissée de pointes que jamais. Grâce à moi. Grâce à Will. Grâce à des salauds de notre espèce.

— Tu as trouvé cette réplique dans un des romans à l'eau de rose de Sophia ou quoi ?

Elle plaque aussitôt une main sur sa bouche à ces mots, mais trop tard.

Le nom de Sophia résonne entre nous, rompant les points de suture de nos blessures respectives. Mais là où la douleur empêche la plupart des gens de parler, elle motive Isis.

— Je te déteste, Jack Hunter !

Je voudrais la serrer contre moi jusqu'à ce qu'elle ne me supporte plus, jusqu'à ce qu'elle fuie pour se mettre à l'abri. Et dans un endroit où je ne me trouverais pas.

Je me contente de hocher la tête, à la place.

— Je sais.

— Non, tu ne *sais* pas. Tu penses que notre petite guerre immature était de la haine. Mais ça, c'est… c'est…, fait-elle en fermant les yeux. Tu m'as abandonnée. Tu m'as laissée comme tous les autres, et je ne peux pas te le pardonner.

— Je ne te demande pas de le faire. Tu ne me dois rien.

Elle rit, le front offensif cédant pendant une

seconde pour laisser son ancien soi se répandre par les fissures.

— Et tu ne me dois rien toi non plus. Pas même un coup de fil ou un simple petit texto pour dire : *Je ne suis pas en train de me décomposer dans une rivière après m'être jeté du haut d'un pont, je respire toujours, ne m'attends pas.*

C'est là que je comprends. Elle n'est pas en colère parce que je lui ai fait du mal. Sophia fonctionnait comme ça. Cette rage est de l'inquiétude. Isis a cru que j'étais mort. Elle est trop gentille, trop maternelle pour que cette colère soit autre chose que de l'instinct de protection. J'ai connu ce sentiment, moi aussi, autrefois. Et je m'étais d'ailleurs défoulé sur Isis après l'avoir surprise en train de lire mes lettres dans ma chambre.

Je connais assez Isis pour savoir que quand elle tremble, c'est qu'elle est partie très loin. Quand elle tremble, son passé resurgit et jette des ombres sur son esprit. Je me suis toujours retenu de la toucher, d'aggraver les choses. Et même si je me crie intérieurement de continuer de le faire, j'en suis incapable.

Je m'avance vers elle, la prends doucement dans mes bras et pose ma tête dans son cou.

— Je ne peux plus continuer, je murmure dans un souffle. J'ai essayé, et essayé, mon Dieu… J'ai vraiment essayé d'être fort. De faire ce qu'il fallait pour tout le monde.

Isis se fige. Durant une fraction de seconde, je me rends compte de ce que je suis en train de faire et je cherche aussitôt à m'écarter. Quelque chose de désespéré et de sombre me dévore de l'intérieur, et seuls l'entraînement brutal de Gregory ainsi que mon propre déni le retiennent. Mais Isis, sa seule vision, fissure la digue. Elle va le discerner par ces craquelures. Mon vrai moi. Elle va apercevoir ce que personne n'a jamais vu, celui que je prétends ne pas être, cassé et mort à l'intérieur. Il faut que je parte, que je me ressaisisse, mais elle ne me lâche pas. Au contraire, même. Elle serre ma taille un peu plus fort, contre sa chaleur, son odeur, son silence compréhensif.

— J'ai… j'ai essayé, je murmure. De la protéger elle et de te protéger toi. Tout le monde. Mais tout ce que j'ai réussi à faire, c'est la tuer. J'ai échoué. Je l'ai tuée et je t'ai fait du mal.

Je ferme les yeux très fort pour retenir les larmes brûlantes qui pointent.

— Je ne mérite pas de vivre…

Ses bras se resserrent, m'empêchant presque de respirer.

— Arrête, dit-elle.

— C'est la vérité…

— Flash info : tout ce qui sort de ta sublime bouche à la con n'est pas la vérité. (Elle s'interrompt une seconde.) Ah, merde… Je viens juste de dire que tu es sublime. Je vais devoir me faire hara-kiri, maintenant.

— T'as pas intérêt, je murmure dans son cou.

— Tu vois ? Voilà ce que ça fait quand quelqu'un à qui on tient dit qu'il ou elle ne mérite pas de vivre. Nouvelle règle : personne ne parle de suicide. Plus jamais.

Des larmes roulent. Je les enfouis dans le col de sa chemise. Isis pose une main sur ma tête et la tapote.

— Si tu estimes que tu es aussi mauvais, alors vis. Vis, et souffre. Vis avec le souvenir de toutes les choses mauvaises que tu as faites. Ne choisis pas la sortie facile.

Un silence poignant retombe.

— Espèce de débile, ajoute-t-elle au bout d'un moment.

Cette insulte est une petite injection de réalité, de lumière. Les fissures en moi libèrent la pression de l'année passée et de celle d'avant, comme si de l'eau s'écoulait au travers tandis que l'air quitte mes poumons. Je lève les yeux et prends le visage d'Isis entre mes mains.

— Je ne le dirai qu'une fois, alors écoute-moi bien.

Ses yeux sont écarquillés, ses lèvres entrouvertes, ses joues rouges. Elle aussi a les yeux humides.

— Tu as raison. Tu as raison, pour une fois, Isis Blake.

Elle se met à sourire. Le monde paraît tourner à nouveau, et la lumière revenue. Nous nous écartons enfin. Mon corps regrette aussitôt la chaleur du sien.

— Une seconde ! lance-t-elle en tournant d'un coup sec la tête vers moi. Donc, tu es ici, maintenant ? Tu vis sur ce campus comme nous autres, les gens du peuple ?

Je confirme en hochant la tête.

— Couloir Siebert. Chambre 314. Au moins pendant quelque temps.

Son regard est dur comme le silex.

— Tu as pas mal d'explications à me donner. Tu m'en dois même beaucoup. Et tu devrais appeler ta mère. Elle s'inquiète comme une folle.

— Je l'ai fait. Il y a un mois.

— Bien ! Et dis-moi, tu as toujours mon numéro, n'est-ce pas ? Tu n'as pas balancé ton portable dans un lac en allant rejoindre l'Empire, les sept samouraïs, le monastère de la Snobité Suprême ou je ne sais quoi ?

— Non.

Elle se mord la lèvre.

— Je ne te pardonne toujours pas. Mais après dix-huit années d'expérimentations tous azimuts, j'ai découvert que je préfère pardonner aux gens qui interagissent avec moi sur un plan physique. Alors parle-moi. Envoie-moi des textos. Avec des photos de chats trop mignons ou des smileys.

— Je n'utilise jamais de smileys… Jamais.

— Ha, ha ! Mais tu envoies des photos de chats !

— Non.

— Si, me contredit-elle.

— Regarde-nous… Pourquoi est-ce qu'on n'est pas fichus de se parler comme des gens normaux ? On pourrait discuter de… je ne sais pas, moi, de concerts, de gâteaux, de nos croyances personnelles, de la couleur orange et d'autres trucs du genre…

Je la regarde sans rien dire. Elle me donne un petit coup de coude.

— La couleur orange. Allez, vas-y, essaie. Une conversation sur la couleur orange.

— C'est… orange.

— Ouah ! Orange est orange. Cette conversation aura été vraiment passionnante et tes pouvoirs d'observation sont carrément flippants. Peut-être qu'on pourra même envisager de parler du violet, la prochaine fois. Sauf si tu disparais pendant plusieurs années, dans ce cas…

— Je n'ai pas disparu pendant des années…

— … je me retrouverais perdue et avec le cœur brisé. Et un jour, au bout de cinquante ans passés à réfléchir au violet, tu te dirais : *Oui, ça y est, le moment est venu pour moi d'impressionner Isis avec mon savoir super profond et ultra rigoureux sur la couleur violette.* Tu me retrouverais dans une maison de retraite, plongée dans le coma, à rêver de mecs sexy en forme de légumes, et tu te dépêcherais de tout me dire sur le violet parce qu'un de mes descendants pourrait me débrancher. Et peut-être que tu me débrancherais toi-même. Note pour soi-même : pouah ! Ne jamais vieillir.

— Trop tard.

Je souris.

Elle gonfle les joues et se lève.

— Bref, je t'aime bien, mais tu fous ma vie en l'air. Allez, salut !

Chapitre 7

Trois ans, quarante-sept semaines, deux jours

Tout arrive toujours pour toujours. Un concept qui serait terrifiant si je n'étais pas aussi réjouie et en accord avec les forces naturelles de l'univers, qui contiennent, mais sans s'y limiter : A) de la taco salade, b) de la taco salade et c) mon glorieux fessier. Qui augmente en taille de façon proportionnelle à la quantité de salade taco sur zone.

En dépit de la taille de mes fesses, elles ne seront jamais assez grandes pour écraser la grosse tête de Sans-Nom. Mais je ne voudrais pas le toucher avec une partie de mon corps qui ne serait pas hérissée de piques et/ou imprégnée de venin de mamba noir. En plus, il a la vidéo que j'ai envie de voir depuis une éternité. Je le hais, mais il a raison : je tuerais père et mère pour voir ce qui s'est passé cette nuit-là. Je veux comprendre d'où viennent la douleur de Sophia, les regrets de Jack, le désarroi de Wren. Mais pour ça, il va falloir supporter la présence de ce sale mec. J'ignore si j'en suis capable.

Maintenant que je sais que Sans-Nom va dans la même fac que moi et qu'il a cette putain de vidéo, il va falloir inventer des façons de me débarrasser de lui sans commettre de meurtre. Ou trouver un trou noir providentiel.

Mais avant ça, j'ai besoin de faire une bonne grosse colère. Un domaine dans lequel j'ai une très grande expérience.

— Est-ce que j'ai vraiment envie de savoir ce que tu es en train de faire ?

Yvette a le regard baissé sur moi tandis que je m'accroche à sa jambe en geignant.

— Je suis en train de reconsidérer ton plan « lâcher la fac en cours de première année ».

— Oh, arrête ton char ! fait Yvette en balançant son ordinateur portable sur son lit avant de se diriger vers son bureau en traînant la jambe.

— Et pendant que tu es en bas, défais mes lacets, tu veux…

— Comme je le disais, poursuis-je en m'exécutant avec enthousiasme, j'ai découvert que quelqu'un que je n'aime vraiment pas est dans cette fac.

— Le mec avec qui tu parlais l'autre soir ? L'espèce de top model ?

— Je l'ai appelé comme ça ? Ça ressemble à un truc que je pourrais dire.

— Tu sors ça souvent. Dans ton sommeil.

— Yvette ! Ce n'est pas l'espèce de top model Il y a quelqu'un d'autre sur ma liste de merde. Espèce-de-top-model est également inscrit sur cette liste, mais pas en numéro un, et il a tout un tas de lignes rouges ondulées en travers de son nom parce que je le retire parfois de la liste pour l'y remettre ensuite.

Yvette hausse un sourcil décoré d'un clou.

— Bref, c'est compliqué, dis-je pour résumer. Laisse tomber.

— Non, répond-elle simplement.

— Pourquoiiiiii ? je demande avec autant de délicatesse que possible.

— Parce que nous allons devoir affronter les neuf cercles de Torture Universitaire. On va devoir tomber dans les pommes, boire des citernes d'alcool, envoyer chier des mecs, échouer dans tout un tas de matières et essayer la coke. Et rien que ça, ça va demander au moins sept mois de travail.

— Qui l'a décrété ?

— Tous les films poignants sur le passage à l'âge adulte.

— Pouah !

Je lâche son pied et roule sous mon lit. Mais à la vue d'un pénis gravé sur une latte du sommier, je ressors aussitôt de là.

— Pouah !

— Écoute, je suis désolée pour ce mec, OK ? Ou, pour les deux mecs ou je ne sais pas quoi. Montre-les-moi la prochaine fois, que je leur casse la gueule. Mais pour le moment, je dois terminer ce devoir de chimie ou je suis complètement baisée. Métaphoriquement, j'entends, parce que ça fait longtemps que ça ne m'est pas arrivé.

Ces dernières paroles resteront à jamais gravées dans le marbre parce que lorsque je remonte de la cafète après avoir ingurgité un nombre assez considérable de burritos et que je frappe pour qu'Yvette m'ouvre, seuls des grognements me répondent jusqu'à ce que j'entende ma coloc demander un truc « plus fort ». Je trébuche sur un grain de poussière avec une grâce inquiétante avant de me frayer un chemin vers des eaux plus calmes. Jack ouvre sa porte avec les cheveux ébouriffés de sommeil et torse nu.

— Ma coloc est vraiment trop dégueu. Je viens vivre ici, du coup, dis-je en l'écartant.

— Ça ne va pas être possible, me fait-il remarquer.

— On a dit ça à Christophe Colomb, et regarde où ça l'a mené.

Je me laisse tomber sur le lit. Je sais que c'est le sien parce qu'il est impeccablement fait et que les couvertures sont à peine froissées. Le lit de son coloc ressemble plutôt à un nid. Jack enfile une chemise et s'assied à côté de moi en bâillant.

— Tu as des crottes au coin des yeux, fais-je.

Il se les frotte aussitôt vigoureusement. Un geste humain et vulnérable que je ne l'ai jamais vu faire auparavant.

— Tu peux rester ici, si tu veux, propose-t-il ensuite. Mais je dois partir dans un quart d'heure.

— On dirait un petit garçon, fais-je en riant. Avec des problèmes d'yeux.

— La ferme, ronchonne-t-il avant de se les frotter plus fort.

Ses joues sont rougies de sommeil et ses cheveux en pétard.

— Et ta coiffure ressemble toujours à un croupion de canard, tu sais…

— Et toi, tu balances toujours les insultes les plus puériles que j'aie jamais entendues, tu sais…

— Ce qui n'a strictement rien à voir avec des croupions d'animaux, au moins.

— Ça fait les mêmes bruits.

Je lui fais des doigts d'honneur, gestes auxquels il réagit en s'adossant contre le mur et en fermant les paupières. Le crépuscule teinte le ciel de rose et les murs blancs de la chambre de rayures couleur pêche.

— Qu'est-ce que tu veux savoir en priorité ? finit par me demander Jack.

Un millier de questions surgissent aussitôt, mais j'opte pour la moins agressive.

— Tu vas où dans quinze minutes ?

— Une amie a invité mon coloc à un barbecue. Il me traîne là-bas avec lui.

— C'est qui, ton coloc ?

— Charlie. Un crétin, mais un crétin passionné. J'ai entendu dire que ce genre de chose faisait la différence.

— Euh, tu es actuellement en train d'en contempler la preuve vivante, fais-je solennellement en me désignant.

Jack sourit d'un air narquois avant d'ouvrir les yeux pour me regarder. Ses iris bleu glacier sont mêlés de violet, dans la lumière du soleil couchant.

— Tu n'es pas crétine, Isis.

— Sans blague… Je suis bien placée pour le savoir.

— Tu es une crétine, ajoute-t-il avant de refermer les yeux et de se laisser tomber sur le côté.

Je débats en mon for intérieur de l'intérêt de lui arracher les doigts l'un après l'autre avant de décider qu'ils sont trop jolis. Pour le moment.

Je serre mes genoux contre moi en essayant de me rappeler comment les gens normaux respirent. Des gens qui ne sont pas poursuivis par des fantômes. Ou dans le cas présent, par des ex-petits amis sadiques. Mais juste au moment où les ténèbres commencent à me gagner – celles où le monstre vit, respire et mord –, Jack tend la main pour m'attirer près de lui. Je pousse un petit cri aigu, puis nous nous retrouvons allongés sur son lit moelleux. Je sens sa chaleur et son poids contre ma colonne vertébrale. Mais mon espace de sécurité est malgré tout préservé, et son odeur de menthe et de miel m'enveloppe comme une couverture. C'est l'odeur qui m'a tant manqué durant ces affreuses nuits solitaires tandis que je repensais à notre guerre, à ses mains, à ce que ça ferait de l'embrasser fort et pour de vrai, et peut-être plus, parce que peut-être, et je dis bien peut-être, il est la seule personne au monde capable d'embrasser mes cicatrices au lieu de dire qu'elles sont laides…

— Arrête, marmonne-t-il dans mon dos.

— Quoi ?

— D'avoir tout le temps l'air si triste.

Soudain consciente de son souffle dans mon cou, je plisse le nez. Jack se rapproche. Mon estomac se met à me brûler. La voix de Will résonne alors, claire et glacée, dans ma tête.

Tu ne te sentiras jamais bien, ici, n'est-ce pas ? Pas maintenant que tu sais que je suis dans les parages.

Mon cœur décide alors qu'il est un astronaute et fait quarante saltos arrière en apesanteur. Je bondis aussitôt du lit. Jack s'assoit.

— Quelque chose ne va pas ?

— J'ai juste…, fais-je en serrant mes mains tremblantes pour les cacher.

Je ne veux pas qu'il les voie. Je ne veux pas qu'il pense que je suis dans cet état à cause de lui.

— Isis…

Jack se lève et s'avance vers moi, mais je tends les bras vers lui.

— Arrête. N'avance pas. Reste où tu es. Reste juste où tu es.

Il obéit, mais ses sourcils sont très froncés.

— D'accord, pas de problème. J'ai fait quelque chose de mal ?

— Non ! je crie avant d'inspirer à fond pour tenter d'endiguer la terreur écrasante qui me comprime la poitrine.

— C'est moi. Comme d'habitude. Ou non, ce n'est pas moi. C'est lui.

Pas la peine de plus d'explications entre nous. Lui. Will… Jack sait ; je le vois à son regard glacé. Chaque fois que Will surgit au détour d'une conversation, les yeux de Jack se transforment en poignards. La colère qu'ils révèlent ne me concerne pas moi, mais lui.

Nous restons là sans rien dire. Je me frotte les bras histoire d'éprouver quelque chose. La panique a été si forte et si rapide. Elle m'a prise au dépourvu. Ça faisait longtemps que je n'avais pas fait de crise pareille. La déception monte en moi, je pensais aller mieux. Je pensais aller vraiment, vraiment mieux. Jack et moi avions dormi dans le même lit, à l'hôtel, bordel de merde ! Je devrais aller mieux, maintenant !

La vérité s'avance sur moi comme un sombre nuage. Comment le pourrais-je ? Jack n'est pas magicien. C'est juste impossible, voilà la vérité : c'est impossible et je suis toujours obsolète, cassée et incapable de supporter quelque chose d'aussi simple que de m'étendre à côté de quelqu'un. Est-ce à cause de la distance qui nous a séparés Jack et moi pendant ces mois ? Mon corps a-t-il oublié qui il est et à quel point il a compté pour moi ? Évidemment qu'il a oublié ; j'avais effacé Jack pour de bon. J'ai fait tout mon possible pour l'occulter de mes pensées, après la mort de Sophia.

— Est-ce que je peux faire quoi que ce soit pour t'aider ? demande Jack d'un ton prudent.

J'expire à fond.

— Discutons, tu veux ? Parlons d'autre chose. Pourquoi… pourquoi tu as choisi de t'inscrire dans cette fac ?

— À cause du boulot.

La panique se tait aussitôt, remplacée par de la mélasse, du plomb et des pointes acérées.

— Évidemment, c'te question ! Tu vois, c'est ça que les mecs des clubs universitaires ne comprennent pas ; les étudiantes ont besoin d'un directeur d'entreprise de pompes funèbres suave et expérimenté en matière de vagin pour les soulager de leur stress, parce que tout le monde ne pense qu'au sexe, apparemment, à la fac…

— Je ne suis plus escort. J'ai quitté le *Rose Club*. Je travaille pour quelqu'un d'autre, maintenant. Je fais autre chose.

— Ouah ! C'est précis, tout ça. J'ai vraiment la sensation d'avoir réussi à choper tout un tas d'informations de valeur grâce à cette conversation.

— Tu te rappelles ces types qui étaient dans les bois ? Le type en costume de tweed ? Celui qui t'avait poursuivie dans le bois où Tallie est enterrée ?

— Ouais, mais…

La porte s'ouvre pile à ce moment-là. Jack et moi nous asseyons aussitôt. Mini-Burnes pénètre alors dans la pièce. Le mec qui m'avait poursuivie dans la forêt. Ses cheveux noirs partent dans tous les sens et sa peau a la couleur de l'ambre. Il se fige au moment où ses yeux sombres m'avisent.

— Toi ! crie-t-il en me pointant du doigt.

— *Toi* ! je crie en retour. Comment se fait-il que tu sois encore en vie ? Je t'avais PULVÉRISÉ les burnes, normalement !

— Qu'est-ce qu'elle fait là, putain ? demande-t-il d'un ton cassant à Jack.

Ce dernier soupire.

— Isis Blake, voici Charlie Moriyama.

Je le dévisage. Il plisse ses yeux déjà ultra plissés.

— Écoute, on n'a pas le temps pour ces conneries, fait Charlie avant de regarder Jack. On est censés être là-bas depuis cinq minutes. Ne merdons pas, cette fois-ci, OK ?

Jack soupire et se lève du lit avant de me regarder.

— Je reviens plus tard.

— C'est ça, bien sûr, va bosser avec les méchants. Comme si j'en avais quelque chose à faire.

— Isis…

— On y va ! crie Charlie en attrapant une serviette au bout de son lit, avant de sortir.

Jack fronce les sourcils avant de le suivre à contrecœur.

Et moi aussi. D'abord à cinq mètres, puis à deux voitures de distance. Charlie est au volant d'une Nissan blanche avec un feu arrière cassé. Mes pensées fusent tandis qu'il m'entraîne sur l'autoroute loin du campus. Pourquoi Jack s'est-il associé avec Costume en Tweed et Mini-Burnes ? Tweed Man avait bien parlé de recruter Jack, mais j'ignore pourquoi. Je suppose qu'il a réussi.

Jack a dit qu'il travaillait. Ce qui veut dire ? Il est à la fac, mais il travaillerait pour Tweed ? Quel genre de boulot ? Volerait-il les notes des bons étudiants pour les redonner aux cancres ? Qu'est-ce que les hommes de Tweed peuvent bien faire pour gagner de l'argent à part rester plantés là avec un air débile ? Ça n'a aucun sens. Encore moins quand Charlie se gare sur le parking d'un gigantesque centre commercial cerné d'immeubles d'habitation cossus. La Nissan de Charlie s'y engouffre. Mon tour arrive. Le type de la sécurité est bronzé et a une barbe impeccablement taillée.

— Bonjour. Vous venez voir qui ? demande-t-il.

— Euh…

Mon cerveau cherche une raison à toute allure comme tout amas de cellules grises qui se respecte, avant de me pousser à balancer le premier truc qui le traverse.

— Jésus ? Le Christ…

Le type plisse les yeux. Juste au moment où je pense qu'il va balancer des clous sous mes pneus, il me sourit.

— Je vois. Vous venez assister au dîner des North Presbyterian.

— Oui ! Absolument. Béni soit le Seigneur !

— Allez-y. Le parking visiteurs est sur votre gauche.

Soit mes congénères sont excessivement débiles aujourd'hui, soit je suis plus intelligente que jamais. Merci, l'université. Attendez… je me moque de qui, là, exactement ? La fac ne m'a rien appris hormis à avoir des attaques de panique et à n'en avoir strictement rien à faire des profs. Correctif : merci *National Geographic*.

Je me gare et marche discrètement derrière Jack et Charlie, qui attendent devant une porte menant aux ascenseurs. Après quelques minutes d'un silence mortel au cours desquelles je me tords la cheville en me cachant derrière une colonne au moment où Charlie jette un coup d'œil par-dessus son épaule, une rousse incendiaire en bikini noir vient leur ouvrir la porte. Elle bat des cils à la vue de Jack, ce que je prétends ne pas voir, comme j'ai fait semblant de ne pas voir venir la fin de *Sixième Sens*. Si jamais les goûts de Jack en matière de femmes ont changé, il devrait vraiment tout faire pour coucher avec elle, parce qu'elle a l'air carrément marrante et adorable, et qui suis-je pour m'interposer entre deux personnes qui s'aiment sincèrement ? Personne. Personne ne devrait se mettre en travers du chemin du véritable amour. Pas même des familles véronaises bien intentionnées, mais ennemies jurées à la vie à la mort.

Je les vois tourner à un angle et emprunter un escalier. Aussi gracieuse qu'une ballerine en mission clandestine, je fonce comme une folle vers la porte et parviens à fourrer mon petit doigt dans le montant avant qu'elle se referme.

— Gâteau pourri à la banane ! je m'exclame de façon sonore avant de me mettre à téter le bout de mon doigt tout en gravissant les marches. Qu'est-ce qu'une dame doit faire pour avoir droit à un accueil chaleureux, par ici ?

— Arrêter de traquer les gens, peut-être ?

Je pivote sur moi-même et trouve Jack appuyé contre la rambarde derrière moi. Son visage est en apparence calme, mais crispé.

— Combien d'étages il faut avant de se casser les

genoux ? Médicalement, s'entend ? Je te demande ça en tant qu'ami…

— N'envisage même pas de sauter…

Sauter. Sophia a sauté. Je tressaille, mais Jack est un gratte-ciel de glace, obscur, inébranlable et indéchiffrable. Je me redresse de tout mon mètre soixante-cinq.

— Je suis sortie faire un tour, je déclare avec dignité. Pas te traquer.

— Tu nous as suivis, Charlie et moi. J'ai vu ta voiture.

— Oh… Bon alors, dans ce cas, oui, je te traque effectivement.

— Tu devrais partir, fait-il en m'interrompant presque. Sans-Nom pourrait être ici.

Mes mâchoires se crispent aussitôt, mais je parviens à articuler malgré tout :

— Et alors ? Je me contrefous de ce mec. Je veux savoir ce que tu fais pour l'entreprise de Tweed et pourquoi. C'est dangereux ? Tu avais dit que tu refuserais sa proposition. Tu avais dit que…

— J'ai dit beaucoup de choses avant que Sophia meure, soupire Jack en se frottant les yeux, et que j'ai fini par regretter.

Mon estomac gémit. Me compterait-il dans le lot ? Je secoue la tête… *Espèce d'égocentrique. Arrête de penser que le monde tourne autour de toi et concentre-toi.*

— Et depuis quand un barbecue est du boulot, d'abord ? je siffle.

— Depuis que celui qui l'organise est notre cible.

— Euh… allô ? La Terre à Jack le Zabadoobien ? On est dans la vraie vie, pas dans *Call of Duty* ! Il n'y a pas de « cibles ».

— Il y en a, dans mon boulot.

— Ah… Et on pourrait savoir en quoi ton boulot consiste exactement ?

Les yeux glacés de Jack se durcissent avant de devenir aussi clairs et affûtés que ses réponses.

— Je suis garde du corps free-lance et je viens de trouver un créneau dans le renseignement. Maintenant, retourne au campus, et laisse-moi gérer ça.

Je fulmine pendant dix secondes. J'arrive à dire « esp » plusieurs fois, mais pas le « ion » final. Jack se tourne et s'éloigne. Je lui emboîte le pas.

— Es… espion ? je bafouille. Quel aveugle a fait de toi un espion avant de décéder de débilité suraiguë ?

— Je ne suis pas un espion. Je suis garde du corps.

— Tu es comme… comme… quel est l'antonyme de « discret », déjà ?

— Isis Blake, suggère Jack.

— Jack Hunter ! je corrige. Jack Hunter n'est pas discret.

— Je suis très discret quand une fille ne me suit pas en hurlant « espion », riposte-t-il.

— Tu es un glacier de permafrost en mouvement avec des sourcils mortels et des rapières en guise d'yeux. Tout le monde te remarque.

— Je rêverais pourtant que ce ne soit pas le cas…, murmure Jack.

Cette réplique paraît si creuse, si faible. Tellement pas Jack Hunter. Je lui donne une grande tape dans le dos.

— N'importe quoi ! Personne ne peut t'oublier. Si c'était le cas, le dernier grand glacier de la planète Terre disparaîtrait et le réchauffement global serait encore plus chaud. Au sens de la température, pas de « mettons du sexe là-dedans histoire de pimenter un peu les choses ».

Jack arrête de marcher pour me regarder. Je le dévisage en retour. Le silence s'installe. Meuf en Bikini choisit ce moment précis pour courir dans la cage d'escalier et donner un baiser très bourré sur la joue de Jack, avant de repartir en courant et en laissant très subtilement tomber un emballage de préservatif rose par terre. Je le ramasse et le tends à l'intéressé.

— Emballe ton kiki si tu veux pas d'ennuis, j'assène.

Jack plaque les mains sur ses joues avec un geste spectaculaire. Que je prends pour une victoire parce qu'au moins, il n'est plus triste. Un petit sourire se dessine même sur ses lèvres, mais il l'efface aussitôt.

— Écoute, tu peux rester, mais quand Sans-Nom sera là, tu devras partir.

— Mais tout à fait. Et merci de me donner ton autorisation de continuer à faire ce que je fais depuis trois ans.

Jack se fige, la main sur la porte de la cage d'escalier.

— Excuse-moi.

— Ne fais pas ça. Ça donnerait presque l'impression que tu es sympa.

— Des gens très puissants le recherchent.

— Bien ! Avant que tu l'arrêtes avec tes lunettes d'espion ou je ne sais pas quoi, laisse-moi lui casser la gueule.

— Isis…

— Juste un coup. Sur un de ses globes oculaires. Avec une cuillère.

Jack y réfléchit une seconde avant de sourire avec un petit air narquois.

— D'accord. Mais à une condition.

— Balance toujours.

— Tu me laisses l'autre œil.

J'y réfléchis avant d'opiner.

— Je suis une déesse généreuse.

Je lui suis plus reconnaissante que ce qu'il pense. À moins qu'il le sache, parce que son regard est doux et chaleureux malgré la colère, qui est bien palpable. Elle m'a visée assez de fois pour que je sache que je n'en suis pas la cible ce coup-ci.

La cible, c'est Sans-Nom.

Parce que Jack sait. Il ne connaît peut-être pas les détails, mais il en sait assez. Il a compris. Sans fourrer son nez dans des histoires qui ne le regardaient pas. Son regard ne révèle pas de pitié ni de culpabilité. C'est comme si le poids de mon secret en était partagé, comme s'il était réparti. Je voudrais le remercier, mais j'arrive seulement à sourire en coin.

Jack se tourne et ouvre la porte. Nous sortons de la cage d'escalier quand ma mâchoire s'ouvre grand comme le coffre de ma vieille Coccinelle pourrie. L'immeuble d'habitations est tout en pierre blanche et en marbre, avec de gigantesques passages piétonniers dans le style patio qui s'entremêlent autour de buissons d'hortensias et de rosiers. Des gens vont et viennent, promenant leur chien ou s'installant sur de ravissantes chaises de jardin près d'un brasero protégé par un dôme en verre, le tout dans des craquements de bois et de braises dansantes. Des tables dominées par des parasols, des rôtissoires, et des étudiants bourrés qui se balancent des hamburgers et des blagues nazes comme s'ils sortaient tout droit d'une autre époque entourent un jacuzzi et une gigantesque piscine éclairée. L'air toujours bougon, Charlie parle avec la fille au bikini en mangeant des frites. Des gens se font tomber dans la piscine ou poussent des cris joyeux dans le bain bouillonnant. Jack effleure discrètement mon avant-bras avant de se pencher pour me murmurer à l'oreille :

— Je vais socialiser un peu. J'ai besoin d'informations. Reste bien en vue.

— Je n'ai pas besoin de baby-sitter. Va bosser. Je serai dans le coin, à m'amuser comme je sais si bien le faire. Tu devrais essayer, de temps en temps.

J'attrape un hot-dog et m'installe sur une chaise longue près du bain bouillonnant. Un mec blond aux abdos bien dessinés et au sourire amical me mate.

— Salut.

— Salut, je lui réponds en crachant délicatement de la viande sur le dallage du patio.

— Pas de maillot de bain ? me demande-t-il.

— J'ai laissé le mien chez moi, sur Mars.

— C'est pour ça que j'ai pas pu m'empêcher de te remarquer ? Parce que tu es une extraterrestre ?

— Ou alors, ou alors… et c'est juste une théorie délirante, c'est parce que je suis tout simplement la plus sexy de toutes les personnes réunies ici, je suggère.

Le type rit.

— C'est vrai ! Tes cheveux sont top.

— Les tiens aussi. Et tu fais définitivement je-suis-de-Californie-et-je-vais-à-la-salle-de-sport-cinq-fois-par-semaine, en maillot de bain.

Il éclate de rire avant de sortir du bain pour venir s'asseoir près de moi, tout dégoulinant.

— Trois fois par semaine, merci bien. Je ne suis pas fan de boissons énergisantes à ce point.

— On pourrait s'y tromper, fais-je en désignant de la tête ses tablettes de chocolat.

Il les tapote alors comme un père Noël qui aurait mangé trop de biscuits.

— C'est ma fierté et ma joie. Je n'ai pas de cerveau et pas d'avenir, mais j'ai ces petites merveilles.

— Tu n'as pas besoin d'autre chose. Prends-les en photo et envoie-la à Kim Kardashian, elle t'épousera.

— Je vais devoir affronter Kanye…, se lamente-t-il.

— Eh ! fais-je en agitant une main. Dis-lui juste que ses lunettes de soleil craignent. Il tombera raide mort.

Le type se met à rire.

— Kyle Morris. Enchanté.

— Isis Blake, destructrice de cœurs et de rêves. Et de n'importe quel gâteau dans un périmètre de trois kilomètres.

— Serdaigle.

Il me tend la main. Je l'attrape avec la mienne, graisseuse.

— Poufsouffle, je réplique.

Il me regarde en haussant un sourcil.

— Vraiment ? Tu n'as pas l'air aussi sympa que ça.

— Oh…, fais-je en pointant du doigt ce qu'il reste de mon hot-dog. Attends de voir mes amis. Je dirige une œuvre de bienfaisance.

— Le type avec qui tu es arrivée ?

Il désigne de la tête Jack, qui a actuellement l'extrême gentillesse de laisser Bikini Noir s'agripper à son bras et lui susurrer des trucs à l'oreille. Elle a un piercing au nombril, et sans doute au vagin et elle doit s'appeler Hémorroïde. Les filles dans le bain bouillonnant, qui viennent de remarquer à quel point Jack est beau, se lèvent en groupe et vont se pavaner devant lui avant d'aller plonger dans la piscine dans des poses sexy. Des garçons les suivent comme des chiens de chasse affamés.

— Ouais, le dragon qui se fait draguer. C'est un ami.

— Juste un ami ?

— Est-ce que c'est genre une espèce de question qui a pour but de savoir si oui ou non, tu as des chances de coucher avec moi ? Parce que dans ce cas, ce ne serait pas hyper subtil, voire ça manquerait même vachement de finesse. Non, vraiment. La prochaine fois, pense à te coller sur le front une enseigne néon qui dirait LOSER CHERCHE PLAN CUL.

Kyle accepte ma vanne sans sourciller, à peine vexé.

— Hé ! Au moins, je suis honnête.

Je hausse les yeux au ciel et pars errer du côté de la piscine en faisant tout mon possible et j'échoue à ne pas regarder Bikini Noir frotter sa hanche contre la cuisse de Jack. Charlie se trouve dans la piscine avec un groupe de filles, à qui il sourit tandis qu'elles l'éclaboussent. La dernière fois que j'ai vérifié, espionner impliquait beaucoup plus d'armes à feu, de stylos à plume empoisonnés et beaucoup moins de rires débiles. Je me plante au bord de la piscine et contemple le reflet de la lune en forme de médaillon argenté ondulant.

Kyle me rejoint.

— Alors ? Tu te spécialises en quelle matière ?

— Je suis en première année. Je ne sais pas encore. Physique thermique nucléaire, arts culinaires… Tout dépendra de la façon dont je me sentirai au réveil ce jour-là.

Je tends les mains et mime les barreaux d'une échelle avec.

— Détruire le monde ou fabriquer des gâteaux pour fêter la destruction du monde. Sacré dilemme.

Kyle éclate de rire.

— Tu es trop cool !

— À ce qu'il paraît. C'est ce que mes ennemis disent, en tout cas. Juste avant que je les décapite.

Une petite pression s'exerce alors sur mes fesses. Je sursaute et pousse un cri perçant aussi affreux que nécessaire. Je dévisage Kyle avec un air horrifié. Mon premier tripotage. Je roule mon poing en boule, mais Kyle a disparu, poussé dans la piscine. Jack est à sa place avec un air détendu.

— Oups..., lâche-t-il d'un ton monocorde.

Hémorroïde rit, bientôt imitée par les autres filles. Quand Kyle remonte à la surface en postillonnant de l'eau, il n'a pas d'autre choix que de rire nerveusement avec nous.

— Ha, ha ! Joli, mon frère !

Jack le regarde avec un air dédaigneux. Charlie arrive en pataugeant et sort de l'eau avant de prendre Jack à part. Il s'adresse à lui à voix rapide et basse, et un peu teintée de colère, tandis que Jack lui répond d'un ton toujours aussi monocorde.

Hémorroïde vient se planter à côté de moi.

— Il est vraiment sublime, hein ?

— Ouais, je lui accorde. Si on vit dans une réalité alternative où tout est inversé.

Elle m'ignore et retourne s'accrocher à Jack à la seconde où il quitte Charlie, avant de l'entraîner vers la piscine. Jack se laisse faire en grimaçant. Pourquoi il accepte s'il n'en a pas envie ?

— Toi..., grogne une voix à mon oreille.

Je me tourne et tombe sur Charlie, la bouche tordue de colère.

— Moi..., je répète comme un perroquet. Maintenant que les présentations sont faites, et si on allait prendre le thé ?

— Tu l'empêches de se concentrer. Tu es une putain de distraction et il n'a pas besoin de ça, là tout de suite.

— Pardon ?

— Tu m'as très bien entendu, insiste Charlie. Tu vois cette rousse en bikini ? C'est une source d'informations importante et nous avons besoin de l'avoir dans notre poche. Jack va l'embobiner et la faire manger dans sa main, ce qu'il aurait déjà fait si tu n'étais pas là. Mais pour une putain de raison, il aime les débiles dans ton genre et du coup, il remet ce qu'il a à faire à plus tard.

— Tu te trompes. On se hait, lui et moi. De façon platonique.

— Tu l'empêches de draguer, contre Charlie d'une voix pleine de rage. Dégage avant que je te vire moi-même.

— Mon Dieu ! Est-ce que tu es toujours aussi galant avec les dames ou est-ce que tu fais un effort pour moi ?

— Dé. Ga. Ge.

Par-delà son épaule bronzée, j'aperçois Hémorroïde se pencher et effleurer la joue de Jack du bout des lèvres. Il ne réagit pas. Il semble transformé en statue, se contentant d'incliner la tête en guise de réponse. Je saisis le message. Je le saisis toujours, parce que je suis Isis Blake et qu'on me choisit toujours en dernier quand on forme les équipes, en sport. Et ce que nous avions lui et moi, quoi que ça ait été, s'est fait avaler par le vide intersidéral laissé par Sophia, par la douleur et par le bouclier de protection glacé contre tout ce merdier qu'on appelle « boulot ». La lueur d'espoir tremblotante que j'avais maintenue dans le noir s'affaiblit de façon irrévocable.

— J'étais déjà en train de partir.

Charlie me suit du regard jusqu'au garage. Ma colère est sourde et douloureuse. Elle est encore tapie au fond de moi quand je me gare et grimpe tant bien que mal les marches jusqu'à ma chambre. Heureusement, Yvette n'est pas là. Le texto qu'elle m'a envoyé il y a quatre heures disait : *Je dors chez une amie, ne t'inquiète pas*. Un autre plan cul, qui sait. Peu m'importe. C'est sa vie. Tant qu'elle va bien et qu'elle est heureuse, ça me va. Je suis curieuse, mais la douleur palpitante de la soirée me martèle le crâne alors que je m'allonge dans mon lit et fixe le plafond, flou à cause des larmes.

Je n'arrive pas à dormir. Je n'y arriverai pas à moins de dire quelque chose. J'attrape mon téléphone et envoie un SMS.

Est-ce que tu sais combien de fois tu m'as fait pleurer, putain ?

Sa réponse arrive plus tard, beaucoup plus tard. Elle me réveille vers 2 heures du matin. Je l'imagine dans son lit à elle, nu, et elle, nue aussi, endormie à côté de lui. J'imagine ses cheveux ébouriffés, ses muscles fins, ses yeux bleu argent dans la lumière de la lune.

Trop de fois, dit son texto. Une demi-heure passe,

puis : *Trouve quelqu'un qui ne te fasse pas pleurer. Trouve quelqu'un de mieux pour toi.*

* * *

Est-ce que tu sais combien de fois tu m'as fait pleurer, putain ?

Je fixe ce texto. La lumière du rétroéclairage me transperce les yeux comme des lances. Des lances de culpabilité. Des lances de regret. Je ne devrais pas être ici. Ce qui reste de mon cœur le sait à la seconde où je lis ces mots. Je devrais être là-bas, avec elle. Je devrais être un étudiant normal, pas en train d'attraper des criminels.

Ni de coucher avec l'ex-petite amie d'un de ces fameux malfrats pour qu'elle me balance des infos compromettantes.

Ça a été nul et routinier. Chaque étape est inscrite en moi depuis l'époque où je travaillais pour le *Rose Club*. J'ai déployé tous les tours que je connais pour la satisfaire dans le but qu'elle rampe à genoux pour en avoir plus au matin, et la semaine suivante, et celle d'après. Sa bouche est la seule chose utile chez elle. Elle distillera les secrets de son ex, Kyle, et par conséquent ceux de Will, son partenaire.

C'était la première fois que je partageais mon lit avec quelqu'un depuis la fameuse nuit à l'hôtel avec Isis. L'odeur d'Isis, vanille et cannelle, était partout alors que je ne l'ai pas touchée depuis une éternité. La douleur dans ses yeux bruns m'a hanté quand j'ai eu fini, son prénom comme un murmure silencieux sur mes lèvres. Si j'avais fermé les yeux, j'aurais vraiment pu imaginer qu'Isis était avec moi.

Mais l'illusion n'aurait pas tenu longtemps.

Utilise tous tes atouts, répète dans ma tête la voix de Gregory. *Et ça veut dire ton joli minois. Les femmes vont l'adorer. Sers-toi d'elles.*

La preuve dont nous avons besoin est à portée de main.

La rédemption est à portée de main. Attraper Will Cavanaugh. Le faire définitivement sortir du tableau pour qu'elle n'ait plus jamais à le revoir est la seule chose positive que je peux faire pour elle. J'y ai pensé en m'entraînant au ranch de Gregory. Cet objectif m'a fait tenir jusqu'à maintenant. C'est tout ce que je peux faire, point barre. Tout ce qui permettra de réparer le mal que j'ai infligé.

Je remets ma chemise et boutonne mon jean, prêt à quitter l'appartement cosy sans faire de bruit pour ne réveiller personne. Je m'arrête au niveau de la porte avant de jeter un coup d'œil à travers l'obscurité.

Je pensais en avoir fini avec ce genre de choses, coucher avec des gens pour obtenir ce que je veux : de l'argent pour l'opération de Sophia, des informations. Mais je viens de reculer de plusieurs pas, je n'ai jamais vraiment arrêté.

— La rédemption…, je murmure avant de partir pour de bon.

La culpabilité me brûle les entrailles, me ronge de l'intérieur. J'ai besoin d'être soulagé. De me distraire. J'ai besoin d'autre chose que du texto d'Isis, de mon téléphone brûlant dans ma poche à cause de sa tristesse et de sa déception.

Qu'est-ce qu'elle attend de moi ?

Je n'ai rien à lui donner. Je ne peux plus rien donner à personne. Mon cœur est vide, brisé, inutile.

Les lumières du quartier brillent, tentatrices : prêteurs sur gages, boîtes de strip-tease, vendeurs d'alcool ouverts tard. J'opte pour un club miteux plein à craquer. J'observe la foule depuis le comptoir, puis bondis sur un mec en train de glisser du GHB dans le verre d'une brunette.

Il saigne – son nez est cassé et son bras déboîté – quand j'en ai fini avec lui. Il met à peine quarante secondes avant de me frapper en retour avec une ferveur égale et de me fendre l'arcade sourcilière avec ses poings. Du sang coule dans mes yeux. Rien ne bouge durant ces quarante secondes, je suis une toile vierge, qui bouge comme Gregory me l'a appris, qui frappe et esquive. Je ne pense à rien hormis à attaquer et contre-attaquer, observer et calculer la vitesse à laquelle le poing de mon opposant se déplace, où il atterrit, comment m'écarter sur le côté et le faire trébucher. Je suis vide. Isis n'est pas là. Sophia n'est pas là. Il n'y a que le goût du sang, de la colère, de la sueur, et le rugissement silencieux de la bête dans ma tête.

Mais son rugissement est différent, aujourd'hui. Il est vif, affûté, précis. Plus doux, et pourtant plus effrayant.

Quand elle demande à être nourrie, nourris-la en petites quantités. Elle ne se rebellera jamais et tu ne feras jamais de mal à personne tant qu'elle aura mangé. Les paroles de Gregory résonnent dans mon esprit. *Tant qu'elle est nourrie, c'est toi le maître.*

Les videurs nous séparent et m'entraînent dehors. J'adresse un signe de la tête à la brunette, qui fait partie de l'assistance venue nous regarder nous battre, son agresseur potentiel et moi.

— Il a mis quelque chose dans ton verre. Tu devrais prendre un taxi et rentrer chez toi.

Elle a l'air choquée. Ses amies reniflent aussitôt le verre dans sa main. Son visage horrifié est la dernière chose que je vois avant qu'on me jette sur la chaussée. La bête me donne assez de force pour retourner jusqu'au campus en titubant et m'effondrer sur mon lit, la colère aveugle disparaissant, refroidissant comme la lave qui rencontre l'océan.

Je ne ferai plus jamais de mal à quelqu'un qui ne le mérite pas.

Chapitre 8

Trois ans, quarante-huit semaines, quatre jours

Kayla comprend tout parce qu'elle ne comprend rien. Elle est comme une éponge sur laquelle je balance des seaux d'eau. Avec de copieuses doses de vinaigre.

C'est une vision vraiment enchanteresse après une semaine de textos sporadiques : nous sommes sur Skype, en train de vernir nos ongles de pieds et de papoter.

— Isis, tu me tues…, grogne Kayla.

— Pas au sens littéral du terme, j'espère ? Sauf si tu comptes te transformer en zombie. J'adorerais être la seule fille au monde à avoir une amie zombie.

— Je ne suis pas vraiment morte, déclare-t-elle. Je suis juste déçue. Je ne peux pas croire que Jack et toi vous n'êtes pas… genre…

Je hausse un sourcil pour la défier de poursuivre.

Elle renifle avec indignation et manque renverser son vernis vert avec son poing serré de rage.

— Il est parti, tu es partie, et vous vous retrouvez comme par magie, exactement comme je te l'avais dit. Ce que je ne comprends pas, c'est pourquoi vous ne prenez pas ça comme une opportunité très, très prédestinée de baiser comme des lapins ?

— Parce que, douce Kayla, il y a plus intéressant dans la vie que d'être un lapin crétin. C'est bizarre, je sais, mais c'est comme ça.

— Écoute, je veux juste dire que…

Elle serre les dents avant d'ajouter avec précaution une bande verte sur l'ongle de son gros orteil.

— Je veux juste dire que même s'il fait des trucs chelous, ça ne t'a jamais arrêtée avant ! Tu as continué de lui faire du rentre-dedans…

— De lui taper dessus, en fait. Avec mon poing, je corrige.

— … à l'époque où il travaillait pour le *Rose Club*. Là, il couche avec une fille pour obtenir des informations, et ça te met en rogne ?

— Je… je…, je bafouille. C'était avant !

— Avant quoi ?

— Avant que je…

Je gémis.

— Tu sais très bien ce que je veux dire !

— Dis-le quand même.

— Non !

— Si ! crie-t-elle en retour.

— Ton argument est vraiment convaincant.

— Isis, ne joue pas à la plus maligne avec moi !

— Parfait ! Je l'apprécie. Je l'apprécie, OK ?

— Tu *l'apprécies*. (Elle se penche en arrière.) Et

donc ? Tu comptes l'emmener déjeuner et le serrer dans tes bras de façon platonique une fois par an, c'est ça ?

— Non, parce que pour ça, il faudrait vivre au XVIIe siècle en Angleterre.

— C'est pourtant ça, apprécier quelqu'un, poursuit Kayla. De l'eau tiédasse. Ça ne veut pas dire grand-chose. Par exemple… toi et moi. Je ne t'apprécie pas. Je *t'aime*.

— Mmm…

— Un amour où tu gardes ton pantalon sur toi… Je t'aime et tu m'aimes et tu aimes aussi Jack. De façon différente.

— Kayla…, fais-je en guise d'avertissement.

— Dans le sens sexy.

— Non.

— Genre « serre-moi jusqu'à ce que je ne puisse plus respirer ».

— Faux.

— Et « envahis-moi avec ton pénis ».

Je pousse un cri perçant comme une chauve-souris terrifiée et referme mon ordinateur portable d'un coup sec. Je m'entends haleter de colère et de désarroi. Je rouvre mon ordinateur et engueule l'écran.

— C'est interdit aux pensées génitales envahissantes dans le coin.

— Vraiment ? demande joyeusement Kayla en se ponçant les ongles. Parce que je peux te garantir que Jack y a pensé. Souvent. En se masturbant.

— Kayla ! Depuis quand tu es aussi… aussi…

— Géniale ? Depuis que je suis sous ton influence.

Je me tais, sidérée.

— Et Wren a beaucoup d'informations, qu'il distille avec méthode. Un jour, j'ai eu droit à un cours d'histoire sur le préservatif pendant que je lui en mettais un.

— Pouah ! Je ne sais pas ce qui est le plus miraculeux… le fait que vous l'ayez fait, ou que Wren parmi tous les êtres humains à travers l'univers t'ait transformée en sexperte.

— Tout ce que je dis, souffle Kayla, c'est que si tu veux que Jack sorte avec toi…

— Ce n'est pas ce que je veux ! je rabâche. Pas du tout, pas du tout, pas du tout, pas du tout ! Je ne sortirai plus jamais avec personne.

— Si tu veux que Jack couche avec toi…, corrige-t-elle.

— Ce n'est pas le cas ! Et pourquoi est-ce qu'on dit « coucher avec », d'abord ? On n'est pas obligé d'être couché. Être couché est paisible et agréable et le sexe est… tout sauf ça.

— Tu n'en sais rien, me renvoie Kayla. Tu ne l'as jamais fait.

— Si, une fois, je me défends, soudain épuisée.

— Ce n'était pas du sexe, et tu le sais aussi bien que moi.

— Écoute, c'est génial que tu sois tout feu tout flamme à propos du sexe et de moi et Jack, tout ça. Mais tu oublies la partie où je ne touche plus jamais aucun mec. En plus, Jack n'aimerait pas me toucher.

— Il aimerait ça.

— Je suis grosse.

— Tellement pas.

— Je ne suis pas aussi jolie que… n'importe quelle autre fille qu'il pourrait avoir. Tu as vu son visage ? Oui, puisque tu étais sous l'emprise de sa séduction malfaisante. Il pourrait avoir cette satanée Scarlett Johansson s'il le voulait.

— Et je suis sûre que l'université de l'Ohio grouille de sosies de Scarlett.

— En bikini noir.

Kayla soupire.

— C'est difficile, je comprends. Après tout ce qui s'est passé, ça risque d'être dur et j'en suis désolée. Mais il t'aime vraiment beaucoup, Isis, et toi aussi. Et vous êtes vraiment intéressants, ensemble. Vous vous apportez de la lumière l'un à l'autre. Et la vie est trop courte. Sophia nous l'a appris. Je crois que vous méritez un galop d'essai avant de vous rayer de vos vies.

— Ouah ! Quelle argumentation. Tu pourrais bien être la seule étudiante sur cette planète à vraiment suivre les cours en fac.

— La ferme.

Elle rougit et se penche pour éteindre son ordinateur.

— Et ne me rappelle pas à moins de l'avoir embrassé ! Minimum.

Je pose mon visage sur le clavier et grogne. Yvette choisit ce moment précis pour entrer en trombe dans notre chambre et s'effondrer de tout son long sur son lit, tout aussi gémissante.

— Ma vie est foutue à jamais ! déclare-t-elle.

Je me lève et vais m'affaler sur son lit à côté d'elle.

— L'heure de mourir a enfin sonné.

Un long silence retombe tandis que nous respirons dans les oreillers et expérimentons la suffocation. Yvette craque la première. Elle redresse la tête à la recherche d'air, haletante.

— J'ai couché avec quelqu'un, confesse-t-elle.

— Je sais. Je t'ai entendue.

Yvette devient rouge jusqu'à ses boucles d'oreille.

— Désolée… Eh merde. Je ne suis pas désolée. C'était trop bien.

— Je peux essayer de deviner qui c'était ?

— Tu as trois essais.

Cette distraction me fait du bien.

— Steven. Celui en socio.

— BERK !

Yvette tape dans ses mains.

— Tu as droit à dix points pour avoir dit le truc le plus con que j'ai jamais entendu.

— Brett. Celui avec les tee-shirts bizarres.

— Oui, parce que je rêve de transformer mon vagin en laboratoire pour la culture de la chtouille.

— Donne-moi un indice. Genre sept cents pistes. Sous forme de rédac, avec citations et notes de bas de page.

Yvette plisse le nez comme si elle avait mal, quand je repère soudain une bouffée inratable. Quelque chose de musqué, de doux et de floral. Des roses…

— Je suis homo…, murmure Yvette en m'interrompant à voix basse comme si elle était terrifiée que quelqu'un l'entende dans la sécurité de notre chambre.

Nous nous dévisageons l'une l'autre dans un silence sidéré, jusqu'à ce que je sourie et lui donne un coup de poing dans l'épaule.

— Diana, c'est ça ? Espèce de petite veinarde !

Les yeux d'Yvette s'écarquillent comme si elle s'était attendue à autre chose. À des cris, peut-être. Ses yeux s'emplissent de gratitude puis, d'une manière qui la caractérise, fourre son visage contre son oreiller pour le cacher.

Je me lève.

— Allez, viens. Descendons chercher de la glace pour fêter ça.

Elle ne bouge pas. Je tire d'un coup sec sur ses fesses. Elle râle.

— Debout ! j'insiste.

— Je ne peux pas me lever ! fait la voix étouffée d'Yvette. Je suis gay !

— C'est toi qui invites, si jamais tu ne te lèves pas dans les cinq secondes.

Yvette me jette un coup d'œil comme une gamine effrayée.

— Mes parents ne sont pas au courant.

— Tu n'es pas obligée de leur dire. Pas tout de suite. On a encore six mois devant nous avant d'arrêter la fac. Quand ils te demanderont pourquoi tu auras balancé leurs vingt mille dollars dans la cuvette des toilettes, tu leur diras que c'est parce que tu es gay. Fais-moi confiance. Ils t'en voudront beaucoup plus pour l'argent que pour les meufs.

Yvette a un petit sourire en coin. Elle s'essuie le nez.

— Ou bien, tu pourrais balancer la bombe, là tout de suite. Par téléphone. Faire exploser ta propre maison.

Yvette rit avant de me frapper le genou. Là-dessus, nous partageons un sundae. Je ne me sens plus seule à avoir des problèmes, pendant un moment. Le courage d'Yvette me le rappelle. Je ne suis pas la seule à penser que le sexe et l'amour sont bizarres, difficiles et terrifiants.

Si Yvette a pu m'avouer qu'elle est homo, si elle peut gérer cette révélation révolutionnaire et bouleversante toute seule comme une grande, alors je peux dépasser ce qui m'est arrivé.

Je ne serai pas aussi forte qu'elle, mais je peux toujours essayer.

Je me dois à moi-même, et à tous ceux qui m'aiment, au moins d'essayer. Putain.

Je rentre voir maman, le week-end suivant. Le trajet est long, mais l'amour immense ; elle vient à ma rencontre avec un sourire et des bras grands ouverts qui me serrent ensuite très fort. Elle nous prépare même à dîner, pour une fois. Des pâtes. La maison est propre. Les fenêtres sont ouvertes et l'air dans chaque pièce frais. La peau de maman paraît plus saine et ses yeux plus lumineux. Elle n'arrête pas de parler de son travail et de son nouveau groupe d'amies rencontrées au yoga.

— Tu vas bien, chérie ? Désolée, je n'arrête pas de parler…

— Oui, ça va. Ne t'inquiète pas. J'avais juste très faim.

— Tu manges bien à la fac ?

— Trois vrais repas par jour. Donuts et regrets compris.

Elle rit. Je souris dans ma cuillerée de pâtes.

— Ça a été affreusement calme, par ici, déclare ma mère. Alors j'ai essayé de sortir un peu plus. De faire plus de choses, de rencontrer des gens.

Je tressaille.

— Je suis désolée. Je suis désolée de ne pas venir plus souvent et de ne pas être venue le week-end dernier, mais j'étais…

— C'est bon. Je ne veux pas t'entendre t'excuser.

Mais tu m'avais promis de rentrer un week-end sur deux. Maintenant, tu es occupée, parce que tu es à la fac, mais je suis ta mère et je veux te voir. J'ai besoin de te voir.

— Je suis désolée ! fais-je en agrippant ma fourchette.

Maman se lève et s'avance pour me tapoter la tête en me chuchotant de me calmer.

— Non, chérie. C'est moi qui suis désolée. D'avoir tant besoin de toi. Tu devrais être libre. Je dois te laisser voler de tes propres ailes. Les autres jeunes de ton âge, leurs parents de mon âge ont appris à lâcher prise, mais… Mais c'est plus difficile pour moi. Et ça l'est pour toi.

Je déglutis. Maman plonge son regard dans le mien.

— J'ai des mauvaises pensées, par moments… des pensées sombres. Dans ces cas-là, je vais voir le Dr Torrand et j'essaie de ne pas trop ressasser. Mais elles me tiennent éveillée la nuit. J'ai des problèmes de sommeil et je commence à en vouloir à tout le monde – à ton père, à Léo, et même à toi – et c'est horrible. Je suis horrible.

Je lui attrape le dos et la serre fort contre moi.

— On n'est pas horribles, je murmure. On est juste humains.

* * *

J'observe Charlie faire ses devoirs. Il a les cheveux gras et le visage aussi fermé que d'habitude. Il n'est pas brillant et il ne réfléchit pas avant de parler. C'est Gregory qui a dû décider de nous coller ensemble : deux profils opposés doublent les chances de réussite. En théorie.

Dans la vraie vie, on s'entend aussi bien qu'un chien et un chat.

— Qu'est-ce que tu mates ? grogne Charlie sans prendre la peine de lever les yeux de sa feuille.

— Je voulais te remercier, finis-je par dire.

— Alors là, ça m'étonnerait beaucoup.

— D'avoir viré Isis du barbecue. Je n'arrivais pas à le faire moi-même.

— Sans déconner, fait Charlie en haussant les yeux au ciel. Il s'est passé un truc entre vous, c'est ça ?

— Quelque chose dans ce goût-là.

— Eh bien, garde ça pour ton temps libre. Je n'ai pas besoin que tes plans cul fassent foirer cette mission.

Je jette un regard du côté de son bureau. Il n'a pas beaucoup d'affaires personnelles. Mais il a emporté une photo encadrée de sa grand-mère, une vieille Japonaise au visage ridé et souriant qui serre Charlie contre elle devant un petit restaurant de nouilles dans un San Francisco embrumé. J'ai un peu mis mon nez dans son dossier et ses comptes en banque. Orphelin à l'âge de trois ans suite à un crime raciste, il s'est alors retrouvé confié à sa grand-mère, qui l'a élevé. Maintenant qu'elle a près de quatre-vingts ans et qu'elle ne peut plus tenir la boutique, Charlie lui envoie l'argent qu'il gagne. Il appartenait à un gang de Chinatown avant que Gregory le prenne sous son aile.

Il est plus faible que moi, même s'il n'en a pas l'air.

Mais une personne qu'il aime est encore en vie. Ce qui est une faiblesse en soi. Raison pour laquelle je serai toujours meilleur que lui. Ou disons que c'est ce que je croyais, jusqu'à ce qu'Isis ressurgisse.

— Ce n'était pas un plan cul, fais-je pour clarifier les choses et tempérer le feu qui commence à me brûler les poumons.

Il n'y avait rien de personnel dans sa réflexion ; ses insultes sont un mécanisme de défense qui a pour but de l'empêcher de connaître les gens et de s'attacher à eux. Exactement comme Isis avec ses blagues permanentes.

— Quoi qu'elle ait été pour toi, cette meuf était carrément jalouse, l'autre soir. Elle n'arrêtait pas de lui balancer des regards noirs. Ne la laisse pas t'empêcher de soutirer des infos à Brittany et tout gâcher, OK ?

Jalouse ? Isis ? Impossible. Elle est assez intelligente pour savoir qu'elle court après des causes irrécupérables. Elle ne me courrait jamais après. Pas après ce que je lui ai fait.

Est-ce que tu sais combien de fois tu m'as fait pleurer ?

J'attrape mon manteau et sors.

Le campus est calme. Les étoiles brillent comme des diamants disséminés à travers le ciel. Mes pieds m'entraînent de l'autre côté de la bibliothèque, me font traverser le parking et rejoindre une fontaine en granit dominée par un centaure en train d'envoyer une flèche vers le ciel. Je m'assois au bord. Je ne suis pas tout seul.

Je pourrais partir. Je pourrais la laisser par cette nuit étoilée, tourner les talons. Je pourrais choisir de ne pas cultiver ce souvenir, de ne pas m'engager. Mais j'en ai envie. Nos disputes, notre guerre, nos traits d'esprit me manquent. Elle me manque alors que mon plan exige de ne plus jamais lui adresser la parole pour ne plus lui faire du mal. Mais je suis un être humain. Je suis égoïste.

Et je m'autorise à être humain et égoïste comme elle me l'a appris.

— Bouh ! je murmure.

Isis sursaute.

— Espèce de crétin ! Tu veux vraiment me tuer avant que j'aie atteint ma forme définitive ou quoi ?

— Raconte-moi un peu ça, fais-je en m'installant près d'elle.

Elle porte un pull-over duveteux et un short en jean.

— Et quelle sera ta forme définitive ? Non, attends. Laisse-moi deviner : une sorcière.

— Une impératrice cyborg, corrige-t-elle avec un reniflement plein de dignité. D'un pays petit quoique riche.

Je ris.

— Et que ferez-vous lorsque vous aurez récupéré votre royaume, Votre Majesté ?

— Oh ! tu sais, les trucs habituels... J'améliorerai les écoles, je construirai de meilleures routes, j'aurai un harem rempli de jeunes hommes beaux et délicats. Du classique.

Je hausse un sourcil.

— Vraiment ? Je croyais que tu préférais les costauds.

— C'était le cas jusqu'à ce que je découvre que l'apparence a très peu d'importance. Tu ne regardes pas *Dora l'Exploratrice* ou quoi ? C'est très instructif. Tu ne peux pas savoir tout ce que ça m'a appris sur la façon de traiter les gens d'égal à égal. Et sur les sacs à dos.

Je lui adresse un petit sourire narquois. Elle camoufle le sien dans le creux de son bras.

— Être seule au milieu de la nuit cachée derrière

le séant d'un centaure n'est pas digne d'une impératrice, je déclare.

— Je ne me cachais pas. Se cacher, c'est bon pour les bébés. Et les ninjas.

Nos mains se frôlent presque dans l'eau, leurs ondulations respectives pour seul contact direct.

— Tu voudrais bien aller quelque part avec moi ? me demande alors Isis.

Je lève la tête.

— Où ça ?

— Quelque part. N'importe où sauf ici. Quelque part où Sophia n'a jamais été. Allons sur la Lune.

Je lève les yeux pour contempler le disque d'argent.

— Il va faire froid.

— On emportera des vestes.

Le silence retombe.

Isis expire très fort.

— Où est-ce que tu t'es fait ce truc à l'arcade ?

— Je me suis pris une porte, je lui réponds du tac au tac.

— Où ça ? Dans la maison de Samsaget Gamgie ?

— Samsaget vit dans un cabanon de jardin, pas dans une maison.

— Oh, mon Dieu, mais on s'en fout ! commente-t-elle en levant les mains. En revanche, ce qui est sûr, c'est que les égratignures font mauvais genre.

— Oui. Et c'est exactement ce que j'essaie de faire : massacrer mon visage pour qu'aucune femme ne me regarde deux fois.

— Impossible, se moque-t-elle. Ça va juste cicatriser et te donner un air badass, et ensuite, tu auras tout un tas de filles et leurs mères à tes basques. Beaucoup plus qu'aujourd'hui. Et leurs tantes par alliance, peut-être même. Bon sang, la vie est tellement injuste.

Elle écarte ses cheveux de son épaule. Ils ont tellement poussé, ils tombent au bas de ses omoplates. Ses mèches violettes délavées sont désormais lavande avec une touche de blanc. Sa frange est un vrai fouillis. Elle aurait vraiment besoin d'être rafraîchie car elle cache ses yeux. Ses petites lèvres sont toujours aussi charmantes et boudeuses. Elle a changé, en un an. Elle a l'air d'avoir un peu grandi. Ses cils sont immenses et sombres. C'est lorsque je la vois les battre quatre fois que je me rends compte que je les fixe, et je détourne les yeux.

Je lui dois la vérité. Je lui dois au moins ça.

— J'ai quitté Northplains parce que je ne pouvais pas rester. Parce que je ne savais pas quoi faire de moi. Parce que j'avais mal et que j'avais peur de blesser des gens. Des gens comme toi.

Isis se tait. Sa main ralentit sa caresse sur l'eau.

— Je suis monté dans ma voiture et j'ai conduit pendant des jours. Je ne me souviens presque de rien. Quand je suis sorti de cette espèce de transe, j'étais à Vegas. J'ai passé plusieurs semaines là-bas, enfermé dans la chambre d'un motel.

— Tu as fait quoi ? demande-t-elle avec douceur.

— Je me suis battu. Et j'ai bu. Il y avait un club dans le sud-est. J'y suis allé tous les soirs, pour taper sur des touristes, des vétérans chevronnés et tous ceux qui avaient envie de tâter de mon poing. Je me suis fait casser la gueule plus souvent que l'inverse. Mais j'avais envie de souffrir. Je voulais éprouver la douleur, sentir quelque chose, n'importe quoi. N'importe quoi au lieu de cet horrible vide qui m'avait rattrapé après les funérailles.

Elle déglutit, les poings serrés sur ses genoux.

— La culpabilité m'a dicté ma conduite. Et elle continue de le faire, d'une certaine façon. Mais grâce à Gregory, elle ne m'a pas dévoré vivant.

— Qu'est-ce que tu veux dire ?

— Le type qui t'a pourchassée avec Charlie dans la forêt, Gregory. Il m'a débusqué. Dieu seul sait comment. Mais il m'a traqué et juste au moment où j'allais me retrouver à court d'argent, il m'a proposé un boulot et une formation. Quelque chose dans quoi mettre mon énergie. Un but, un objectif auquel me consacrer corps et âme. J'avais tellement peur de perdre le contrôle depuis si longtemps. Depuis la mort de mon père, je crois. C'est là que ça a commencé. Quand j'ai provoqué la mort de Joseph. J'ai essayé de me maîtriser encore plus, après ça, de garder les gens à bonne distance. Mais tu as débarqué.

Elle tressaille. Je glisse ma main dans la sienne sous l'eau et la serre doucement.

— Ce n'est pas une mauvaise chose. Léo était un sale type. Et je me suis laissé aller à la violence, à ce moment-là. Mais avec toi… Avec toi, je perdais le contrôle d'une façon beaucoup plus agréable, quand tu étais dans les parages. D'une façon saine et rassurante. Perdre le contrôle comme ça a fait ressortir les émotions que je niais depuis si longtemps. Tu les as poussées à sortir.

Ses joues rouges deviennent écarlates. Je souris quand je m'aperçois que je tiens toujours sa main, et la lâche aussitôt. Des gestes de ce genre ne l'aideront pas à se tourner vers un homme meilleur pour elle.

Rien de tout ça ne l'aide. Mais je suis trop égoïste pour arrêter de parler et partir. Je veux le soleil. Je veux encore me réchauffer à sa chaleur, ne serait-ce qu'un petit moment.

— Gregory m'a appris à me contrôler d'une manière plus profonde que je ne le faisais seul. Il m'a emmené dans le désert – il possède un ranch au milieu de nulle part – et il m'a fait bosser. J'ai charrié de l'eau, du bois de chauffage et j'ai dû dompter des étalons. Les chevaux me détestent, au fait. Et ils détestent les serpents. Mais moi encore plus.

— La différence entre vous est insignifiante, se moque-t-elle, tout sourire.

— Gregory m'a obligé à me battre – contre lui, la plupart du temps, mais parfois contre son homme de main, une espèce de géant. Gregory m'a démontré que contrôler n'est pas refouler : au contraire, c'est s'exprimer où et quand on décide de le faire et dans un but précis. Trois mois plus tard, il a dit que j'étais prêt à rejoindre son équipe, et je l'ai fait.

— Et maintenant, tu espionnes pour lui, dit-elle.

— Je protège des gens, je corrige. Je collecte quelques renseignements en plus.

— Donc, tu espionnes Sans-Nom.

— Il est très secret, et plus intelligent que ce que je voulais bien admettre. Mais avec le temps, on trouvera des preuves solides.

— Qu'est-ce qu'il a fait ? À part foutre la vie d'une fille en l'air ?

— Il a aidé des gens impliqués dans le marché de l'opium, de la meth et dans le trafic d'êtres humains. La liste n'est pas jolie, jolie. Mes employeurs n'en ont pas après lui, juste après les gens qu'il connaît.

Il ne savait peut-être même pas ce qu'il faisait sur le moment, mais il savait que c'était illégal.

Isis ne dit rien. Elle fourre les mains entre ses genoux et bascule au bord de la fontaine dans un mouvement nerveux.

— J'ai peur. Chaque fois que je marche dans la rue, j'ai peur de tomber sur lui. Qu'il m'attende.

— Alors pourquoi tu viens ici seule la nuit ?

— Il n'aime pas le noir.

— Fascinant..., fais-je en notant mentalement cette information, que quelqu'un comme lui puisse souffrir d'une peur aussi terre à terre.

Elle hausse les épaules.

— Son père l'enfermait dans un placard quand il était petit. Pendant des heures.

Nous ne disons rien jusqu'à ce qu'Isis tente de rompre la tension ambiante.

— Donc, vous sortez ensemble, toi et Bikini Girl ? Charlie a dit que c'était pour lui soutirer des informations. Mais bon, t'as vu de quoi elle a l'air ? Aucune créature vivante dotée d'un tube portatif pour faire pipi ne peut rester insensible devant quelqu'un d'aussi sexy.

— Elle est très ennuyeuse, dis-je d'un ton acide, si tu tiens vraiment à le savoir.

— Oui, tout à fait, je tiens à le savoir, fait Isis en prenant l'accent anglais.

— Pourquoi ? Qu'est-ce que ça peut te faire ?

— Parce que, espèce de crétin, assène-t-elle, je t'aime bien. Je te l'ai dit il y a très longtemps, mais tu sembles l'avoir oublié. En même temps, c'est normal, vu que tu entends des trucs de ce genre à tout bout de champ. Pourquoi tu te souviendrais de l'aveu d'une sale gamine énervante et agressive ?

Après tout le mal que je lui ai fait, elle m'aime toujours.

— Je t'ai fait du mal. Tu mérites quelqu'un de mieux.

Elle plisse le nez.

— Oh, mon Dieu ! J'avais oublié à quel point tu peux être arrogant. Qui es-tu pour décider ce que les gens méritent ou non ?

Nous ne disons rien, même elle sait très bien à quoi je pense.

— Sophia… Sophia t'aimait. Elle aurait voulu que tu sois heureux. C'est la seule chose que nous puissions faire, dans cette vie à la con beaucoup trop courte. Essayer d'être heureux. Et je sais que ça te tue et que tu te le reproches, mais tu n'es pas le seul à culpabiliser…

Elle ne parvient pas à terminer sa phrase.

Je ne suis pas seul. Comment ai-je pu l'oublier ? Quelle espèce de connard égocentrique suis-je donc devenu ? Fuir et la laisser souffrir seule ? Alors que je l'avais laissée, elle s'est accrochée à mon souvenir, à ses sentiments pour moi, et elle les a soigneusement protégés pour qu'ils ne pourrissent pas. Toute autre fille aurait renoncé. Toute autre fille aurait nourri de la haine à mon égard pour le restant de ses jours. Mais pas Isis. Pas mon entêtée, courageuse, adorable Isis.

— D'accord.

Elle lève la tête, souriante, même si ses yeux brillent de larmes.

— C'est sympa de ta part de faire comme si tu m'aimais encore, mais… je comprends. Si ce n'est pas le cas, tu n'es pas obligé de me dire que je devrais trouver quelqu'un de mieux. Tu devrais juste me le dire *cash*. Je sais que je ne suis pas… que je ne suis pas « féminine », que je suis bizarre, bruyante et inexpérimentée et que ce n'est pas ton genre. Que j'ai de gros problèmes, aussi. Ça fait beaucoup à gérer pour quelqu'un. Cette nuit à l'hôtel remonte à plusieurs mois. C'est normal que les choses aient changé. Tu n'as pas à te sentir mal de ne plus vouloir de moi. On peut aimer les gens en tant qu'amis sans avoir envie de coucher avec eux.

Je te veux. Je te veux et pas seulement comme amie. Je te veux dans mes bras, dans mon lit, où tu seras en sécurité, extatique, toute à moi. Je veux te montrer qu'un baiser peut faire du bien. Que la vie n'est pas toujours souffrance, qu'elle est plaisir aussi.

Mon cerveau me crie ces propos, mais ma bouche ne les articule pas, me condamne au silence. Il faut que je tienne bon. La moindre fissure, et chacun de mes secrets se répandrait à ses pieds : que je la désire comme un fou, comme une plante assoiffée veut la pluie. Que les seuls moments où je me sens vivant, c'est quand je vois ses mèches violettes, le contour de ses épaules, son sourire.

Mais quel genre d'amour pourrais-je lui offrir ? Je suis cassé, en morceaux. Et la connaissant, elle chercherait à les ramasser, mais ne parviendrait qu'à se couper les doigts. L'amour que je pourrais lui donner la blesserait, alors que tout ce que je veux, c'est la guérir. Je veux la reconstruire, pas l'entraîner dans ma chute. Elle est trop importante. Toute nouvelle blessure causée par un homme pourrait lui briser le cœur à jamais et l'envoyer dans un lieu de non-retour, où aucune lumière et aucun amour ne l'atteindraient plus.

Je la gâcherais définitivement. Je ne me supporterais plus, si cela arrivait.

Pas après Sophia. Une fois est un accident. Deux fois, de la malveillance. Ce serait impardonnable. Si je plaçais mes propres besoins et mes propres désirs avant sa sécurité et son bien-être, je ne vaudrais pas mieux que Sans-Nom.

Alors, je sors mon plus beau masque. Celui où je suis sans vie. Celui qu'Isis a presque brisé. Je rends mon expression totalement indéchiffrable.

— Je m'excuse, dis-je. De t'avoir laissée penser qu'on était plus que des amis.

La lumière quitte son regard à ces mots. Quelque chose de profond et de radieux meurt en elle. L'espoir. Mais elle reprend aussitôt le dessus et dissimule ce choc sous un tapis d'exaspération sardonique. Elle est extrêmement douée pour cacher sa douleur.

— Pouah ! Arrête ça ! T'excuser fait très vulgaire chez toi.

— Désolé…

Elle se lève et tend les mains au-dessus de sa tête avant de s'étirer en faisant un petit claquement de langue satisfait. Mais je la connais. Je lis en elle, c'est de la comédie. Elle reprend le contrôle sur ses émotions pour mieux les dissimuler. Elle se tourne, tout sourire.

— J'aurais une question décontractée entre amis à te poser. C'est possible ça, n'est-ce pas ?

J'opine.

— Ce que tu as dit cette nuit-là à l'hôtel, à propos du fait que tu m'aimais… C'était vrai ?

Je déglutis tout en soupesant bien mes propos.

— Oui. Mais quelque chose a changé et maintenant…

— C'est bon, j'ai pigé. Sincèrement. Les sentiments changent. Et les hormones, les expériences mélangent tout dans notre cerveau. C'est incroyable que les gens soient stables, quand on y pense ! C'est vrai, quoi. Parfois, je suis surprise d'éprouver la même chose pour quelqu'un pendant plus d'une semaine. Tu vois ce que je veux dire ?

Aux yeux de n'importe qui d'autre, elle semblerait aller bien. Mais pour moi, sa douleur est palpable.

— Isis…

Je me lève. Elle recule aussitôt en levant les bras.

— Ouh là, ouh là ! J'apprécierais vraiment que tu restes où tu es, là tout de suite. Il fait nuit, tu es un mec… Ça me fait péter les plombs. Rien de personnel.

Ma gorge se serre. Un poids immense plombe soudain mon estomac. Je suis comme tous les autres hommes pour elle, à présent. Je suis juste un homme de plus qui l'a déçue et qui lui a fait du mal.

— C'est vrai. Pardon.

— Encore des excuses ! Trouve-toi un hobby, ou mieux, un autre mot ! Crêpes ! Ouais, voilà. Remplace chaque « désolé » par « crêpe », et regarde ta vie devenir mille fois plus géniale. Et toi mille fois plus gros.

J'essaie de trouver les paroles les plus justes, les plus à même de ne pas lui faire de mal, mais je sais qu'il est trop tard. Je ne peux pas retirer ce que j'ai dit. Les dégâts sont faits. Toujours la plus rapide, Isis me sourit et me salue avec un air facétieux.

— Bon, je crois que je sens le sommeil me gagner. Ou continuer, plutôt. Parce que je suis en pleine crise de somnambulisme. Tu parles avec une personne qui n'est pas réveillée. On se croisera sûrement dans le coin, James Bond. Essaie de ne tuer personne si ce n'est pas nécessaire.

— Je peux te raccompagner jusqu'à ta chambre, si tu veux.

— Nan, ça va aller. J'ai une ouïe aussi perçante que celle d'un faucon. Sauf que les faucons n'ont pas d'oreilles… si ? J'en sais rien ! Mais c'est pour ça que je suis à la fac. Allez, bonne nuit !

Isis s'en va. Je me souviens alors, avec un regret douloureux, ce que ça fait d'avoir froid.

Chapitre 9

Trois ans, cinquante semaines, zéro jour

Je fais la fête à la fac pour la même raison que je la faisais au lycée : pour oublier.

Durant les deux semaines qui ont suivi ma discussion avec Jack, j'ai pu me rendre compte à quel point faire la fête est important. Je ne fais pas partie de ces gens qui aiment se retrouver dans la foule, mais je ne déteste pas ça non plus. Ça peut être utile : quand vous êtes cerné de gens qui parlent, rient et vivent leur vie, vous commencez à oublier la vôtre. Vous pouvez vous perdre dans leur énergie. Pendant les sept heures que dure une soirée, je ne pense pas à Jack ni à sa voix disant : *Je m'excuse de t'avoir laissée penser que nous étions plus que des amis*. Pendant un bref moment, entre plusieurs shots de vodka, j'oublie qu'il a dit ça et le germe de l'espoir peut pousser à nouveau en moi. C'est une illusion, mais c'est une pensée si agréable et douce que je serais capable de tout pour la goûter. Cela implique donc de beaucoup faire la fête.

Si vous aviez demandé à la lycéenne que j'étais si je comptais être une étudiante fêtarde, je vous aurais ri au nez. Mais la douleur provoque de drôles de choses, et le déni est la seule façon de la soulager, peu importe que cela soit éphémère.

Donc ouais, je danse, je bois jusqu'à en vomir, je dors dans le lit de quelqu'un d'autre, sur le sol de quelqu'un d'autre, dans la chambre fermée à clé de quelqu'un d'autre. Et quand je me réveille, je recommence à zéro. Tant que je le peux, jusqu'à ce que les cours débutent ou qu'une Yvette inquiète me téléphone.

Deux semaines plus tard, je commence à me sentir à peu près bien. Anesthésiée, mais bien.

Et Dieu ou Bouddha doit avoir entendu mes prières parce que Kayla m'envoie un SMS avec des nouvelles incroyablement bonnes, le jeudi.

Wren et moi rentrons à Northplains pour les vacances ! On se voit quand ?

Avec toute la grâce d'une mule en train de suffoquer, je pousse des petits cris d'excitation. Nous convenons de nous retrouver dans un café tout près de la fac et de faire ensuite le grand tour de mon campus. Toujours calme et rassurant, Wren me demande si Jack sera là, je ne prends pas la peine de démentir. Pourtant le lui confirmer fait bouillonner mes entrailles. Ouais, il est là, et Wren le sait. Comme il sait sûrement que son cousin Sans-Nom est ici, lui aussi. J'espère qu'il n'a pas prévu de sortie avec lui. Ça gâcherait ma vie à jamais. Ou peut-être juste mon appétit ce jour-là.

Les jours suivants s'écoulent comme un igloo au printemps, jusqu'à ce que le vendredi arrive, accompagné de toute la gloire du week-end. Je passe un jean confortable et un pull très duveteux que j'épouille consciencieusement tout en les attendant. Le café est presque vide. J'essaie, en vain, de rester assise sans bouger. Le double expresso ne m'aide pas vraiment. Et si jamais Wren et Kayla étaient beaucoup plus mûrs que moi, maintenant ? Et s'ils étaient studieux, sérieux, devenus des adultes accomplis ? Et si Kayla s'était fait de nouvelles amies ? De plus chouettes amies qui ne diraient pas de grossièretés et qui ne réfléchiraient pas à voix haute ?

— Te voilà !

Une masse confuse de la forme de Kayla se jette sur moi et m'agrippe sauvagement. Je la serre en retour avec douceur. Elle s'écarte, le rideau de ses cheveux bruns soyeux est bien plus long que dans mon souvenir. Son sourire est le même, en revanche, si contagieux que je ne peux m'empêcher de le lui rendre.

— Oh, merde, tu es magnifique ! fais-je, devant tant d'évidence.

Elle rit avant de me regarder de la tête aux pieds.

— Et toi encore plus ! J'adore ce pull ! Tu n'aurais pas grandi ?

— Tu crois ? Difficile à dire vu que tout le monde par ici fait à peu près la taille d'un troll des neiges.

— Les trolls des neiges ne vivent pas près des villes, intervient Wren dans le dos de Kayla.

— Wren ! fais-je avant de sauter sur lui et de passer mes bras autour de son cou.

Il rajuste ses lunettes en souriant lorsque nous nous écartons. Comme dans mon souvenir, ses cheveux clairs sont plaqués en arrière et ça lui va plutôt bien. La dose d'ennui que diffusent son pantalon kaki et sa chemise boutonnée jusqu'au col ne cesseront jamais de me sidérer, en revanche. Mais sans ce look il ne serait plus vraiment lui.

— Ça fait plaisir de te voir, Isis.

— À moi aussi !

— Par contre, sérieusement, si tu souhaites rencontrer un troll des bois, dans le coin…

— OK, Monsieur Donjons et Dragons, on se calme.

— Il a rejoint le club de jeu de rôle au MIT.

Kayla m'adresse un clin d'œil tandis que Wren devient rouge comme une tomate.

— Pas du tout !

— Et le club de maths, d'échecs, l'association caritative La Main Tendue, et quelques autres encore. Mais il n'arrêtait pas de lorgner du côté du club D&D. Du coup, je l'ai inscrit.

Wren se frotte l'arête du nez.

— Je n'aurais jamais cru qu'un club aussi peu académique ferait aussi bien sur un CV.

— C'est bon de s'amuser une fois tous les millions d'années, j'interviens.

Wren m'adresse un petit sourire gêné.

— Je joue un gardien à moitié elfe et aucun d'entre vous n'a le droit de se moquer de moi, j'espère que c'est clair.

— Pouah ! Un demi-elfe ? Sérieux, Wren ? Tout le monde, et sa mère, et la mère de sa grand-mère, veut être à moitié elfe ! Si tu dois te faire plaisir en jouant un personnage de fantasy, sois au moins plus original.

Je lève les yeux au ciel. Kayla ricane avant de s'éloigner vers le bar pour commander un thé.

— Tu serais quoi, toi, Madame Rebelle ? me demande Wren avec un petit air narquois.

— Un nain guerrier. Avec un marteau géant. Et puisque je suis la personne la plus géniale dans la vraie vie, je serais aussi le nain le plus merveilleux du royaume de Dragonville.

Les heures défilent dans le café tandis que nous mangeons des gâteaux et nous racontons nos vies depuis que nous nous sommes quittés. Kayla rame en calcul, mais elle cartonne partout ailleurs. Wren la coache quand il n'est pas pris par ses activités et qu'il ne suit pas toutes les UV optionnelles disponibles. Pour une fois, il n'a pas les meilleures notes dans toutes les matières, et ce serait hyper libérateur, à l'entendre. La pression qui le poussait à toujours être le meilleur et à conserver sa place de premier l'aurait quitté.

Je leur raconte la version résumée de ma vie à l'université : je m'en sors dans la plupart des matières, j'ai failli en rater deux, et ma coloc est géniale.

— Je suis trop jalouse, soupire Kayla. La mienne est horrible. Elle laisse traîner ses culottes sales partout, même sur mon lit !

— C'est parce que tu vis avec un gobelin, je déclare en faisant la grimace. Et pas du genre accumulateur d'or à la D&D.

— On pense prendre un appart ensemble à la fin de l'année, annonce alors Wren.

Kayla lui adresse un regard attendri.

— Sérieux ? Mais c'est génial ! Est-ce que je pourrai venir vous rendre visite et dévaliser votre frigo ?

— Pas tout ce qu'il y aura dedans, mais un peu, précise Kayla.

— La meilleure partie de ce qu'il y aura dedans, je surenchéris.

La clochette de la porte du café se met à carillonner,

mais je suis trop occupée à négocier la quantité de bain moussant que je pourrai utiliser quand je viendrai chez eux pour remarquer la personne qui vient d'entrer. Wren se lève et s'excuse. Kayla s'étouffe à moitié lorsqu'elle jette un petit coup d'œil par-dessus mon épaule.

— Oh, merde… J'ai une hallu ou quoi ?

Je regarde derrière moi. En veste et jean noirs, Jack Hunter scrute les pâtisseries avec attention. Et en bonne compagnie.

— Est-ce que je peux avoir celui-là, steuplait ? lui demande la fille accrochée à son bras.

Je reconnais cette voix – comment ne pas la reconnaître ? C'est celle d'Hémorroïde, la rousse de la soirée piscine. J'essaie de ne pas regarder s'ils se touchent, parce que cette seule idée me donne envie de vomir. Grâce à la cloison de séparation en verre opaque devant nous, ils ne peuvent pas voir notre table de là où ils sont. Ce qui ne m'empêche pas de me ratatiner sur ma chaise.

— Oui, oui, Brittany, soupire Jack. Mais ensuite, on s'en va.

Kayla me regarde, puis la fille, puis Jack, puis de nouveau moi, avec les yeux plissés.

— Est-ce que Jack… Jack sort avec cette fille ?

La haine dans le ton de Kayla pourrait bien empoisonner quelqu'un.

— Je suppose, fais-je en haussant les épaules, pour me la jouer cool, mais j'ai du mal. On s'en fout.

— *On s'en fout* ? répète-t-elle en fronçant les sourcils. Isis, mais qu'est-ce qui s'est passé ? La dernière fois qu'on s'est parlé, tu étais super énervée après lui, mais tu avais toujours envie de l'insulter. Tu ne peux pas te la jouer « on s'en fout » tout d'un coup !

La voix de Kayla attire l'attention d'Hémorroïde. Je lui pince le bras.

— Hé, s'il te plaît, ne fais pas ça ici.

— Tu ne peux juste pas…

— Jack…, fait Wren en sortant des toilettes. Quelle bonne surprise !

Kayla et moi nous figeons et regardons Wren et Jack. Les yeux bleu glacier de ce dernier deviennent durs en le voyant.

— Wren…, fait-il. Quand est-ce que tu es rentré ?

— Aujourd'hui. Je suis ici pour le week-end. Enfin, pour les vacances, en fait. C'est fou que les facs de l'Ohio et du Massachusetts aient des dates de vacances différentes.

Wren sourit. Kayla et moi nous jetons un petit coup d'œil circonspect. Depuis quand Wren est-il capable de parler à Jack sans ciller ?

— Je ne dirais pas que c'est fou, c'est même plutôt typique.

Hémorroïde est trop occupée avec son croissant pour s'immiscer dans la conversation. Un drôle de silence retombe. Je remarque que les mains de Wren roulées en boule dans son dos tremblent un peu. Il est nerveux, mais essaie de le cacher.

— Tu ne me présentes pas ton amie ? demande Wren d'un ton innocent.

Jack plisse les yeux.

— Ce ne sont pas tes affaires.

— Tu es allé où ? enchaîne Wren sans perdre un instant. Après l'enterrement de Sophia ?

Un éclair de colère traverse le regard de Jack.

— En voyage.

— Super, soupire Wren. Bon, eh bien, quand ça te

dira de ne plus te comporter comme un connard irritable et de me parler comme à un être humain normal, fais-moi signe. Tu dois toujours avoir mon numéro.

Wren rejoint notre table. Jack le suit du regard. Je plonge un peu plus sous la table et espère que Jack ne reconnaîtra pas le bras de mon pull. Il ne le remarque pas et part avec Hémorroïde. Wren les regarde s'éloigner. Kayla se lève en faisant crisser sa chaise de façon tonitruante.

— Où est-ce que tu vas ? je lui demande.

— Lui casser la gueule, lâche Kayla avant que Wren lui prenne les mains.

— Kayla, laisse-le tranquille.

— Laisse-*moi* tranquille, tu veux dire ! Il ne peut pas sortir avec quelqu'un d'autre qu'Isis ! déclare-t-elle en tapant du pied.

— Si, il peut, rétorque Wren avec douceur. Et il le fait.

— Mais..., commence Kayla avant de me regarder. Isis ? Ça ne te fait rien ?

Je commence par dire non. Les lettres sont même presque formées. Mais ce serait mentir. En même temps, il le faut bien. Il le faut bien sans quoi tous mes efforts, toutes les fêtes, tous les autres garçons, tout l'alcool... tout le boulot que j'ai fait pour mettre de la distance entre Jack et moi sera gâché et je me retrouverai à la case départ : seule et triste, et fatiguée d'être seule et triste.

— C'est bon. C'est sa vie, il peut bien faire ce qu'il veut.

— Pas quand ça fait du mal à ma meilleure amie ! assène Kayla avant de commencer à marcher vers la porte, mais Wren l'agrippe plus fort.

— Kayla, s'il te plaît…

— Regarde-la, Wren ! fait Kayla en me désignant. Je ne l'ai jamais vue aussi discrète et charmante de toute ma vie ! Elle est… elle est presque *normale* ! Quelque chose ne va vraiment pas !

— Euh… Je t'entends, tu sais…

Kayla est carrément remontée.

— Écoute, Isis, je suis désolée. Je suis sincèrement désolée parce que cette situation est trop naze.

— Je vais bien, fais-je en haussant la voix d'un cran. Pour de vrai. Là maintenant, en compagnie de vous deux, je vais juste bien. Et vous n'êtes là que pour deux jours. Ne les gâchons pas avec des conneries pareilles, d'accord ? S'il te plaît. Fais-le pour moi.

Wren et Kayla échangent un regard. Kayla finit par se laisser tomber sur sa chaise en soufflant très fort.

— OK. J'essaierai de ne pas envoyer Jack dans la stratosphère d'un coup de poing. Mais cette promesse ne tiendra plus quand je reviendrai à Noël.

Pour une fois, je ne dis pas ce que je pense. J'écoute Wren meubler l'étrange silence qui est retombé avec des bavardages pendant que mon cœur sombre dans ma poitrine. Est-ce que c'est ça, être normal ? Se sentir si abandonnée qu'on ne peut plus prononcer le moindre mot ? J'aurais dû dire quelque chose. J'aurais dû me lever et aller trouver Jack et Hémorroïde pour leur dire le fond de ma pensée : que je suis triste qu'il soit avec elle et pas avec moi ! Mais je ne l'ai pas fait. Qui suis-je ? La vraie Isis se serait-elle fait enlever par des Zabadoobiens ? Comment puis-je la faire revenir et remplacer le clone sans vie qu'elle est devenue ?

Non, je ne suis pas sans vie. Je fais ce que j'ai à faire : je vais à des soirées, je souris, je bois, je fais mes devoirs et je rends mes dissertes. J'embrasse des types. Je mène la vie d'une étudiante normale.

Alors pourquoi est-ce que je me sens aussi mal dès que j'aperçois Jack Hunter pendant quelques secondes ?

Il me connaissait avant l'université. Il m'a connue pendant les années les plus chaotiques de ma vie. C'est peut-être pour ça que ça ne va pas. Personne ne m'a connue aussi bien que lui, personne n'a vu en moi comme lui, la vraie Isis, aussi bien et aussi vite. Peut-être est-ce pour ça que ça me fait mal de le voir avec quelqu'un d'autre ? De le voir tout court. On devrait être ensemble. Chaque fois que je le croise, je le pense un peu plus. Mais alors, l'ombre de Sans-Nom surgit, noire et suintante, et elle me dit que je suis la pire meuf de la Terre, et je me retranche dans ma carapace.

Par moments, regarder Jack me donne l'impression de tendre la main vers l'horizon – je ne le toucherai jamais, je ne l'atteindrai jamais, mais ça n'en reste pas moins la plus jolie chose que j'aie jamais vue. Après que Wren, Kayla et moi nous sommes bien rempli l'estomac, je leur montre le campus et ma chambre. Yvette est là. Elle étudie, pour une fois.

— Yvette ! fais-je en plaquant les mains sur ses épaules. Je te présente mes fantastiques amis Kayla et Wren. Fantastiques amis, voici Yvette, mon autre fantastique amie.

Yvette sourit de façon bizarre avant de serrer la main de Wren tout aussi bizarrement. Elle rougit quand Kayla la prend dans ses bras.

— C'est trop top de vous rencontrer, les gars. Isis n'arrête pas de parler de vous.

— Elle n'arrête pas de parler *de toi*, tu veux dire !

Je vais être honnête avec toi, ajoute Kayla, j'ai même été un peu jalouse.

— *Yes* ! je siffle. Combat à mort en prévision pour se disputer mon amour !

— Dans tes rêves, cocotte, dément Yvette. À moins qu'il y ait des haches de guerre.

— À combien de tranchant ? demande Wren.

— Double, bien sûr, pour le côté dur à cuire.

— Tout à fait, accorde Wren. Sauf que l'avantage avec une hache à simple tranchant, c'est qu'on peut en tenir deux à la fois. Ça permet de faire deux fois plus de découpe.

Yvette sourit.

— J'aime ta façon de penser, mec.

— Oh, mon Dieu ! fait Kayla avant de foncer vers l'impressionnante collection de rouges à lèvres qu'Yvette a disposée sur le rebord de la fenêtre. Ces couleurs sont démentes !

— Tu aimes ? demande ma coloc en la rejoignant.

— Trop ! Où est-ce que tu as trouvé cette référence ? Je la cherche partout.

Pendant que les filles débattent des subtilités concernant la cire colorée, Wren et moi lambinons de l'autre côté de la porte. Je pose sur son épaule ma tête fatiguée, qu'il se met à tapoter.

— Comment tu vas ? me demande-t-il.

— Bien. Top. Formidablement bien.

— Même alors que Wi... que mon cousin est ici ?

Je souffle sur des mèches de cheveux qui tombent devant mes yeux.

— Tu as le droit de dire son nom, tu sais. Je l'ai aperçu sur le campus bien trop souvent à mon goût. Mais ça m'a aidée, je crois. Quand on voit un truc assez souvent, il devient normal. Tu vois ce que je veux dire ? J'imagine que si je prononce son nom assez souvent, ça finira par faire moins mal.

La main de Wren sur ma tête la caresse avec douceur, mais l'autre se serre et forme un poing.

— Je suis désolé, Isis. Je suis désolé qu'il soit ici. Si j'avais su, j'aurais pu te prévenir…

— Et j'aurais fait quoi ? Arrêté mes études ?

Je me redresse de toute ma hauteur.

— Non. Je ne vais pas le laisser contrôler encore plus ma vie qu'il ne le fait déjà.

— Mais…

— Pas de mais. Bon, OK, peut-être quelques-uns, mais seulement des « mais » sympas.

— Isis, sérieusement…

Je retire sa main de ma tête et la tiens en souriant avec le plus de conviction possible.

— J'ai passé deux ans à fuir. Et j'ai fini par détester ça.

Wren serre ma main sans rien dire. Je serre la sienne en retour.

— J'aimerais aller de l'avant, comme tout le monde.

— Et moi, je suis… inquiet, soupire Wren. Fais les choses à ton rythme, OK ? Chacun est différent. Si tu vas trop vite, si tu y vas trop fort, tu risques de te faire du mal.

— C'est gentil de t'inquiéter, mais je peux prendre soin de moi, Wren. Nous ne sommes plus des enfants.

Wren se tait, après ça. Un texto fait vibrer mon téléphone. C'est Heather, une fille de mon cours de sociologie avec qui je suis devenue en quelque sorte amie depuis qu'on s'est rendu compte qu'on adore les films de gangsters. Elle est mon plan fête, depuis, et m'invite à toutes celles dont elle entend parler.

Mais je ne veux pas sortir, ce soir. Je veux rester avec Kayla et Wren, regarder des vidéos de chats débiles et rattraper le temps perdu. Mais après la petite prise de bec entre Jack et Wren, j'ai l'impression de devoir montrer que je vais bien, pour qu'ils ne s'inquiètent pas.

— Hé ! Ça te dirait de boire des litres de mauvaise bière ? je demande à Wren.

Il soupire, ou glousse, plus exactement.

— J'imagine que oui. Tous les prétextes pour rester loin de chez mes parents le plus longtemps possible sont bons à prendre.

— Tu vis chez eux ?

— Ouais.

— Alors dans ce cas, allons faire chauffer l'asphalte ! Kayla ! On va faire la fête ! Tu viens, Yvette ?

— C'est un plan d'Heather ?

J'acquiesce. Elle décline de la tête.

— Non, merci. Ils sont un peu trop déjantés pour moi.

— Si tu le dis ! Ne m'attends pas ! Je rentrerai tard.

Nous prenons ma voiture. La banquette arrière est truffée de manuels scolaires et de vêtements de rechange que j'ai oublié de sortir. Je suis tellement excitée d'aller à une fête avec Kayla comme avant que Wren doit me rappeler de regarder la route.

— … et vous allez rencontrer Kieran. Heather est chouette, elle est juste moins marrante, et Tyler est un crétin, mais Kieran est plutôt sympa, comme mec. On a pas mal traîné ensemble ces derniers temps. Il est super cool.

— Traîné ensemble ? relève Kayla. À mon époque, ça voulait dire se rouler des pelles.

— *Porque no los dos* ? je demande.

Kayla lève les yeux au ciel tandis que Wren éclate de rire.

— Depuis quand tu parles espagnol ?

— Depuis que je sais que c'est la deuxième langue la plus parlée au monde. Et que les Hispanos sont trop beaux.

Kayla joue avec ses cheveux.

— J'ai vu mieux.

— C'est vrai. C'est toi la plus belle, intervient Wren.

Kayla lui sourit à pleines dents avant de s'enfoncer dans la banquette.

— Merci, mon chou.

— Attendez, j'ai besoin de m'arrêter sur le bas-côté de la route pour vomir, dis-je.

— Pourquoi ? demande Kayla.

— Parce que vous êtes trop mignons.

Kayla me flanque un coup de poing dans l'épaule.

Tout le monde est déjà arrivé lorsque nous nous garons devant l'association étudiante du petit copain d'Heather. Et moi qui trouvais les fêtes du lycée énormes… J'ai compris à quel point elles étaient petites à la seconde où j'ai vu ma première association estudiantine. Une maison entière, pleine à craquer de gens… Un truc de fous. Mais cette folie m'a gagnée. Elle est même devenue ma marque de fabrique pour oublier. Entre autres grâce à l'alcool. La musique est si forte qu'elle fait vibrer les vitres des maisons alentour. J'entraîne Kayla et Wren à l'intérieur, puis nous nous frayons un chemin tant bien que mal au milieu d'une foule déjà bien éméchée.

— Tu connais des gens ? me crie Kayla.

— Euh, pas vraiment…, fais-je en essayant de rire

avec un air dégagé. Je connais Heather et Kieran – il est dans l'équipe de lutte –, mais c'est tout. Oh... Hé ! Voilà Tyler. Il a essayé de me rouler une pelle une fois, mais il a appris ce qu'était la douleur absolue très vite après ça.

Je désigne un garçon avec la boule à zéro et un jean skinny. Il mate Kayla de la tête aux pieds avant de se mettre à siffler.

— Eh bien, eh bien... Bonsoir ! Tu ne me présentes pas à ton amie, Isis ?

— Elle est déjà prise, intervient Wren aussi sec avec une dureté surprenante.

Mais où est passé le gentil Wren ? Il faut dire qu'il doit être obligé de dégager les autres mecs à coups de bâton depuis qu'il sort avec Kayla.

— Si tu le dis, mec, se moque Tyler.

— Écoute, Tyler. J'apprécierais que tu arrêtes de te comporter comme un gros lourd pendant une minute et que tu me dises où est Kieran.

Tyler hausse les épaules.

— Quelque part à l'étage, je crois.

Là-dessus, nous le plantons là – ou disons que je le plante. Kayla et Wren lambinent derrière, Kayla avec un air perplexe et Wren un peu énervé. J'ai l'impression d'être une crotte de chien, tout à coup, en voyant que mes amis ne passent pas un bon moment.

— À boire ! j'annonce tandis que nous passons devant une table à l'étage.

L'alcool résout tout. Je l'ai appris depuis que Jack sort avec Hémorroïde. J'attrape deux shots de Jell-O et les fourre dans les mains de Kayla et Wren avant de me servir un shot de vodka et de hurler « tchin tchin ! » en le descendant. J'aperçois une tête brune de l'autre côté de la foule et me précipite dans sa direction avant de plaquer les mains sur les yeux de son propriétaire.

— C'est qui ? je gazouille.

Kayla et Wren me rejoignent avec l'air de se demander ce que je fabrique.

— La seule personne que je connaisse avec une voix aussi horripilante, répond Kieran d'un ton pince-sans-rire. Isis Blake.

— Il est trop fort ! (Je retire mes mains et pince sa joue tandis qu'il se retourne.) Kieran, je te présente mes amis Kayla et Wren. Kayla, Wren, voici mon presque ami Kieran.

— Des gens… Alléluia ! dit-il d'une voix traînante avant de sourire à Wren et Kayla. Ça fait deux semaines que je la connais, mais j'ai l'impression que ça fait vingt ans qu'elle me torture.

— Bienvenue au club ! lui dit Kayla, hilare. C'est vraiment génial, ici.

— Un vrai palais, ajoute Wren avec un petit rictus narquois. Tu as plus de chance que la moyenne, Kieran. Jack a reçu un coup de poing la première fois que…

Kayla flanque un coup de coude dans les côtes de Wren, qui chancelle avant de me jeter un coup d'œil. Mon ventre se serre à la pensée de Jack.

Kieran semble perdu.

— Euh… j'ai loupé quelque chose ? Qui est Jack ?

— Il nous faut d'autres shots ! je coasse en m'obligeant à paraître gaie. Je vais en chercher. Vous, vous restez là et vous vous mêlez à la foule.

Je grimpe les marches deux à deux.

— Isis ! Te voilà enfin !

Je me tourne et tombe sur Heather, une fille aux cheveux noirs et avec les lèvres les plus énormes que j'aie jamais vues. Elle me prend dans ses bras à la seconde où j'entre dans la cuisine. Elle sent la tequila et me rappelle Kayla ; quand la vraie Kayla n'est pas là, il m'arrive de plisser les yeux et de faire semblant que c'est elle. Mais je n'ai pas besoin de faire semblant, ce soir.

— Salut, Heather. Alors, quoi de neuf ? je lui demande tout en servant les shots.

— Je joue au bière-pong, fait-elle en levant sa tasse rouge et en m'adressant un clin d'œil. Je suis contente que tu sois là ; cette fête devenait chiante à mourir.

Elle m'attrape par la main et m'entraîne vers la piste de danse.

— Heather, attends, je dois…

— Juste une danse, s'il te plaît ! me supplie-t-elle. Ça fera venir des tonnes de gens sur la piste, et ensuite tu pourras faire ce que tu veux. Cette fête est trop morte. Elle a besoin de toi, et y a pas moyen que je danse toute seule.

Je voudrais lui dire non et rejoindre Wren et Kayla, mais le nom de Jack résonne encore à mes oreilles. J'adore Wren, mais il a réussi à faire tomber le mur que j'ai eu beaucoup de mal à construire. Kieran va poser des questions sur Jack et tout gâcher. Il était si distrayant, avec ses yeux vert émeraude, son rire facile et son sens de l'humour. Il me permettait d'enterrer mes souvenirs. Mais maintenant, le doute concernant Jack va s'insinuer entre nous, et je serai obligée de lui raconter. De me retrouver confrontée à tout ça.

C'est foutu.

Je suis Heather et commence à danser à fond en espérant que les basses pulvériseront mes pensées. Les gens commencent à nous rejoindre. Heather est un peu plus enthousiaste à chaque nouveau danseur qui arrive. Et moi de plus en plus triste. Aucune de ces personnes ne me connaît, et aucune ne me connaîtra jamais. Personne parmi ces gens n'en a rien à faire de moi. Ceux qui tiennent à moi se trouvent à l'étage. Ma place serait auprès d'eux. Mais c'est plus facile de danser que de les affronter. Du coup, je danse.

Parce que je suis lâche.

Parce que j'ai été confrontée à assez de trucs durs pour une vie entière.

Quelqu'un, peut-être Heather, me passe un shot. Et un autre. La musique est si forte que mes oreilles commencent à bourdonner, mais j'aime ça. J'ai besoin de ça. Juste au moment où je commence à être essoufflée, quelqu'un me tire par le bras. Je tourne la tête et trouve Heather qui désigne une silhouette au loin.

— Hé ! C'est pas la fille dont tu parlais ? Celle que tu détestes ?

Elle a raison. Hémorroïde est plantée dans la cuisine. Ses cheveux roux sont rayonnants et sa robe noire très chic.

— Je ne la déteste pas. Elle est juste… c'est juste une fille, OK ?

— Non ! Je me souviens ! Tu m'en avais parlé pendant que tu gerbais dans la maison Rhô Delta Kappa ! Tu as dit que tu la détestais parce qu'elle sort avec quelqu'un que tu kiffes !

— Les gens disent beaucoup de conneries quand ils sont bourrés, Heather. Les Romains ont même inventé un dicton pour ça : *In vino veritas.*

— Rita qui ?

— Laisse tomber ! je crie.

— Je vais aller lui parler ! hurle Heather avec des yeux vitreux.

Il est clair qu'elle a trop bu.

— Quelqu'un doit lui dire de dégager !

— Heather, non ! fais-je en lui agrippant le bras. Lâche l'affaire, d'accord ?

Avec une force assez étonnante pour quelqu'un d'aussi saoul, Heather parvient à se dégager et à marcher d'un pas lourd vers Hémorroïde. Je me précipite à sa suite, mais la foule des danseurs est si dense que je dois repousser les gens.

— Désolée ! Pardon ! Excusez-moi, mais une apocalypse sociale est sur le point de se produire !

Heather creuse la distance. Mon ventre déjà noué passe en mode panique absolue. Si Heather se prend la tête avec Hémorroïde et si jamais cette dernière en touche un mot à Jack, que pensera-t-il de moi ? Et même si je n'aime pas Hémorroïde, je ne veux pas qu'elle se retrouve impliquée dans un truc glauque à cause de moi. Heather est déjà en train de lui parler. Si jamais je me sauvais de la maison maintenant, peut-être que tout s'arrêterait et que…

— Elle a dit *quoi* ? se moque Hémorroïde, ses yeux tels des poignards pointés sur moi. Si tu as un problème avec moi, c'est le moment de le dire.

J'affiche mon plus charmant sourire. Heather semble ravie du bazar qu'elle a mis.

— Mon Dieu… je suis désolée, dis-je. Mon amie est complètement bourrée. Elle ne sait plus ce qu'elle dit. Je n'ai aucun problème avec toi, Hémorroïde…

— Comment tu viens de m'appeler ?

Je me fige. Je l'ai appelée comme ça tellement souvent dans ma tête et auprès d'autres personnes que ma stupide bouche désinhibée par l'alcool vient de révéler le pot aux roses. Le ravissant visage de Brittany se tord de colère.

— Répète ce que tu viens de dire, espèce de garce.

— Je suis désolée ! C'était une erreur ! On en fait tous ! Je ne voulais pas…

Hémorroïde s'avance vers moi. Heather brandit son poing en l'air.

— Vas-y, Isis ! Casse-lui la gueule !

Les gens nous observent et commencent à s'attrouper autour de nous. Je recule vers le mur en cherchant du regard quelqu'un, n'importe qui, apte à me sauver. J'ai besoin d'une issue de secours.

— Je ne veux pas me battre, fais-je en levant les mains. C'est juste un malentendu, OK ?

— Tu m'as traitée de je ne sais pas quoi ! assène-t-elle d'un ton cassant.

— Oui, je l'ai fait ! Et je m'excuse !

— N'empêche que tu l'as quand même dit, espèce de connasse !

Là-dessus, elle plonge sur moi. J'arrive à l'esquiver. Elle va trébucher contre le bras d'un canapé. Mais elle se redresse aussitôt et pivote sur elle-même, l'air encore plus énervée.

— Hé, détends-toi ! fais-je le plus calme possible alors que ma voix tremble. N'en venons pas…

Des étoiles brillent devant mes yeux et ma joue me fait affreusement mal tout à coup. Ses articulations sont sacrément osseuses… De vrais poignards. Le coup a été si fort que j'en ai le souffle coupé. Une partie de mon cerveau se moque de moi et de cette scène, tandis que je m'accroupis par terre. Hémorroïde m'a cassé la figure à une fête exactement comme je l'avais fait à Jack il y a très longtemps.

À travers les moqueries de la foule, j'entends quelqu'un crier mon nom.

— … sis ? Isis ! Qu'est-ce qui t'est arrivé ? Oh, mon Dieu, mais tu saignes !

C'est la voix de Kayla.

— Ne l'approche pas ! aboie Kieran à mon assaillante.

— Il faut la faire sortir de là, ordonne Wren.

Je me frotte les yeux pour évacuer les larmes quand deux bras musclés m'aident à me relever. Kieran… Il me fait sortir de la maison, Wren et Kayla sur nos talons. J'entends Hémorroïde crier dans le lointain.

— Reviens ici, espèce de grognasse !

Je suis encore sonnée quand Kieran m'installe sur la banquette arrière de ma voiture. Wren s'agenouille et se met à inspecter les dégâts.

— La vache ! Elle n'y a pas été de main morte !

— Tu as un kit de premiers secours quelque part dans ta voiture ? me crie Kayla qui fouille déjà dans mon coffre avec mes clés de voiture à la main.

Je ne l'ai pas vue les sortir de mon sac à main.

— Non, mais t'inquiète, je grogne. Je vais bien.

— Vraiment ? Tu saignes, Isis, insiste Kieran. On se demandait où tu étais passée. Il a suffi qu'on te laisse pendant une petite demi-heure pour que tu te retrouves impliquée dans une bagarre.

— C'était juste à la fin de ma grande séance de danse.

Je grimace tandis que Wren tamponne le sang sur ma joue.

— Et on peut savoir qui a commencé ? demande Kieran.

— Pas moi, dis-je.

Mes trois camarades ne disent rien pendant un moment. Ils ont tous des airs soupçonneux.

— Quoi ? C'est la vérité ! Je ne l'ai pas frappée la première. Je l'ai insultée la première, par contre.

— Isis ! soupire Kayla.

— C'était un accident ! j'insiste. Ma bouche a été plus rapide que moi ! Je n'y pensais pas et là, bam ! Une seconde après, je l'appelais Hémorroïde. Merci, bouche !

— C'est assez moche, comme nom, décrète Wren. Mais ce n'est quand même pas une raison pour te frapper. Elle doit avoir quelque chose contre toi.

— Pouah ! Cette fille est affreuse ! fait Kayla en tapant du pied. Je l'ai su à la minute où elle est entrée dans le café ! Je vais en parler à Jack, pour qu'il la vire dès que possible…

— Ne fais pas ça !

Je me lève. Wren m'oblige à me rasseoir.

— Détends-toi. Kayla ne va rien faire du tout, déclare-t-il.

— Ah bon ? se rengorge mon amie avec un air incrédule.

Il se tourne vers elle.

— C'est entre Jack et Isis, Kayla. Ça ne nous regarde pas.

— Mais…

— C'est qui ce Jack, d'abord ? demande Kieran.

Kayla inspire à fond, prête à tout balancer.

— C'est l'amoureux de…

— Personne ! je l'interromps. Kayla, s'il te plaît, donne-moi juste mes clés et rentrons.

— Mais, qu'est-ce qu'on fait de…

Wren prend Kayla par les épaules.

— Ce serait sans doute mieux d'emmener Isis dans un endroit calme, tu ne crois pas ?

Kayla lutte contre le besoin de répliquer. Elle se tortille pour dégager son bras. Elle finit par expirer et par tendre les clés à Wren. Ce dernier lui sourit à pleines dents.

— Nous allons rester avec elle cette nuit. C'était sympa de te rencontrer, Kieran.

— Pareil, répond celui-ci.

De mauvaise humeur, Kayla ne dit rien tandis que Wren la pousse dans le dos. Je me tourne vers Kieran.

— Désolée que tu aies dû assister à ça, dis-je. Tu devrais retourner t'amuser.

— Impossible, articule-t-il avec un petit air narquois. Vu que tu ne seras pas là.

— Essaie quand même, mais en douceur, d'acc ?

— Et toi, soigne cette joue, d'acc ?

— La prochaine fois que tu me verras, un troisième bras sortira de là.

— Génial !

Il rit, puis retourne à la soirée. Je lui fais au revoir de la main.

Le trajet de retour se passe dans un silence absolu. Wren fait de son mieux pour que Kayla arrête de bouder. Il est la seule personne que je connaisse capable de relever ce défi. Une fois Kayla en mode « je fais la tête », elle ne le quitte plus jusqu'à ce qu'elle s'endorme. Wren et moi savons qu'elle se réveillera de bien meilleure humeur, mais pour le moment, nous allons devoir nous coltiner sans moufter son magnifique minois boudeur et ses regards noirs. Une fois devant mon bâtiment, Kayla annonce qu'elle doit aller aux toilettes. Wren et moi l'attendons près de sa voiture.

— Elle s'en remettra, déclare Wren tout en la regardant s'éloigner.

— Je sais. Mais pas moi.

Wren glousse.

— C'est la première fois que tu te fais attaquer, n'est-ce pas ?

Je pose une main sur ma joue.

— Le différend fondamental derrière toute dispute peut être résolu sans recours à la violence.

Wren me regarde avec un sourcil haussé.

— Ben quoi ? C'est mal de se battre, tout ça… La haine ne peut rien contre l'amour… Ça ne te dit rien ? Attends, j'ai appris sept citations célèbres la semaine dernière et j'ai l'impression que je les mélange. C'est comme si un affreux DJ de deep house fan de littérature protestataire était en train de prendre le contrôle dans ma tête.

Nous profitons du silence qui retombe pendant un instant. Ou disons aussi longtemps qu'il est possible de profiter de quelque chose en souffrant d'une fracture de la face.

— Ta face n'est pas fracturée, me lance Wren en continuant de regarder le ciel étoilé.

— Construisez-moi un château et donnez-moi une rose, je suis une bête.

— Construis ton château toi-même.

— C'est ce que j'essaie de faire !

Je jette les mains en l'air, mais vu que c'est assez fatigant, je les laisse très vite retomber.

— J'essaie…

— Tu nous as manqué, déclare Wren. À la fête. On a presque cru que tu nous avais oubliés.

— J'ai juste… (Je tressaille.) Je ne nous avais pas oubliés. Je ne vous oublierai jamais. Je n'avais juste pas envie de me souvenir.

— Te souvenir de quoi ?

Je penche la tête d'un côté puis de l'autre et articule des mots sans pouvoir les prononcer quand Wren pousse un « oh » sidéré.

— J'ai parlé de Jack… Je suis désolé. Je ne pensais pas que le sujet était aussi sensible.

— Il a toujours été sensible, je me moque.

Wren rit.

— C'est vrai. Mais pas comme Sans-Nom, n'est-ce pas ?

— Qu'est-ce que tu veux dire ?

Wren hausse les épaules.

— Juste que… ils ne sont pas sur le même plan, si ? En dehors de sortir avec cette Stéroïde, Jack n'a rien fait de grave.

— Hémorroïde…, je corrige. Et je vais l'appeler par son vrai prénom, à partir de maintenant, qui est… (Je fais mine de réfléchir très fort.) Gertrude !

Wren et moi nous regardons avant d'éclater de rire.

— Bien sûr, fais-je en me calmant. Bien sûr qu'il n'est pas aussi mauvais que Sans-Nom. C'est juste le seul moyen que j'ai trouvé de laisser la douleur derrière moi, tu comprends ? De ne pas en parler. De ne pas y penser.

— Je faisais ça, moi aussi, avant, concède Wren.

Je pensais que travailler dur à l'école me permettrait de mettre la solitude de côté. La solitude d'avoir perdu mes meilleurs amis, Jack mais aussi Avery et Sophia. Ils sont tous sortis de ma vie après ce qui s'est passé au collège, cet été-là. Mon père et ma mère n'étaient jamais à la maison. Et quand ils étaient là, la seule chose qui les intéressait, c'était mon carnet de notes. Ce qui m'a juste poussé à bosser plus dur. J'occupais ma vie pour ne pas avoir à penser.

— Qu'est-ce qui a changé ? je lui demande.

Wren sourit.

— Je t'ai rencontrée. Sophia m'a donné cette médaille de maths de l'époque où on était gamins. Et Kayla m'a embrassé. Petit à petit, j'ai commencé à apprendre ce que ça voulait dire de ralentir. D'arrêter d'être surmené et d'apprécier le moment présent. Ce sont mes souvenirs les plus importants, aujourd'hui. Ils sont gravés dans ma mémoire pour toujours.

Il est tellement honnête. Il l'a toujours été. Plus honnête que je ne le serai jamais. Quels sont mes souvenirs les plus importants ? Mon cerveau fait défiler des images, des odeurs et des sensations : mon repas à la *Fougère Rouge* avec Kayla avant notre départ pour l'université, à rire et à essayer de nous montrer courageuses ; Sophia qui me serre dans ses bras et qui me remercie de lui avoir ramené Tallie ; ses cheveux doux ; l'odeur de Jack, menthe, miel et sommeil, ses yeux bleu glacier s'ouvrant, à moitié endormis, magnifiques, dans le lit de la chambre d'hôtel ; son sourire à ma vue.

Je ne peux pas les fuir. Ils seront toujours là, avec moi, en moi, à forger celle que je suis.

C'est au tour de Wren de poser sa tête sur mon épaule, cette fois.

— Peu importe ce qui se passera entre toi et Jack, entre toi et moi, ou entre nous trois, déclare-t-il. On est ici, là maintenant, tous ensemble. Si quoi que ce soit avait été différent dans nos vies, on ne se connaîtrait peut-être pas. Mais on se connaît. Et parfois, je ne peux pas m'empêcher de penser que c'est un miracle.

Il m'adresse un sourire plus lumineux que la lune.

— Ce que j'essaie de dire, c'est... merci, Isis.

— Merci pour quoi ?

Je sens ma gorge se serrer et mes yeux brûler.

— D'être mon amie. D'être née. D'être ici, là maintenant.

Wren n'est pas Jack – il ne me laisse pas pleurer. Il passe un bras autour de mes épaules et me demande ce qui ne va pas, encore et encore, jusqu'à ce que je parvienne à articuler quelque chose malgré les larmes.

— Mer... merci à toi aussi, espèce de crétin.

Nous voyant ainsi, Kayla s'avance à petites foulées. Elle ne boude plus quand elle me demande ce qui ne va pas, si ma joue me fait mal, si elle devrait monter dans sa voiture et retourner tout de suite frapper cette fille dans l'œsophage, et si un chewing-gum me ferait du bien. Elle met ensuite sur ma joue un pansement trouvé dans un kit d'urgence et nous avoue avoir tout raconté à une Yvette scandalisée. Toujours inquiète, Kayla insiste pour qu'elle et Wren passent la nuit ici. Yvette met son matelas par terre et moi le mien, puis nous nous couchons tête-bêche sous une pile de couvertures, nos orteils dans le vide et nos paroles en suspens tandis que nous nous coupons la parole les uns aux autres, nous moquons les uns des autres, terminons les phrases les uns des autres.

Puis, l'un après l'autre, nous nous endormons. Je suis la dernière éveillée. J'observe la lumière de l'aube filtrer à travers les stores, au-dessus des douces plaines de nos couvertures et de nos peaux, et essaie de m'en faire un souvenir.

Chapitre 10

Trois ans, cinquante et une semaines, deux jours

Je pleure à chaudes larmes pendant à peu près deux décennies après le départ de Kayla et de Wren. Mais je finis par me remettre. Je suis vraiment une drama queen.

Je devrais déménager à Hollywood, on y trouve du drame à chaque coin de rue. Et du chou kale. Hollywood adore le chou kale. Et les bébés. Mais Dieu a interdit aux scientifiques de faire pousser des bébés dans des choux kale dans un périmètre de huit cents kilomètres autour de Los Angeles. Parce que autrement, ce serait la guerre, avec des fusils Gucci et des chauffeurs de limousines armés jusqu'aux dents. Personnellement, je parierais tout mon argent sur Vin Diesel et sur Le Rock, qui s'uniraient pour former l'équipe ultime de sauveteurs de bébés-choux kale, avec ma personne en guise d'associée coordinatrice pleine d'esprit.

— Isis, je me permets de t'informer que tu recommences à dire des trucs ultra bizarres à voix haute, déclare Diana en cueillant une pâquerette, qui se retrouve dans mes cheveux.

— Ça doit être cool d'avoir des amis qui vous aiment pour la personne que vous êtes vraiment, je songe.

Diana glousse et cueille une deuxième fleur, qu'elle tresse avec une autre.

— Je suis juste contente que tu recommences à parler toute seule. Tu semblais en petite forme, ces dernières semaines. Même Yvette l'a remarqué.

— Non…, fais-je sur un ton sidéré. Tu veux parler de notre ronchonne gothique et émotionnellement rabougrie ? Elle aurait remarqué que je ressens des trucs ?

— Tu n'as pas beaucoup mangé.

— C'est sujet à débat. Certains yogis considèrent l'air comme de la nourriture.

— Tu restes debout toute la nuit.

— J'étudie ! Pour les examens de la mi-trimestre !

— Et tu traînes avec…, fait Diana en fronçant les sourcils. Avec des gens qui ne semblent pas tout à fait ton style.

— Oh, taratata ! fais-je en balayant sa remarque de la main. Heather est super sympa. Si on oublie la fois où elle a déclenché une bagarre dont j'ai été la cible.

Diana me dévisage avec un haussement de sourcils. Je lève les mains en l'air.

— Très bien, et avec des garçons ! John, Tyler, Kieran et Erik ! Ils sont tous sympas ! Et je traîne seulement avec eux !

Diana fronce les sourcils.

— Je pensais juste que… qu'est-ce qui est arrivé à ce mec dont Yvette m'a parlé ? Ce Mister Freeze/

Top Model ou je ne sais trop qui. Celui avec qui on t'a vue parler au concert ?

— Qui ça ? je demande d'un ton dégagé en inspectant mes ongles.

— Tu sais très bien qui, fait Diana. Blond foncé, des yeux vraiment super bleus, grand. Il t'avait fait rigoler.

— J'avais la gorge qui grattait, je corrige. Ça s'appelle tousser, pas rigoler. Rappelle-moi de ne jamais t'emmener voir un spectacle de stand-up.

Diana soupire et pose la couronne de pâquerettes sur ma tête.

— On s'inquiète juste pour toi, c'est tout. Si tu aimes traîner dans des fêtes étudiantes tous les soirs, grand bien te fasse. C'est bon pour ton réseau social. Mais…

Je souris avant de lui flanquer une grande tape dans le dos.

— C'est sympa. Non, vraiment. Mais regarde-moi ! Je suis une grande fille. Je suis même *immense*. Je peux prendre soin de moi.

Diana desserre les lèvres, mais avant qu'elle ait pu ajouter quoi que ce soit, Yvette surgit par-derrière et se jette sur elle en passant les bras autour de ses épaules.

— Surprise, bande de pétasses ! coasse Yvette avant de regarder autour d'elle, puis d'embrasser Diana sur la joue.

— Salut, ravissante créature.

Diana rougit.

— Salut, toi !

Je défaille sur la pelouse. Yvette renifle ses aisselles.

— Je sens aussi mauvais que ça ?

— Je suis mortellement allergique…, je râle d'une voix rauque, aux trucs *trop* mignons.

Yvette devient écarlate.

— La ferme ! Tu ne saurais pas reconnaître un truc mignon même s'il te mordait les fesses !

— C'est vrai, fais-je en riant. Je ne suis pas aussi mignonne.

Diana fronce les sourcils.

— Tu *es* super mignonne.

— Eh bien, nous laisserons à ces messieurs-dames de la maison Phi Oméga le soin d'en décider ce soir.

— Tu vas encore à une soirée ? me demande Yvette avant de soupirer. La vache ! Promets-moi de faire bien attention.

— Et toi, promets-moi de parler à ma main, fais-je avant de m'interrompre pour réfléchir. Je retire ce que je viens de dire. Je ne suis pas sûre d'avoir très envie de ça. Je ne sais pas ce que je veux, en fait ! Mais je suis certaine que parler à une main ne fait pas partie des choses que j'aurais envie de faire dans un proche avenir, si j'étais toi.

Yvette me dévisage. Je lève aussitôt les bras en l'air.

— OK ! C'est bon ! Je ferai attention. Promis !

Traîner avec Yvette et Diana est super, mais vient toujours un moment où elles se matent un peu trop longtemps les yeux dans les yeux et où leurs doigts s'entrelacent un peu trop fort. Je sais qu'il est temps d'y aller, dans ces cas-là. Alors je prétexte de devoir me préparer pour la soirée, et regagne ma chambre. Elles sont visiblement amoureuses. Même la parano d'Yvette ne les empêche pas d'être amoureuses, de manière saine et publique. Diana paraît mieux assumer son homosexualité, mais elle fait attention pour Yvette. C'est mignon, mais surtout douloureux. Chaque fois que je les vois se toucher, la noirceur s'enfonce un peu plus dans ma tête. Personne ne me regardera jamais comme ça. Personne n'éprouvera ce genre de sentiments pour moi. Personne ne me traitera avec autant de tendresse. Personne ne m'aimera comme ça.

Moche.

Moche, moche, moche.

Pas même Jack.

Pas même le garçon qui s'est approché le plus près malgré ma carapace. Pas même le garçon qui s'est tenu sur le seuil de la porte de mon cœur, mais qui ne s'est pas décidé à le franchir.

Quelque chose l'a poussé à tourner les talons. Quelque chose en moi. Un truc qui déconne. Mais je ne saurai jamais ce que c'est parce que je ne pourrai jamais le lui demander. Je ne le croise même plus. Je l'aperçois vaguement dans les couloirs, et à peine quelques secondes. Les rumeurs à propos de… euh… Gertrude et moi « se battant pour lui » ont fait le tour du campus comme des vautours affamés au-dessus d'un cadavre. Des gens que je ne connais même pas en parlent encore à voix basse ! Isis Blake a déclenché une bagarre pour un garçon ? Quelle honte ! J'aimerais ramper à l'intérieur de moi-même pour toujours. Je prie Dieu que Jack n'en ait pas entendu parler, mais j'en doute. Je me permets de le regarder quelques secondes. Plus longtemps serait dangereux.

Mon miroir me renvoie un reflet un peu plus grand, sur le point de pleurer. Ce dont je n'ai pas besoin. Ça ne fait que quelques jours, mais mon hématome ne s'est pas du tout résorbé. Je m'oblige à sourire et vais fouiller dans ma penderie, dont je sors une jupe et des bas noirs. Mes doigts effleurent le chemisier

Chanel rose, mais je les retire brusquement comme si je touchais de la lave incandescente.

Les souvenirs sont à la fois capables du pire et du meilleur.

Le sourire de Jack, sa voix disant que je suis magnifique. La façon dont il m'avait serrée contre lui dans son lit. Son souffle dans mon cou. Son odeur de menthe et de miel. Son rire. Nos conversations, nos disputes, la façon dont sa main avait attrapé la mienne sous l'eau, dans la fontaine, la dernière fois que je l'ai vu…

Je ravale la nausée et enterre le chemisier sous un sweat à capuche. J'enfile une chemise rouge à la place et me coiffe.

Il était si près…

Mais pour fuir, en fin de compte. Comme ils le font tous.

Je fais la bouche en cul-de-poule et applique du gloss rose. C'est ma faute. J'ai été bête de penser que Jack n'était pas comme les autres. Ils veulent des trucs faciles. Ils veulent des filles mignonnes, drôles et expérimentées. Pas ce genre de bordel coléreux, amer, sarcastique et virginal. Celle que j'étais représentait juste trop de boulot pour Jack – pour n'importe qui ! Je ne lui en veux pas d'avoir tourné les talons. Je n'aimerais sans doute pas me retrouver à aimer quelqu'un d'aussi compliqué.

Je vérifie mon eye-liner une dernière fois sans m'inquiéter du fait que mon fond de teint ne couvre pas complètement mon œil au beurre noir, puis je vérifie qu'aucune étiquette ne dépasse. J'attrape mon téléphone et fourre un billet de vingt dans mon soutien-gorge au cas où j'aurais besoin de soudoyer quelqu'un.

Mon téléphone vibre. L'espoir que ce soit un texto d'une certaine personne glaciale me traverse.

Mais c'est maman.

— Hé, quoi de neuf ?

— Salut, ma chérie. Comment vas-tu ?

— Je vais…

J'aperçois alors mon reflet dans le miroir. Je suis un squelette contusionné avec un peu de muscles dessus.

— Je vais bien. Et toi ? Comment ça va, au boulot ?

— Bien ! Vraiment très bien ! Enfin, ça a été assez calme, mais j'y suis allée tous les jours. Le Dr Torrand m'a donné de merveilleux médicaments, qui marchent très bien. Je dors comme un bébé à nouveau.

Un nœud profond se défait quelque part au fond de moi.

— C'est… c'est génial ! Je suis très contente.

— Qu'est-ce qui ne va pas, chérie ? Ça n'a pas l'air d'aller très fort…

— Non, non, je suis juste contente, c'est tout. Pendant un moment, j'ai cru que… (*J'ai cru que tu me détestais.*) J'ai cru que tu irais plus mal. Mais non. Et dormir fait du bien. Il n'y a que ça de vrai, en fait.

— Oui, absolument. D'ailleurs, j'allais me coucher.

— Tu as dîné ? je lui demande.

— Des lasagnes, glousse-t-elle. Mais elles n'avaient vraiment rien à voir avec celles de Jack. Ce garçon me manque. Qu'est-ce qui s'est passé entre vous ?

Je me mords l'intérieur de la bouche – une petite douleur pour distraire la plus grande qui menace de m'avaler tout entière.

— Il sort avec quelqu'un d'autre.

— Oh… C'est dommage. Il était assez parfait, dans son genre. Mais il y a d'autres poissons dans l'océan, comme on dit, chérie, et tu mérites le meilleur. Fais de beaux rêves. Et ne reste pas debout toute la nuit à étudier.

— Non, t'inquiète. Je t'aime.

— Moi aussi.

Je laisse ma voiture pour marcher à la place – la nuit est trop douce pour se retrouver coincée dans une boîte en métal. Maman se trompe. Je ne mérite pas le meilleur poisson de l'océan. Juste celui, n'importe lequel, qui sera capable de supporter mes conneries le plus longtemps possible. Mais un poisson qui comprendrait, accepterait et prendrait soin de moi ne regarderait jamais deux fois quelqu'un d'aussi ravagé. Jack me l'a appris.

J'espère qu'il est heureux avec Gertrude. Un peu heureux, disons. Ce n'est pas grave s'il n'est pas avec moi, tant qu'il est heureux et en vie. Je n'aurais d'ailleurs pas demandé mieux, un peu plus tôt cette année. J'aurais tout donné pour savoir qu'il allait bien. Et il va bien.

Je ne peux pas demander plus.

La maison Phi Oméga se trouve à quelques pâtés de maisons du campus. C'est une grande bâtisse bleue à plusieurs étages, aussi vieille que la Terre et probablement remplie d'histoires. Et de cadavres. Voire les deux. La musique martèle à travers la pelouse jonchée de papier toilette. Je frappe. Un garçon familier avec les cheveux sombres et les yeux verts m'ouvre et sourit à ma vue.

— Isis ! Te voilà enfin !

— Kieran ! je crie avant de le frapper dans le ventre comme je le fais toujours pour lui dire bonjour.

Il se recroqueville en faisant semblant d'avoir mal. Je l'embrasse sur la joue au moment où il relève la tête.

— Où est le bar ?

— Au bout du couloir à gauche. La piste de danse est chiante à mourir sans toi. Va te frotter contre d'autres meufs. Mais sans te battre avec elles, cette fois, de préférence.

Je lui fais un clin d'œil.

— Je ne peux rien te promettre…

Des filles et des garçons à moitié débraillés se pelotent sur le canapé, et le bière-pong en est à son septième round. Je comprends alors que je suis très en retard.

— Isis ! hurle Heather. Il était temps ! J'allais t'envoyer un texto pour te dire de ramener tes fesses, mais… mais j'ai oublié mon code PIN !

— C'est 5429, meuf. On l'a changé hier. Où est Tyler ?

Heather renifle.

— Tyler et moi ne nous parlons plus. Ce mec n'est qu'un crétin.

— Mais tu sors avec lui…, j'ajoute.

— Quelle conne…, fait-elle en haussant les yeux au ciel. Tu avais raison. Il est *trop* mon genre.

Après qu'un Tyler très bourré avait un jour tenté de m'aspirer les lèvres, j'avais aussitôt compris avec qui il devrait plutôt sortir : la fille la plus lippue du campus. Et ils sortent ensemble depuis avec la ferveur et la grossière ressemblance visuelle de deux crocodiles en train de se dévorer la face. J'aime jouer les entremetteuses presque autant que de frapper des crétins. Ça me réchauffe le cœur de voir deux personnes heureuses, même si ce bonheur repose sur des rencontres sexuelles torrides et répétées par opposition à… vous savez, une vraie relation. Mais qui suis-je pour juger ? Je n'ai jamais eu de vraie relation.

Une nouvelle chanson aux basses tonitruantes retentit. Heather hurle et m'attrape la main avant de m'entraîner dans la salle à manger transformée en piste de danse. Une fois sûre que Gertrude et Jack ne sont pas là, je me perds dans la musique, hilare devant une Heather très bourrée qui se dandine sur des talons de quinze centimètres. Elle se penche et embrasse un mec qui n'est pas Tyler. C'est là que je comprends que je ne suis pas spéciale. Beaucoup de personnes ici – peut-être la majorité – embrassent un garçon ou une fille pour oublier le baiser de quelqu'un d'autre. On ferait tous mieux d'embrasser cette fameuse personne, mais pour une certaine raison, on ne peut pas ou on ne le fait pas. Et donc, nous voilà !

Je ne suis pas spéciale. Il m'a juste fallu un moment pour comprendre que j'étais au même niveau que tout le monde, c'est tout.

Je quitte péniblement la piste de danse et vais me servir un rhum Coca que je descends le plus vite possible. Ça brûle. Mais tout me brûle, ces derniers temps. Un mal de crâne me tombe aussitôt dessus. Je vais m'asseoir dehors sur les marches, où l'air frais m'apaise.

— Tu as vraiment bien bossé, déclare quelqu'un.

En sweatshirt et en jean, Sans-Nom s'assoit à côté de moi, tout sourire.

— Je parle de ton poids. Tu avais pas mal de gras à perdre. Je suis impressionné.

— Je ne l'ai pas fait pour toi, j'assène d'un ton cassant.

Je ne l'ai pas entendu arriver. Le besoin pressant de fuir s'empare de moi, mais je reprends le dessus.

Non. Pas cette fois. Je suis venue ici pour passer un bon moment. Je ne le laisserai pas tout gâcher, me faire péter les plombs, ou m'influencer d'une quelconque façon. Il en est hors de question.

— Oh, tu sais aussi bien que moi que si, Isis, glousse-t-il. Tu touchais à peine à ton repas, à la cantine. On en profitait pour lancer des paris, d'ailleurs : si tu mangerais ou pas ta tige de céleri. C'était assez répugnant, de te voir.

Je ne suis plus aussi faible qu'avant. Et il va le voir. Il ne peut plus me contaminer avec sa noirceur. Il n'y a plus de lumière à éteindre en moi. Je ne suis qu'une ombre. Il arrose un feu déjà sous l'eau.

— Tu te souviens quand tu étais tombée dans les pommes ? poursuit-il, excité. Oh, merde, c'était trop bon ! On faisait une balle au prisonnier en cours de sport, et tu as…

Il devient raide comme une planche et tombe sur le côté avant de se redresser, hilare.

— Qu'est-ce que tu veux ? je lui demande froidement.

Sans-Nom hausse les épaules avant de fourrer les mains dans les poches.

— Juste te dire bonjour. Je connais Tyler. Je cherchais du whisky, alors je suis passé. Et les filles ne sont pas trop immondes. Enfin, si on ne te compte pas dans le lot.

Il ment. Il mentait mieux. Ou peut-être que je déchiffre mieux les mensonges ?

— Qu'est-ce que tu veux vraiment, espèce de connard ?

Il semble surpris et se met à applaudir.

— *Connard* ! Ouah ! Tu n'as pas eu les tripes de dire mon prénom pendant trois ans, et encore moins de m'insulter. Je suis impressionné. Tous mes compliments à ton psy.

— Je n'en ai pas vu. Je n'en ai pas eu besoin.

Il glousse.

— Tu peux tromper les autres, mais pas moi. N'importe qui aurait pu voir que tu voulais mourir. Et personne ne t'en aurait empêchée, fait-il avant de se pencher pour me murmurer à l'oreille. Peut-être que tout le monde voudrait que tu meures. Tu y penses, parfois ?

Un cratère déborde alors de mon cœur pour répandre sa lave sur mes poumons, mon estomac et mon foie. Mais ce qu'il dit ne m'atteint pas. Maman m'aime. Tante Beth aussi. C'est son père qui parle par son intermédiaire. Sans-Nom est juste en train d'évacuer sa frustration sur moi. Son sourire s'élargit.

— C'est bizarre, j'ai entendu certaines rumeurs à ton sujet. Isis Blake deviendrait une sacrée fêtarde. Elle n'était personne, et soudain, elle va à des fêtes, tombe dans les pommes à force de picoler, et elle déclencherait des bagarres.

J'essaie de respirer et de ne pas laisser les souvenirs me submerger. Mais Sans-Nom sort une cigarette de sa poche et l'allume. Mon pouls grimpe en flèche, à sa vue. Un bruit blanc aigu domine tous les autres. Mes mains commencent à trembler, et les cicatrices à mon poignet deviennent douloureuses. Un petit sourire narquois aux lèvres, Sans-Nom me souffle la fumée en plein visage.

— Qu'est-ce qu'il y a ? Est-ce que cette espèce de snob t'aurait foutu un râteau ? C'est pour ça que tu t'es mise à picoler ?

Je suis figée, enracinée aux marches tandis que des échos de douleur brûlent à nouveau ma peau. L'odeur de la fumée, la façon dont elle s'enroule autour de mon visage et flotte jusque dans mes cheveux… je voudrais que tout ça disparaisse. Que ça n'existe plus. Je ne veux pas être ici. J'aimerais m'évaporer, là tout de suite. Tomber dans les pommes. Si je retenais ma respiration assez longtemps, je m'évanouirais et tout s'arrêterait.

Sans-Nom glousse. Mon silence lui dit tout ce qu'il a besoin de savoir.

— Il est intelligent, doué, beau. Tu as visé trop haut et il t'a remise à ta place. Mon opinion à son sujet vient d'opérer un virage à cent quatre-vingts degrés.

Il se penche. La bile au fond de ma gorge se déverse dans ma bouche.

— Ou peut-être… ou peut-être que ce n'est pas que ça ? Peut-être que tu lui as raconté ce qui s'est passé entre nous et qu'il n'a pas voulu te baiser ? Personne ne voudra plus jamais le faire avec toi. Personne ne voudra de toi.

— Isis ? Tout va bien ?

L'horrible sortilège se rompt. Je peux bouger et penser de nouveau. Je me tourne. La large carrure de Kieran bloque la porte. Sans-Nom lui sourit, jouant la carte du charme.

— Oui, oui. On est juste en train de papoter entre vieux potes. Tu sais où est Tyler ?

Kieran le dévisage, puis pointe un pouce derrière lui.

— Là-haut.

Sans-Nom se lève et lui tapote l'épaule.

— Merci.

Une fois Sans-Nom parti, Kieran s'assoit près de moi sur les marches.

— Hé… tout va bien ?

— Ouais, fais-je avant de m'éclaircir la voix. C'est juste un vieil ami.

— Tu ne semblais pas très amicale avec lui.

— Ce n'est… ce n'est rien. Ne t'inquiète pas.

Kieran expire de façon sonore.

— Bon, écoute. Ulfric, moi et des filles, on va en ville. Une boîte organise une rave. Ça te dirait de venir ?

Kieran est peut-être un grand baraqué de l'équipe de lutte, et il foire peut-être tous ses exams d'anglais, mais il a de charmants yeux verts et il est étrangement sensible. Il m'a demandé de le coacher quand il a vu mes notes en anglais et nous traînons ensemble depuis. Il sait quoi dire et quoi faire pour aider quelqu'un à se sentir mieux, et il a un sixième sens-tiret-des-antennes-d'insecte-invisibles concernant ce que les gens ressentent d'une manière générale. Il me fait penser à Wren, de ce point de vue. Il voit bien que je n'ai plus envie de rester ici maintenant que Sans-Nom est dans le coin. Je hoche la tête.

— Ouais, carrément. Qui conduit ?

— Moi. Vous pouvez m'appeler Lord Chauffeur. À toi la place du mort.

— Mmm… Je rêverais d'être morte, par moments.

Deux filles en robe moulante et un grand gaillard blond qui ressemble à un roi viking sont plantés juste à côté.

— Ah, ouais ? commente Kieran en riant. Et qu'est-ce que tu ferais ?

— J'irais pique-niquer. Je monterais un groupe de rock indé. Et je tuerais une certaine personne.

— On tue des gens ? reprend la fille en robe rouge tout en frappant dans ses mains. Parce qu'on pourrait commencer par le professeur Summers. On rendrait un sacré service à l'humanité.

— Il n'est pas aussi mauvais que ça, fait Kieran qui lève les yeux au ciel et démarre la voiture.

— Il a regardé sous la jupe de Tessa avec un miroir, hier. Je l'ai vu faire de mes propres yeux.

La fille à la robe rouge donne un petit coup de coude à la fille à la robe verte, qui doit être Tessa, parce qu'elle se recroqueville dans son fauteuil. Robe Rouge me sourit.

— Salut. Moi, c'est Livy.

— Isis, je réponds avant de regarder Tessa. Tu l'as signalé ?

Tessa secoue la tête sans croiser mon regard. Livy glousse.

— Tu sais très bien que la fac ne fera rien. Ils remplissent des rapports et les classent dans un gigantesque meuble que personne n'ouvre jamais. Je l'ai vu.

Tessa lève enfin les yeux.

— Même si je le fais, ils ne croient jamais les filles, déclare-t-elle d'une voix douce. Ils me demanderont ce que je portais. Ce ne sera pas sa faute, mais la mienne.

Je serre les poings. Kieran pousse un soupir las et résigné.

— Ze n'est pas juste, intervient Ulfric avec un lourd accent, et les sourcils froncés. Au Danemark, on renvoie ze genre de zales types.

Il ponctue le mot en mimant un mouvement de karaté avec le tranchant de la main.

— Ouais, eh ben, bienvenue en Amérique, commente Livy en haussant les épaules. La patrie des harceleurs de filles et des courageux de façade, lâches à l'intérieur.

— Le professeur Summers, en bref, je murmure.

Kieran me lance un coup d'œil de mise en garde.

— N'y pense même pas.

— Quoi ? fais-je en jouant l'innocente.

— Je sais que c'est toi qui as mis des spaghettis dans le sac à main de Sarah, la semaine dernière, explique-t-il.

— Tu as fait ça ? me demande Livy en se penchant en avant, hilare. La vache, Tess ! C'est elle qui a mis ces trucs dégueu dans le sac à main de Sarah !

— Sarah ? reprend Tessa avec un air confus.

— La fille qui trichait pendant les exams de maths ! Isis a mis des nouilles dans son sac !

Je m'étouffe à moitié.

— Comment osez-vous m'accuser ? Calomnie ! Infâmes calomniateurs !

— Tu as senti la sauce pendant quatre jours, après ça, contre-attaque Kieran.

Devant cette preuve irréfutable, je souris.

— J'ai l'impression d'être carrément téméraire, présenté de cette manière. J'en rougirais comme une tomate si je ne me retenais pas.

Un étrange silence retombe. Ulfric grommelle.

— Tu aimes jouer des tours aux gens qui le méritent d'après toi, déclare Kieran. Tu as bombé l'intérieur de la voiture de Tyler avec de la bombe à fil après qu'il avait essayé de t'embrasser et maintenant, tu envisages de jouer un tour à Summers.

— Pour quel genre de hors-la-loi me prenez-vous, Lord Chauffeur ? Regardez-moi ! Je serais incapable d'avoir des idées brillantes comme de faire rouler des boules puantes sous les portes des bureaux, enduire les postiches de Végétaline ou mettre des araignées en plastique dans les tiroirs des bureaux.

Silence.

— Ou de remplacer des gouttes pour les yeux par de la bombe lacrymo.

Livy fait un petit bruit approbateur. Kieran soupire et se gare sur le parking d'un club tape-à-l'œil avec une enseigne néon ETERNITY au-dessus. Nous nous retrouvons tous dehors. Livy attrape Tessa par le bras et file devant. Ulfric me regarde comme si j'étais un tigre affamé.

— Tu fais très peur, déclare-t-il.

— Et c'est dire, venant de toi, Monsieur-Je-Peux-Te-Décapiter-Avec-Mon-Avant-Bras-Gamine.

Je lui tapote l'épaule, ce qui semble l'offenser.

— Ze n'ai zamais décapité perzonne.

— Tu devrais essayer. Ça fait beaucoup de bien.

— Quand vous aurez fini d'envisager d'assassiner des gens, intervient Kieran, on pourra peut-être aller chercher de quoi boire.

— Comment veux-tu qu'on oublie nos priorités vikings ? fais-je en donnant une grande tape dans le dos d'Ulfric. La picole d'abord, le sang ensuite, et les nichons pour finir.

— Les nichons d'abord, la picole en deuxième, et jamais de zang, corrige Ulfric.

— Ah ! Ne sois pas aussi maniaque, Ulfie. Les dieux réclament des festivités ! En route vers le Valhalla !

Comme tous les gens qui ont eu la chance infinie de me rencontrer dans cette vie, Ulfric semble assez perplexe, mais me suit malgré tout dans le club qui tremble sous le volume des basses. Nous montrons nos cartes d'identité au videur, qui regarde Tessa un peu plus longtemps que nécessaire, puis l'une de mes (nombreuses) fausses pièces d'identité à travers ses yeux plissés.

— Vanessa Gergich ? demande-t-il. Et tu as trente et un ans ?

L'un des inconvénients de posséder douze fausses pièces d'identité. Je commence à transpirer.

— Je suis très en forme pour mon âge. Je prends mes vitamines tous les jours. Et je m'hydrate. Je m'hydrate tout le temps !

— Elle est avec moi, intervient Kieran.

Le videur nous regarde tour à tour, avant de soupirer.

— Très bien, mais si elle déconne, je dirai aux flics de voir ça avec toi.

Kieran lui sourit, puis m'entraîne à l'intérieur en direction du bar.

— Un rhum Coca pour la dame, crie-t-il par-dessus la musique avant de se tourner vers moi. C'est bien ce que tu bois, n'est-ce pas ? Je t'ai vue en descendre des litres.

— Oui, mon seigneur, fais-je en opinant. Mais tu n'es pas obligé de m'inviter, tu sais. Je suis très indépendante, comme fille…

Kieran fourre le verre glacé dans ma main avant de faire glisser un billet de cinq dollars sur le comptoir vers le barman. Je fais tourner le breuvage pour vérifier qu'aucune mousse cheloue ne signale la présence d'un cachet quelconque. Je fais confiance au barman et à Kieran, mais jusqu'à un certain point. On n'est jamais trop prudente. Je bois mon verre à petites gorgées tandis que nous restons debout là, à regarder la foule en jupes courtes et polos se tortiller. Tessa danse avec Ulfric, toujours aussi timide quoiqu'un peu plus souriante. Livy se trémousse avec un Italien quatre ans trop vieux pour elle. L'odeur de sueur et de parfum de mauvaise qualité sature l'air. Les lumières stroboscopiques agressent les yeux et mettent à rude épreuve ma patience déjà éprouvée par un morceau de *dance* du siècle dernier.

— Est-ce que…, fais-je avant de m'interrompre, l'oreille tendue. Le chanteur répète juste « cul » en boucle ou je rêve ?

Kieran se fige, lève les yeux, et se met à rire.

— Putain, la vache ! Tu as raison. Qu'est-il arrivé à la vraie musique ?

— L'argent, voilà ce qui lui est arrivé, je réponds. Mais personnellement, j'accuserais plutôt Spandex et Auto-Tune.

Il rit à nouveau. Livy décolle ses fesses de l'entrejambe de l'Italien assez longtemps pour nous rejoindre, essoufflée et souriante.

— Hé, les gars ! Venez !

Nous la suivons avec curiosité tandis qu'elle nous entraîne vers le couloir des toilettes couvert de graffitis et de morceaux de papier toilette. Livy sort alors quelque chose de son soutien-gorge, qu'elle fourre ensuite dans la main de Kieran, puis dans la mienne : un petit cachet blanc en forme de lapin playboy.

Kieran hausse un sourcil.

— Où est-ce que tu as eu ça ?

— Par Heather, bien sûr, souffle Livy. Elle les filait comme des bonbons à la dernière soirée.

— Est-ce que c'est ce que je crois ? je demande.

— De l'exta ? demande Livy.

— Illégal ? je corrige.

— Hé, on se calme ! fait Livy en haussant les yeux au ciel. Ce n'est qu'un cachet. Ça ne va pas te tuer. Et Heather se fournit toujours auprès d'un mec recommandable. Il n'y a pas de saloperie ni quoi que ce soit dedans.

Kieran lui rend le sien.

— Je ne peux pas. C'est moi qui conduis, ce soir.

— Ça passe dans l'organisme super vite, insiste-t-elle. Beaucoup plus que l'alcool.

— Voir des monstres en forme d'éléphants roses géants n'est pas tout à fait ma conception d'un bon moment.

Livy me tapote l'épaule en souriant.

— Ne crains rien. Ce n'est pas hallucinogène. C'est vraiment sans danger, promis. J'en ai pris des centaines.

Est-ce que cette espèce de snob t'aurait foutu un râteau ? C'est pour ça que tu t'es mise à picoler ?

Et peut-être qu'il n'a pas voulu te baiser ?

Personne ne voudra plus jamais le faire avec toi.

Personne ne voudra de toi.

Je fourre le cachet sur ma langue et avale la dernière gorgée de mon rhum Coca pour noyer ces paroles. Kieran ingurgite le sien à son tour. Je me dirige vers la piste de danse et attends de mourir. Ou de passer du bon temps. Je prendrai ce qui viendra en premier. Kieran danse derrière moi, et même si ses jambes sont un peu raides je me surprends quand même à sourire. La vie peut être assez merdique, mais danser m'a toujours fait du bien. Je peux dériver en ne pensant plus à rien pendant que la musique tient la noirceur à distance.

J'ignorais qu'Heather vendait de la drogue. Je ne savais pas non plus qu'elle approvisionnait les soirées étudiantes. Sur l'échelle des trucs nazes à ne surtout pas faire, ça se pose là. Mais là encore, je bois tous les jours depuis la nuit à la fontaine. Qui suis-je pour juger ? Qui suis-je pour me mettre en colère ? Je bois pour anesthésier la douleur, et ça ne marche pas. Alors, autant tenter autre chose. Aucun danger ne me menace autant que mes souvenirs.

Les lumières deviennent de plus en plus éclatantes et colorées. Je cligne des yeux, mais les couleurs continuent de se fracturer. Elles éclairent le maquillage et les bijoux des filles telles des gemmes qui chaufferaient mes paupières. Tout le monde semble tellement heureux, tellement gentil, tellement avenant. La noirceur ne me rattrapera pas, ici.

Kieran sourit quand je lui souris, ce qui est bon signe. Il est beaucoup plus beau que ce que je pensais : légèrement basané, genre pirate basané, J*** Sparrow basané (nous ne prononcerons pas ce prénom), fort et large d'épaules. Il pourrait me protéger contre la noirceur, non ? Quelqu'un d'aussi fort pourrait tout combattre, me protéger de tout. J'ai bien tenté de me protéger, mais ça a été trop difficile. Je suis fatiguée de faire ça toute seule. Ce serait sympa d'avoir de l'aide. Kieran pourrait m'aider. Jack ne veut plus le faire, ce qui n'est pas grave, parce que je suis un boulet et que je n'en vaux pas la peine. Même s'il a été le seul à me toucher dans le bon sens du terme. À l'endroit où mon cœur avait accepté de sortir de sa carapace, mais c'était idiot. J'ai été idiote de croire que…

Personne ne voudra de toi.

Je grimace et titube vers Kieran avant de lui attraper la taille. Il arrête de danser.

— Isis ? Ça va ? crie-t-il.

— Je… non, ça ne va pas. (J'éclate de rire.) Je ne me sens pas très bien.

— Bon… OK. Allons prendre l'air.

Je m'accroche à son bras tandis qu'il me guide à

travers la foule jusqu'à l'entrée du club. Je jette un regard au videur au moment où nous passons devant lui.

— Je n'ai pas trente et un ans, je bafouille.

— Je sais, répond-il en levant les yeux au ciel.

Kieran me fait asseoir sur les marches. Je tremble lorsque mes yeux entrevoient l'extrémité de cigarettes s'embraser quand les gens tirent dessus, un peu plus loin au bord du trottoir. J'inspire à fond et j'étouffe sans trop savoir pourquoi. Kieran attend tout en fixant le ciel parsemé d'étoiles. Une fois la pression un peu moins forte et le monde moins lumineux, j'essaie de parler.

— Je suis désolée. Tu devrais… tu devrais retourner t'amuser. Cette situation n'est pas très drôle. Je suis en train de mourir.

— Tu n'es pas en train de mourir, fait-il en éclatant de rire.

— Si. Un peu plus vite que la plupart des gens.

Je ris, mais mon hilarité devient étrange. Je me mords très fort le bras pour m'obliger à me calmer. Un bras que Kieran éloigne aussitôt de ma bouche. J'aperçois un cercle rouge plus foncé sur la manche de ma chemise, mais indistinct.

— Tu me fais vraiment flipper, Isis, déclare-t-il avec douceur.

— Je fais flipper beaucoup de gens. Je *suis* flippante. La ville de Salem m'adore, mais personne en dehors d'elle. À part ma mère. Ma mère est géniale. Je m'en veux de l'avoir laissée, par moments.

Kieran ne dit rien. La noirceur commence à refluer, les lampadaires lumineux ont enflé telles de gigantesques lucioles couleur ambre.

— Il y a un garçon, dis-je, hilare. Mais c'est comme ça que commence l'histoire de toutes les filles, non ?

Il faut toujours qu'il y ait un garçon. Bref, il y a ce mec. Un mec qui n'a rien fait de mal. Et il me plaît.

— Alors, va le trouver et embrasse-le, déclare Kieran.

— Tu ne sais pas vraiment comment les choses marchent, toi, je me trompe ?

Kieran rit. J'agrippe ma tête et la penche vers son épaule. La nuit est trop sombre, Kieran est trop chaleureux et j'ai besoin de quelqu'un. De sentir que le sol ne se dérobe pas sous mes pieds. De quelqu'un pour empêcher que l'ombre m'engloutisse. À moins qu'il ne soit trop tard... Peut-être ai-je déjà disparu et que l'obscurité sera toujours là, avec de rares flashs de lumière ? La culpabilité me serre le ventre ; Kieran ne devrait pas traîner avec une fille pleine d'ombres. Que fait-il là, d'abord ? Pourquoi quelqu'un comme lui pourrait en avoir quoi que ce soit à faire de quelqu'un comme moi ?

Quand ça me frappe soudain : il n'y a qu'une raison possible.

— Est-ce que tu me kiffes ? je lui demande.

C'est direct, mais je ne serais pas moi si je n'étais pas directe et crétine.

Kieran se met à tousser.

— Eh bien... euh...

— Tu dois répondre par oui ou par non.

— Ouais, on peut dire ça, ouais.

Personne ne voudra de toi.

— Tu as envie de moi ?

Je presse ma poitrine contre son épaule comme j'ai vu Hémorroïde le faire avec Jack. Kieran s'éclaircit la voix.

— Euh, ouais. Ce que je veux dire, c'est que depuis que je t'ai rencontrée, je...

Je me penche et l'embrasse. Il m'embrasse en retour

avec douceur, mais avec une certaine férocité, également. Ce n'est pas Jack. Ce n'est jamais Jack, mais ce ne sera plus jamais Jack, et comme je n'ai pas envie de pleurer, je l'embrasse encore plus fort, et encore plus longtemps. Kieran glisse une main sous ma chemise. Je le laisse faire…

— Toi ! crie une voix.

* * *

— Comment tu fais pour supporter cette merde ? assène Charlie en éteignant l'opéra que j'écoutais.

— Je présume que ça veut dire que tu n'es pas fan d'Italiens qui chantent de tout leur cœur pour une femme ?

Charlie passe une main dans ses cheveux en pétard.

— Si je voulais écouter des connards en train de se plaindre à cause de salopes, je mettrais du Biggie Smalls. Ou Nas.

— Ah oui ? Parce que tu penses vraiment que qualifier les femmes de salopes te mènera loin dans la vie ? dis-je en tournant à gauche au feu.

— J'en ai rien à foutre, OK ? Elles ne sont toutes que des pleurnichardes et elles en ont qu'après le fric. Elles veulent que tu leur offres des sapes, que tu leur achètes de la glace et des grosses baguouses en diamant, et ça me gave. Je veux juste me concentrer sur le boulot histoire de m'activer sur mon futur manoir, et ensuite, je m'offrirai des salopes.

— Tu ne t'offriras pas de salopes ni de manoir. Tu achèteras une maison pour ta grand-mère.

Charlie me lance un regard noir et devient écarlate.

— Quel genre de connerie tu viens encore de

sortir ? T'es vraiment un peu plus con à chaque jour qui passe, mec, sans déc.

Je me gare devant une boîte sordide appelée *Eternity*. Charlie est tellement doux dans le fond, même s'il essaie d'avoir l'air dur, que je ne me résous pas à le casser.

Il me rappelle quelqu'un.

— Eh bien, heureusement que tu deviens plus intelligent, parce que l'un de nous va devoir se montrer suffisamment cohérent pour interroger le patron de ce club.

Charlie se contente de marmonner et de sortir un poing américain de sa manche.

— Tu n'en auras pas besoin, dis-je.

Je mets mon téléphone en mode enregistreur pour récolter les preuves.

— Je mets un point d'honneur à l'emporter dans toutes les boîtes où je vais. Spécialement celles où il y a des pourritures de dealeurs de drogue.

— Il s'appelle Terrance.

— Je me contrefous de savoir comme il s'appelle. Allons juste lui casser la gueule.

— Personne ne frappe personne, fais-je d'un ton glacé. Brittany m'a parlé de lui, Terrance est un homme d'affaires.

Charlie grogne.

— Je m'en tape. Allons nous occuper de cette histoire. Tu pourras bavarder avec lui tant que tu voudras, mais si jamais votre petite conversation ne mène nulle part, je passe au plan B.

— La menace de violence est souvent plus efficace que la violence elle-même. Quelqu'un de doux et de riche comme Terrance cédera sans le moindre coup de poing.

Je sors de la voiture. Charlie en fait autant avec un air pensif.

— Tu pourrais avoir raison, pour une fois.

Charlie sort sa carte d'identité. Je l'imite. Le videur nous fait signe d'entrer.

— Comment ça va entre Brittany et toi, au fait ?

— Bien, je réponds aussi sec. Elle est très insistante.

Je ne lui parle pas des rumeurs, dont il a entendu parler, bien sûr : Brittany se serait battue avec une fille à cause de moi. Elle est très possessive. Je ne dis pas à Charlie qu'elle n'est qu'un objet, un biais qui finit par me donner la nausée, de la même façon que je me sentais constamment nauséeux quand je travaillais pour Blanche et le *Rose Club*. Brittany est une marionnette qui sert à étouffer les souvenirs interdits d'une fille à laquelle j'ai renoncé.

— C'est comme ça que tu appelles votre relation ? fait Charlie en aboyant de rire tandis que nous nous frayons un chemin dans la foule du club. Elle vient frapper à notre porte comme une malade à n'importe quelle heure du jour et de la nuit, sept jours sur sept. Elle arrive tout juste à ne pas sauter sur ta bite avant que j'aie quitté la pièce.

Je hausse les épaules. Charlie m'étudie avec attention.

— Tu as dit que tu faisais quoi, déjà, avant que Gregory te trouve ? Parce que j'ai croisé pas mal d'hommes à femmes, mais aucune ne bavait en plein jour sur eux comme c'est le cas avec toi. Qu'est-ce que tu as de si spécial ?

— Je sais m'y prendre avec les femmes. Étape numéro un : ne pas les traiter de salopes.

— À moins qu'elles aiment ça, tente de corriger Charlie.

— Trouve des femmes qui aiment se faire humilier, alors, mais même dans ce cas. Elles aiment ça dans la chambre à coucher. Jamais en dehors.

Tandis que le cerveau de Charlie imprime avec difficulté ces conseils, j'approche la porte du salon VIP. Deux videurs la flanquent. L'un d'eux tend une main pour m'arrêter.

— Qui êtes-vous ? demande-t-il.

— Dégage ! fait Charlie en levant le menton. On est là pour affaires.

— Donnez-moi un nom ou dégagez, insiste le type.

— Jack Hunter. Nous sommes venus voir Terrance. Il nous attend.

Le videur se tourne et met une main sur son oreillette. Au bout de quelques secondes, il se retourne et ouvre la porte avec sa grosse main. Charlie le salue tandis que nous entrons. Je me glisse derrière lui. La musique est étouffée, dans le salon VIP. Du champagne rafraîchit dans un seau à glace posé sur une table en verre noir. Les canapés sont en cuir, en vrai cuir bien brillant sous les lumières. Deux autres videurs sont installés dessus, ils boivent du champagne et sont scotchés à leurs portables. Ils sont gigantesques et musclés, mais rien que Charlie ne puisse gérer : il devient un vrai diable de Tasmanie quand il se bat. Je n'ai plus qu'à ramasser les morceaux, dans ces cas-là.

Ils nous fouillent dès que nous entrons. Charlie râle, mais je lui signifie de se taire d'un regard. Un autre homme entre et va s'asseoir. Il porte un costume à rayures impeccable. Ses cheveux gris sont clairsemés et quasi absents sur le sommet de son crâne ; sa peau, orangée suite à de trop nombreuses séances d'UV. Des dizaines de bagues brillent à ses doigts. Cet homme est très riche et il a des relations.

— Messieurs ! sourit Terrance en faisant un grand geste avant de me tendre la main. Bienvenue dans mon bureau. Je suis content que vous ayez pu venir aussi rapidement.

— Nous sommes ravis d'être là, dis-je en lui serrant la main.

Nous nous asseyons. Terrance se met à servir du champagne.

— Vous boirez bien un verre ?

— Nous allons éviter, merci, fais-je avec fermeté. Nous ne voudrions pas vous prendre plus de temps que nécessaire.

Terrance hausse un sourcil avant de rire à gorge déployée.

— Concis et droit au but. J'aime ça. C'est rare chez les jeunes de votre génération.

Terrance vide son verre avant de frapper dans ses mains.

— Très bien, quelle est votre proposition ?

— Des informations.

— Ah oui ? Quel genre ?

— D'abord, j'aimerais que vous remplissiez votre part du marché. Les noms, s'il vous plaît.

— Oh ! je vois..., commente Terrance en faisant claquer sa langue. Je ne peux rien dire sans l'assurance d'en tirer quelque chose de vraiment intéressant. Ce ne serait pas juste de ma part. J'aime bien ces types. Les balancer pour de mauvaises infos irait à l'encontre de mes pratiques professionnelles.

— Écoute, mec..., assène Charlie.

Les videurs s'avancent aussitôt. Je pose une main sur le torse de mon collègue pour l'arrêter.

— Terrance, fais-je en plongeant mon regard dans le sien. Notre patron nous a beaucoup parlé de vous, mais cet excellent club en dit encore plus long. Vous êtes très bon dans ce que vous faites.

Terrance se détend, et ses gardes du corps avec lui.

— C'est vrai. Mais merci. Ça fait toujours plaisir.

— Je suis sûr qu'un businessman aussi talentueux que vous préfère gagner plutôt que perdre.

Terrance plisse les yeux.

— Continue...

— Certaines personnes se sont récemment intéressées à « vos types ».

Ses yeux deviennent brillants et ses poings se serrent, mais son ton reste calme et égal. Un vrai professionnel.

— Ah oui ? Et on peut savoir qui sont ces fameuses personnes ?

Je souris.

— Je suis vraiment désolé, Terrance. Mais sans noms, je ne pourrais pas vous en dire plus.

Je regarde les rouages de son cerveau se mettre en branle ; je lui ai dit que la police s'intéressait à ses fournisseurs de MDMA qui lui font une énorme remise. Et vu la scène festive de cette ville étudiante en plein essor, les profits doivent être énormes. Mais ne sachant pas exactement pour qui nous travaillons, Terrance hésite à nous donner les noms, et par là, à perdre ses avantageux tarifs. Si c'est la police locale, il pourra toujours donner des pots-de-vin. Mais si c'est la moins corruptible Agence américaine antidrogue…

— Bill, finit-il par dire. Je crois que l'un d'eux s'appelle Bill, ou Will, quelque chose dans ce goût-là. Son nom de famille est compliqué. « C » quelque chose. Caraway ? Carlsbad ? Cavanaugh, c'est ça ! Maintenant, tu me dis qui en a après eux, et je te donne l'autre nom.

— Comment être sûrs que vous ne les préviendrez pas et qu'ils ne disparaîtront pas dans la nature ? assène Charlie.

Terrance lui sourit comme s'il était un enfant.

— Oh, je ne m'inquiéterais pas pour ça ! Nous coupons les ponts avec tous ceux qui font l'objet d'une enquête. Pour notre propre sécurité, comme vous le comprendrez.

Terrance me regarde de nouveau. Je me penche, baissant la voix en prévision d'un mensonge.

— L'Agence américaine antidrogue. Et des experts en cybercriminalité. Vos garçons aident une grande organisation du marché noir du Net.

Terrance opine avant de porter ses doigts à ses lèvres.

— Internet n'est pas mon truc en général. J'aime mieux faire des affaires à l'ancienne.

— Raison pour laquelle vous devriez couper les ponts avec eux, dis-je. C'est beaucoup plus gros que de faire circuler de la drogue dans des boîtes. On parle de meth, de trafic d'êtres humains.

— Vous n'avez aucune preuve, réplique-t-il.

Je sors l'une des trois clés USB que Vanessa nous a fournies avec les dossiers et qui contiennent tout le matériel sur les méfaits de Will.

— Je comprendrais que vous ayez besoin de temps pour la consulter, dis-je en la lui tendant.

Terrance en étudie aussitôt le contenu, puis me regarde en inspirant entre ses dents serrées avant de me la rendre.

— Merde ! Je savais que c'était trop beau pour être vrai. Ils sont toujours un peu plus corrompus qu'on ne le voudrait, pas vrai ? Vous avez mérité votre nom : Kyle Morris. Plus facile à retenir que l'autre. Maintenant, si vous voulez bien m'excuser, j'ai des coups de fil à passer.

Nous nous levons et lui serrons la main. On nous escorte aussitôt hors du salon VIP. La musique recommence à hurler ; l'odeur de sueur et de parfum écœurant, à nous agresser. Charlie me suit et ne pose aucune question jusqu'à ce qu'on soit sur le trottoir.

— Pourquoi tu as menti ? On n'est pas de la répression antidrogue…

— On n'en sait rien. On est des tiers engagés par quelqu'un dont on ne connaît même pas l'identité. Il fallait bluffer.

Charlie fait la tête, mais n'argumente pas.

— Je suppose que Gregory a eu raison de te confier ce dossier pourri. Tu connais des trucs.

C'est aussi proche d'un compliment que ce dont il est capable, mais je l'entends à peine. Mes yeux sont rivés sur le trottoir, où deux étudiants s'embrassent farouchement. Le garçon a les cheveux foncés et des bras immenses, et il glisse une main sous le chemisier rouge de la fille. Un chemisier que je reconnais. Son maquillage est plus sombre et plus vif que d'habitude et elle a l'air plus maigre. Son visage paraît si petit entre les grandes mains de son compagnon tandis que leurs lèvres se touchent… Ses cheveux tombent autour de ses joues. La passion dans leur baiser est si évidente, si palpable que mon corps ne répond plus et que mon sang ne fait qu'un tour. Chaque veine me donne soudain l'impression de me faire mal tandis que la bête se réveille en moi.

— Toi ! crie Charlie.

Le garçon recule et Isis lève des yeux surpris.

Je m'oblige à me contenir pour ne pas exploser sur place. Je convoque toutes les leçons de Gregory, tous ses conseils, les différentes étapes de sa méthode se mélangeant dans une tentative désespérée de reprendre le contrôle. Elle embrasse quelqu'un d'autre. Je n'ai aucun droit sur elle. Je l'ai brisée, abandonnée. Elle peut bien embrasser qui elle veut. Elle mérite d'être amoureuse de qui elle veut, quand elle le veut. Je n'ai aucun droit. *Je n'ai aucun droit*. Elle n'est pas à moi. J'ai renoncé à cette chance. Ce mec est mieux que moi. Il est gentil avec elle. Il a intérêt à l'être ou je l'égorge…

Isis sourit, les mains levées.

— Hé, Mini-Burnes ! dit-elle à Charlie. Alors, quoi de neuf ?

Charlie monte aussitôt sur ses grands chevaux.

— Mini quoi ? Va te faire foutre, espèce de pétasse !

Je suis sur le point de plonger sur lui, mais le garçon aux cheveux sombres le fait à ma place. Il vient se planter en face de Charlie avec ses yeux verts furieux.

— Qu'est-ce que tu viens de dire ?

Je m'interpose entre eux avant que Charlie ait eu le temps de lui balancer un coup de poing, et plonge mon regard dans celui du garçon. Il fait la même taille que moi, mais il est beaucoup plus large d'épaules. Tout chez lui irradie la puissance et les muscles. Un sportif. Étonnant… Je n'aurais pas cru qu'Isis craquerait pour un type de ce genre.

— Je m'excuse pour le comportement de mon ami, fais-je d'un ton glacial. Il a du mal à se contrôler, par moments.

J'ose jeter un œil à Isis par-delà l'épaule du garçon. Nos regards se croisent et c'est comme si des épines s'enfonçaient dans ma peau. Elle détourne les yeux la première. La pensée d'elle qui embrasse ce type, quelqu'un qui n'est pas moi, avec un désir sincère me rend malade. Mais je ravale ma douleur. Je n'ai pas le droit d'en éprouver.

— Kieran, fait Isis, c'est bon. Vraiment. Je les connais. Il déconne juste.

Kieran respire très fort. Ses yeux ne quittent pas les miens tandis qu'il recule.

— Très bien. Mais s'il redit un truc de ce genre…

— Il ne le fera pas, j'interviens.

Charlie ouvre la bouche pour argumenter, mais je lui assène mon regard le plus noir, qui le fait taire. Je me tourne de nouveau vers Kieran et Isis.

— Nous allons vous laisser. Toutes mes excuses pour avoir interrompu votre soirée.

C'est la première fois que nous nous parlons depuis plusieurs semaines. Ses joues sont creuses, bien qu'elle les ait couvertes de blush. Les cernes noirs sous ses yeux sont tellement présents qu'ils font mal à voir. Mais elle est toujours ravissante. Plus ravissante que toutes les filles que j'ai vues – toute de soie rouge et de lignes noires avec des yeux de chat couleur cannelle. L'engourdissement volontaire de mes sens que je me suis imposé pour supporter Brittany s'effondre tandis que chacun de mes muscles me supplie de la prendre dans mes bras, de caresser sa chevelure ébouriffée, d'embrasser ses traits crispés.

Charlie rompt ce moment le premier, puis s'éloigne vers la voiture d'un pas lourd en jurant dans sa barbe. Je pose une main sur l'épaule de Kieran et baisse d'un ton pour qu'Isis ne m'entende pas.

— S'il te plaît, sois gentil avec elle. Elle est très spéciale.

— Pour toi ? me murmure Kieran.

Oui. Pour moi.

— En général, dis-je à la place. Elle compte beaucoup pour pas mal de monde. On veut tous qu'elle soit heureuse.

Kieran ne dit rien. Isis frotte avec nervosité ses pieds sur le sol, les bras serrés autour d'elle. Kieran finit par reprendre la parole.

— C'est toi, le fameux mec, je me trompe ?

— Pardon ?

— Celui dont elle parle tout le temps, ajoute Kieran avant d'inspirer à fond. Putain, tu sais à quel point elle va mal ? À quel point tu l'as foutue en l'air ?

Malgré la culpabilité que ses propos assènent, j'aperçois alors le bras gauche d'Isis. Je m'avance et le touche.

— Qu'est-ce qui est arrivé à ton bras ?

Tremblante, elle regarde partout sauf mon visage.

— C'est rien.

— Rien ? Tu saignes, Isis...

Je jure à voix basse et retrousse avec précaution la manche tachée qui révèle des marques de dents bien découpées et remplies de sang sombre.

— Qui t'a fait ça ?

— Personne ! Moi, gémit-elle. C'est moi qui ai fait

ça… je crois ? Je ne sais pas… ça ne fait pas mal. Je ne m'étais pas rendu compte que c'était vilain à ce point…

— Regarde-moi.

Elle se détourne, mais j'adopte un ton plus sévère.

— Isis, regarde-moi.

Elle fait pivoter son visage avec lenteur, son regard si docile que je le reconnais à peine. C'est là que je remarque ses pupilles dilatées, la façon dont elle transpire. Je m'adresse à Kieran.

— Qu'est-ce que tu lui as fait prendre ?

— Quoi ? fait Kieran en levant les mains. Attends une seconde…

— Réponds-moi.

Je m'avance à grands pas vers lui. Kieran, qui doit peser trente kilos de plus que moi, semble soudain nerveux.

— Maintenant.

— Rien ! Merde, rien ! Livy nous a donné des extas. C'est tout, je le jure.

— Et tu en as pris toi aussi ? je crie. Tu l'as laissée en prendre et tu en as pris ? Quel genre de crétin ferait un truc pareil ? Et si elle avait encore plus mal réagi ? Comment tu pourrais l'aider si tu es toi-même shooté ?

— Elle va bien ! hurle Kieran. On allait tous très bien avant que vous débarquiez, toi et ton pote !

— *Très bien ?* je rugis. Regarde son bras ! Regarde-le ! (Kieran tressaille.) Elle s'est mordue, espèce de connard ! Elle est loin d'aller bien, mais tu n'as pas voulu le voir parce que la seule chose qui t'intéressait, c'était de fourrer ta langue dans sa bouche !

Les yeux de Kieran étincellent. Je vois ses muscles se tordre puis son poing voler vers moi. L'entraînement de Gregory me revient aussitôt : je me tourne sur le côté et crochète ma cheville sous la sienne avant de tirer mon pied en arrière. Kieran heurte le béton très fort et roule sur le côté en grognant.

— Ça suffit ! crie Isis.

Je me tourne et la contemple. Son regard est un feu crépitant par une froide journée d'hiver.

— Il ne m'a pas laissée prendre quoi que ce soit. C'est moi qui ai décidé d'avaler cet exta, toute seule comme une grande. Alors, lâche-le.

Je calme ma respiration haletante. Kieran se relève en se tenant le nez. Son expression est honteuse. Il ne dit rien, cette fois. Je le défie du regard de faire le moindre geste, mais il se contente de s'asseoir en jurant. Je pivote vers Isis.

— Il faut s'occuper de ça. Viens, j'ai des pansements dans ma voiture…

— Je ne vais nulle part avec toi, déclare-t-elle d'un ton égal. Je montrerai ça à quelqu'un.

— Isis… tu es blessée. Tu dois…

— Ne fais pas semblant de t'inquiéter pour moi.

— Je ne fais pas semblant. Je m'inquiète pour toi.

— Alors arrête ça tout de suite, tu veux ? Je ne suis pas ta petite amie. Je ne suis même plus ton amie. Je ne suis personne, pour toi…

Elle tremble et serre les bras autour d'elle en riant plus fort.

— Je ne suis personne d'important.

Tu es le soleil. Tu es la plus importante. Tu es la seule lumière à avoir jamais percé mon armure. Tu es le bonheur, l'étincelle, la seule fille à n'avoir jamais fui, à ne jamais s'être montrée lâche, à avoir vu par-delà la façade.

Je ne rencontrerai jamais une autre fille comme toi ; je ne voudrai jamais plus quelqu'un comme je te veux toi.

Mais tout ce qui me vient est le silence. Kieran se lève et la prend par les épaules.

— Allez viens, on y va, murmure-t-il.

Ils passent devant moi. Isis regarde droit devant elle tandis qu'ils tournent à l'angle pour regagner la boîte. Son odeur flotte dans l'air pendant une brève seconde. Je tente de m'y accrocher le plus longtemps possible avec des doigts tremblants tandis que la vérité nue s'étale devant moi, explosant les murs de mensonges que je me suis construits (tu n'es pas assez bien pour elle, elle ne t'a jamais vraiment voulu), les excuses dont je me suis servi pour m'interdire d'être heureux (tu lui feras du mal, tu lui as fait du mal, tout ce que tu fais, c'est du mal), ma haine de moi-même (tu aurais dû mourir à la place de Sophia). Toutes ces vérités brillent de façon lumineuse, explosent doucement et emportent tout sur leur passage pour ne laisser qu'une seule vérité.

— Tu me manques, je murmure au trottoir désormais vide.

Chapitre 11

Trois ans, cinquante et une semaines, six jours

Dans le *Livre des Choses Qui ne Vont pas Chez Moi*, j'ai fait remonter les drogues en cinquième position, entre mon amour de la compote chaude et les shorts en jean. Pendant mes longues années de crétinerie, soit presque deux décennies, je n'ai jamais rien fait de pire pour me faire mal que de prendre un exta. Bon, à part développer un trouble du comportement alimentaire pendant plusieurs mois.

Très bien. À la réflexion, dans le *Livre des Choses Qui ne Vont Pas Chez Moi*, développer un trouble alimentaire est classé en numéro un, et prendre des drogues en numéro deux. En numéro trois, on trouve : voir le sublime, quoique furieux, visage de Jack Hunter souffrir comme si je l'avais blessé alors que c'est clairement l'inverse.

Après deux jours à remettre de l'ordre dans ma vie,

soit à dormir, rater les cours, aller voir Jemma à l'infirmerie pour mon pansement et mes antibiotiques, je décide de réintégrer la bonne société.

Faire un pas en direction de la salle d'anglais me donne cependant envie de reculer de trois.

Je suis arrivée tôt, l'amphi est vide, ce qui n'a rien d'étrange. Trouver la porte de la salle des examens fermée, en revanche, si. C'est une petite pièce réservée aux gens qui doivent préparer un examen, et qui reste ouverte quand elle ne sert pas.

Du coup, comme la dame digne et absolument pas curieuse que je suis, je vais aussitôt jeter un coup d'œil par la partie vitrée. Pour aussitôt le regretter.

De l'autre côté, j'aperçois le professeur Summers assis sur le bureau, les cheveux pendants et son pull sans manches au col en V légèrement chiffonné. Il parle à quelqu'un, que j'avise en penchant la tête : une fille, qu'il tire par la taille pour l'obliger à s'asseoir sur ses genoux. Ou qu'il tente d'attirer, parce qu'elle ne se laisse pas faire. Le sourire charmant de Summers me donne la nausée. La fille en question n'est clairement pas ravie de la situation. Je lis dans son regard dégoût et impuissance.

J'ouvre brutalement la porte. Le professeur Summers se lève aussitôt. La fille profite de ce moment pour passer près de moi et se précipiter hors de la salle de classe. Pile la confirmation dont j'ai besoin. Et dire qu'elle est son étudiante ! Il a près de quarante ans et elle est en première année ! J'écrabouille l'envie pressante de hurler « Vous n'êtes qu'un sale mec ! » et bafouille des excuses à la place :

— Oh… désolée, professeur. Je ne savais pas qu'il y avait quelqu'un…

Il lisse sa veste avant de toussoter.

— Tout va bien, mademoiselle Blake. Anabel et moi étions… en train de chercher son stylo. Un objet très cher que son père lui a offert.

— Oh…

Je le laisse s'interroger sur ma réaction pendant une bonne minute en savourant à fond la pointe d'inquiétude dans son regard. Jouant les idiotes, je souris de nouveau.

— Je vois. Et vous l'avez retrouvé ?

— Non, fait Summers en passant près de moi pour rejoindre le bureau. Mais je suis sûr qu'il finira par réapparaître.

Ouais, dans ta poche. Que tu lui demanderas d'inspecter, espèce de gros mytho.

Mais je ne dis rien. Je prétends devoir aller aux toilettes et pars à la recherche de la fille. Je l'aperçois dans la cour, cachée derrière une colonne. Elle textote comme une folle sur son téléphone portable. Ses yeux rouges s'écarquillent à ma vue.

— Je n'ai rien fait ! s'étrangle-t-elle à moitié. Il ne s'est rien passé, OK ?

— Hé ! Tout va bien, fais-je de ma voix la plus douce. Je ne t'accuse de rien. Ce mec est un gros taré.

Elle se mordille la lèvre.

— Je n'aurais pas dû faire ma butée. Ma copine m'avait parlé des rumeurs, mais je ne l'ai pas écoutée. Je pensais pouvoir lui parler de mes notes et avoir ses conseils pour rédiger les dissertes, vu que je suis nulle, mais il…

Elle tremble. Elle fourre son téléphone dans sa poche et me regarde.

— Tu m'as sauvée.

— Nan. Je me suis juste retrouvée au bon endroit au bon moment.

Elle serre ses bras autour d'elle.

— Il voulait que je… que je lui taille une pipe. En échange, il me filerait des bonnes notes. Je me déteste parce que tu sais quoi ? Pendant une minuscule seconde, j'ai réfléchi à sa proposition. J'ai besoin de ces notes. Ma mère a travaillé dur pour m'envoyer ici. Je ne peux pas la décevoir. Mais maintenant, il va me recaler…

Je mets une main sur son épaule.

— Non, il ne va pas faire ça. Parce que s'il le fait, j'irai voir la direction et je leur raconterai ce que j'ai vu.

— Tu n'as pas entendu les rumeurs ? fait-elle en s'essuyant les yeux. Des filles l'auraient déjà dénoncé auparavant, mais personne n'a bougé ! Cette fac n'en a rien à foutre, ou alors, ce sale mec a des relations haut placées.

— C'est sûrement un mélange de tout ça. Écoute, tu n'es pas obligée de le dénoncer. Tiens, laisse-moi te filer le numéro du centre de cours particuliers. Il y a des gens super, là-bas. Ma coloc y bosse, et elle est ultra forte en anglais.

— Merci, dit-elle une fois que j'ai entré le numéro dans son téléphone. Tu es vraiment sympa. Je m'appelle Anabel, au fait.

— Isis, je réponds en lui souriant. Je te mets mon numéro, aussi. Si jamais tu as besoin de quoi que ce soit, ou s'il recommence à te faire flipper, envoie-moi un texto. J'ai les moyens de gérer ce genre de personnage.

Elle me salue de la main et part en direction de

son bâtiment. Je retourne suivre le cours de Summers, que j'écoute en tapotant mon crayon sur mon cahier.

Ce n'est pas juste.

Ce n'est pas juste que des gens qui ont du pouvoir puissent en abuser et s'en tirer. Quelqu'un doit les empêcher de nuire. Si la fac fait la sourde oreille, alors il va falloir crier pour être entendu, et pour de bon.

Mon esprit commence à se mettre en branle comme il le faisait avant. Des complots et des plans me viennent tels des fantômes coléreux. Mais mes plans étaient ludiques, pas sérieux. Sauf que là, je suis en colère.

Et plus âgée.

Mon nouveau régime alimentaire ne semble pas impressionner Yvette.

— Tu manges… des Doritos avec de la glace ? me demande-t-elle.

— Mon esprit est fort, mais ma chair faible, je marmonne entre deux cuillerées.

— Bon, tu manges quelque chose, au moins. (Elle lève les mains en l'air à ces mots.) Qu'est-il arrivé à la Isis qui pouvait engloutir une pizza à elle toute seule ?

— Elle a fini par trouver ça ennuyeux.

Yvette semble scandalisée à ces mots.

— Pas la pizza ! Non, mais ça va pas ? Les gens qui se lassent de la pizza sont pourris jusqu'au trognon. Comment va la blessure de guerre au fait ?

Je soulève ma manche et inspecte le bandage sur mon avant-bras en haussant les épaules.

— L'infirmière m'a donné des antibio qui ont un goût de chiottes, et je dois faire changer mon pansement tous les deux jours, mais à part ça, c'est un peu comme de se balader dans un parc. Un parc truffé de zombies contagieux et de mines. Kieran a eu droit à pire. Ça fait un mal de chien d'avoir le nez cassé.

J'ai dit à Diana et Yvette que mes blessures étaient dues à une bagarre à la boîte. La dernière chose que je veux, c'est que des gens trop cool pensent que je prends régulièrement des drogues festives.

— Ouais, mais ils se réparent vite, commente Yvette. Et ça ne fait mal qu'une seconde.

— Ah ouais ? Comment tu le sais ?

— Je me suis retrouvée dans une bagarre, répond-elle fièrement. À un concert.

— Quel concert ?

— C'est important ? Je crois que tu ne vois pas l'essentiel dans cette histoire, l'essentiel étant que j'ai eu moi aussi le nez cassé.

Je ne la quitte pas des yeux jusqu'à ce qu'elle lâche le morceau :

— Taylor Swift.

— Tu as été à un concert de Taylor Swift ? je crie.

— J'ai emmené ma petite sœur ! hurle-t-elle d'une voix perçante en retour.

— Qu'est-ce que c'est que cette basse-cour ? fait une Diana grimaçante tandis qu'elle entre.

— Diana ! Elle se moque de moi ! chouine Yvette.

Je lui fais un doigt d'honneur très courtois.

— Si tu étais venue me rejoindre au truc à pizzas comme je te l'avais demandé, tu ne serais pas ici en train de te faire humilier…

Yvette râle et roule de mon lit avant d'aller chercher une veste dans sa penderie. Diana s'assoit à côté de moi, tout sourire.

— Salut, toi.

— Ne me regarde pas. Je suis hideuse, je murmure en fourrant des Doritos mous dans ma bouche.

Elle rit et lisse son tee-shirt au col en V qui rend son impressionnant décolleté encore plus impressionnant.

— Et qu'est-ce que tu vas faire par ce beau vendredi soir ?

— Manger. Dormir. Sacrifier une chèvre à Mantorok, le dieu des cadavres.

Elle avise alors le tas de poches de faux sang posé sur mon bureau et hausse un sourcil.

— OK !

— C'est pour une expérience en socio ! je me défends. Intitulée « voyons voir le nombre de personnes qui me fuient quand je leur balance du faux sang dessus ». Mon pronostic : beaucoup.

— OK, mais… évite de te faire casser la gueule, d'accord ? Avoir une nouvelle blessure chaque week-end semble un nouveau sport chez toi, et j'aimerais assez qu'il s'arrête à tout jamais.

— Tu aimerais ça, et moi aussi.

Yvette sort sa veste du surplus de l'armée. Elles se sont envolées avant que j'aie pu cligner des yeux, Yvette gazouillait je ne sais quoi à propos de pepperoni et de jalapeños. Mon estomac faisant un bruit désapprobateur à ces paroles, je pose mon bol de glace et sors mon ordinateur portable. Je vais sur Skype à la recherche de la photo de Kayla mais elle n'est pas connectée.

C'est sympa que Diana s'inquiète. Ça fait deux mois qu'on se connaît, mais Yvette et elle me traitent comme si ça faisait des années. Parfois, ça m'aide à me sentir mieux. Mais là tout de suite, ça me donne juste l'impression que ma vie est encore plus merdique. Et que Kayla me manque encore plus. Je n'ai pas pu me résoudre à lui parler de ce qui s'est passé l'autre soir. Une part de moi n'en a pas envie. Une autre part de moi hésite à tout lui déballer comme je le fais d'habitude. Que penserait-elle si elle apprenait que j'ai pris de la MDMA ? Elle m'a déjà vue me bagarrer. Ce que je n'ai pas dit à Diana ni à Yvette. Je n'en ai parlé à personne.

Kayla serait-elle déçue ? Me détesterait-elle ? Vu que je suis moi-même déçue, j'imagine que oui. Elle ne comprendrait pas. Je la décevrais, point barre. Ma vie n'est pas aussi excitante et romantique que la sienne, toute proprette et bien organisée. Elle est juste une série de ratés et de tristesse.

La revoilà, la jalousie ! Je la ravale pour la transformer en ce qu'elle est : de la merde.

Je me lève et m'étire en suivant du doigt le contour du bandage sur mon bras. Jack m'a touchée à cet endroit. C'est bête d'y penser. Mais parfois, dans des moments calmes, je le touche en regrettant que les choses ne soient pas différentes. L'auto-apitoiement n'a pas sa place, ce soir. Du coup, je sors un jean et un tee-shirt ample et fourre dans un sac les paquets de faux sang, des chewing-gums, une paire de pinces et une carte bleue.

Ce soir, c'est vengeance-party !

Mais tandis que je traverse le campus inondé de soleil et que des couples heureux sont tout collés serrés d'excitation, j'ai la révélation que je ne devrais probablement pas faire ça. Je balaie cette ânerie de ma tête – *évidemment que si.* Faire des choses un peu illégales qui pourraient me faire virer (comme pénétrer par effraction dans le bureau du professeur Summers pour lui laisser un petit message) sera mille fois plus marrant que d'assister à une énième fête étudiante en attendant de mourir un jour. Les gens me dévisagent. Rien de très neuf là encore. Je souris et les salue de la main.

J'ai mené ma propre étude indépendante sur le professeur Summers : poser des questions au cours de ces fameuses fêtes m'a permis de retrouver les filles qu'il a harcelées. Il est du genre discret – à laisser tomber des stylos, à approcher les étudiantes par-derrière à la fin des cours pour les plaquer contre le tableau blanc, à leur demander de venir le samedi et leur proposer des A en échange d'une petite branlette. Une vraie pourriture. Et le pire, c'est qu'il n'en a pas l'air. Il est presque mignon avec ses cheveux châtain clair, sa fine barbe et ses yeux bleus. Mais les pires salauds ont rarement l'air d'ordures absolues. Avery me l'a appris.

Le bureau du professeur Summers se trouve dans le bâtiment Denney. Il ferme à 19 heures, mais je parviens à me glisser à l'intérieur à la dernière minute et à me cacher dans les toilettes. La gardienne vient vérifier les cabines et me demande de sortir. Je râle et balance dans la cuvette un paquet de sang, qui tombe en faisant un *plop* satisfaisant. La femme soupire et me dit de partir dès que je le pourrai.

Je siffle de victoire tandis qu'elle repart en traînant les pieds avec son chariot de nettoyage. Je remballe mes affaires et tire la chasse pour évacuer les preuves avant de sortir de là sur la pointe des pieds. Je passe devant le bureau de Ferguson, puis celui de Vacroix, et alors que je tourne à l'angle…

La sonnerie de mon téléphone me fait presque exploser de peur.

— Où est-ce que tu es ? me demande Kieran au bout du fil, un bruit de basses étouffées bien distinct en fond. Tu as dit que tu venais à la soirée Rhô Alpha Alpha, mais je ne te vois pas…

— Je suis engagée ailleurs. Pas au sens anglo-saxon du terme : sans bague et sans enterrement de vie de jeune fille.

Kieran reste d'abord silencieux, avant de reprendre à voix basse :

— Isis ? Tu n'es pas en train de faire ce que je pense, n'est-ce pas ?

— Quoi ? Nan, t'inquiète ! je gazouille.

Il grogne.

— Si, tu es en train de le faire. Tu vas te faire choper et te faire virer ! Oublie Summers et viens à la soirée !

Je jette un coup d'œil à mon téléphone.

— Oh, merde… Il est déjà « la ferme » tapante ? C'est fou ce que le temps passe vite. Je dois filer. Adieu, gentil prince !

— Isis !

Je raccroche et me faufile dans le couloir avec la grâce d'un crotale cornu. Le bureau de Summers est le dernier sur la droite. Je m'accroupis devant la porte et me mets aussitôt à évaluer l'ennemi. Il me faut trois minutes de lutte avec la serrure pour découvrir que les verrous sont mille fois plus robustes que tout ce à quoi j'ai eu affaire au lycée. Je n'arriverai jamais à entrer dans son bureau.

La plupart des gens verraient alors un GAME OVER géant s'afficher dans leur tête.

Mais heureusement, Isis Blake n'est pas comme la plupart des gens.

Je sors les poches de sang de mon sac et commence à redécorer les lieux. J'en suis à la moitié du boulot quand la gardienne m'appelle dans les toilettes. Mon cœur bondit jusqu'au fond de ma gorge. J'inscris les dernières lettres le plus vite possible. La femme tourne à l'angle juste au moment où je remets mes affaires dans mon sac et me précipite dans l'autre couloir.

Elle plisse les yeux, mais ne voit pas le mur défiguré. Elle soupire et retourne d'un pas lourd vers l'endroit d'où elle vient. Je mets les gaz et gagne la porte d'entrée avant elle, descendant les marches deux à deux tandis que l'air frais balaie mon visage victorieux.

Si elle voit mon chef-d'œuvre, elle le nettoiera, et cette glorieuse aventure n'aura servi à rien. Mais si elle le zappe, alors demain…

Je me retiens de rire. Cette ivresse est si familière que je ne pense qu'à ça. À ma victoire, à mon renvoi probable, au juste châtiment que ce salopard de pervers de Summers subira si jamais quelqu'un d'autre que lui tombe sur ce que j'ai fait. Ça ne prouvera peut-être rien, et ça ne convaincra peut-être personne, mais ça sèmera le doute. Et le doute est la chose la plus insidieuse qui soit.

Ce soir, je n'ai besoin d'aucune fête pour tenir à distance le gouffre de douleur silencieuse. Ce soir, je suis défoncée à ma drogue personnelle : de l'imprudence pure et totalement débile. Je lave le faux sang sur mes mains et me dirige vers l'infirmerie pour faire changer mon pansement en riant sous cape.

Je suis folle et je le deviens de plus en plus et je ne sais pas comment arrêter ça.

Je ne sais pas comment empêcher cette horrible noirceur de me dévorer vivante. Personne au monde ne peut rien pour moi.

Je suis seule.

Ce soir, je n'ai pas besoin de faire la fête, mais je

vais quand même à celle de Rhô Alpha Alpha, par habitude. Parce que je suis cette fille-là aujourd'hui. Parce que je l'ai toujours été. Parce que autrefois, j'étais une conne de gamine de quatorze ans qui buvait, fumait et crachait par terre avec les autres pour avoir l'air cool. Et Dieu sait que je voulais avoir l'air cool, à l'époque, parce que quand on est gros, les gens ne voient que ça et ils oublient que vous êtes un être humain avec des sentiments. Mais si vous êtes énorme et que vous faites la fête, vous êtes un peu plus cool. Et si vous laissez les gens se moquer de votre gabarit (baleine, gros tas, Piggy la cochonne), alors vous êtes *encore* plus cool.

J'observe autour de moi les visages des fêtards, minces, bronzés et brillants de maquillage et de looks étudiés, et je sais qu'ils seraient les premiers à m'appeler « gros tas », si j'étais l'ancienne moi. Ils me sourient, aujourd'hui. Heather, Livy et Tessa me sourient, là maintenant, mais elles changeraient vite d'attitude, elles deviendraient vite méchantes et laides, si elles rencontraient l'ancienne Isis. Elles ne m'aiment pas pour celle que je suis, elles ne sont pas Kayla et Wren. Mais j'essaie malgré tout de les faire entrer dans le peu de place qu'il reste en moi, et je me déteste pour ça. Mais je déteste avoir été abandonnée…

Je les déteste. Je déteste chaque personne présente sans en connaître aucune.

Kieran vient à ma rencontre avec un rhum Coca à la main. Son inquiétude est évidente, mais je lui souris et prends le verre avec la grâce d'une marquise alcoolique.

— Ne me regarde pas comme ça, je soupire.

Est-ce que tu sais combien de professeurs machin truc comme lui s'en tirent malgré les trucs bien pourris qu'ils font ? C'est vrai quoi ! Et de toute manière, il aurait fini par payer un jour ou l'autre. Je ne fais qu'accélérer le processus.

— En foutant une brique sur la pédale d'accélérateur, corrige-t-il.

— C'est vrai, je lui accorde avant de boire une gorgée. Que Dieu bénisse l'Amérique !

Kieran attend que la musique s'arrête pour parler :

— Ma sœur avait l'habitude de sortir avec des tarées comme toi.

— *Avait* l'habitude ?

— Elle est dans un hôpital psychiatrique, aujourd'hui.

— Des endroits affreux… Je suis désolée. Tu devrais la faire dégager de là.

Il me regarde fixement. Je hausse les épaules.

— Si tu ne le fais pas, je le ferai…

— Tu n'es pas obligée de sauver tout le monde, Isis.

Ses propos m'atteignent. Mes pensées s'arrêtent aussitôt.

— Je ne sauve personne, dis-je avec prudence.

Kieran secoue la tête.

— Tu essaies de le faire. Tu essaies de mettre un terme à toutes les injustices et de sauver les gens d'eux-mêmes. Mais tu n'essaies jamais de te sauver *toi*.

Je ne dis rien. Kieran glisse une main dans la mienne et la serre.

— Qu'est-ce que tu attends ?

Je regarde nos mains jointes et lui réponds dans un murmure :

— Que quelqu'un d'autre le fasse pour moi, j'imagine.

Kieran se penche et m'embrasse. Il a un goût de tequila, de citron et de sel. Pendant un moment, ses lèvres ne sont pas les siennes, mais celles de Jack, et nous ne sommes pas dans cette maison, mais chez Avery. Et il y a moins de paillettes, de talons hauts et d'expérience, mais autant d'alcool et de jurons – dix-sept ans n'est pas très différent de dix-huit, et ce baiser chasse la noirceur. J'ouvre alors les yeux et vois ceux, verts, de Kieran, et je tressaille. Je dois le lui dire. Je ne peux pas continuer de l'utiliser comme ça. Pourtant je le fais quand même parce que être avec lui est mieux que d'être seule. Et parce que je suis lâche. Avant que l'un de nous deux ait réussi à rompre le silence bizarre, Heather arrive en courant et m'attrape le bras.

— Te voilà ! Je t'ai cherchée partout ! Allez, viens. Un ami à toi veut te parler.

Je la suis après avoir jeté un dernier coup d'œil à Kieran. Elle m'entraîne avec une force impressionnante à l'étage.

— Qui veut me parler ?

— Ce mec, là, dit-elle entre deux hoquets. Il a vraiment insisté. Il a dit que vous étiez amis.

Elle fait vraiment tout pour me faire oublier la bagarre de l'autre jour. Un ami voudrait me voir… Jack ? Non, il m'a effacée de sa vie. Ça ne laisse qu'une seule personne : Sans-Nom. Je fais face à la porte comme un ours en colère. Derrière, je trouverai ce visage qui déclenche tellement de mauvais souvenirs. Mais Sans-Nom a la vidéo.

Et je ne l'ai jamais vue. J'en ai envie depuis des lustres, depuis que Wren m'avait dit qu'il avait une caméra cette nuit-là, quand ils étaient au collège, et qu'Avery l'avait obligé à « tout » filmer. Quoi que ce « tout » recouvre, c'est une preuve solide de ce qui s'est passé cette fameuse nuit. Cette affreuse nuit qui a hanté Sophia jusqu'à sa mort, et qui hante Wren et Jack aujourd'hui encore.

Sans-Nom l'a peut-être apportée. Mon besoin de savoir est plus fort que la panique. Je déglutis et ouvre la porte. Sans-Nom est assis sur le lit, souriant. Il ouvre grand les bras à ma vue.

— Isis ! Te voilà ! Ça te dirait de regarder une vidéo avec moi ?

Heather glousse puis me tapote l'épaule en m'adressant un clin d'œil avant de filer.

Sans-Nom s'éclaircit la voix.

— C'est oui ou non, Isis. C'est toi qui décides.

— Il n'est pas question que j'entre dans cette chambre, j'arrive à articuler.

— Mais si. Surtout si tu veux voir une certaine vidéo…

Il va me piéger dans cette pièce. Je le sais. Il veut me voir me débattre. Il adore ça. Il joue avec les gens comme s'ils étaient des objets inanimés qu'il manipulerait selon son bon plaisir. Et moi ? Il a toujours adoré me torturer. Encore plus maintenant. Surtout après tout ce qui s'est passé.

Je le regarde me tendre une tablette. L'écran se reflète dans ses yeux.

— Vraiment très intéressante, comme vidéo…, déclare-t-il d'un ton dégagé.

Elle est juste là. À moins de trois mètres, la réponse à toutes mes questions. Je franchis le seuil de la porte en la laissant ouverte derrière moi. Sans-Nom glousse.

— Ha, ha ! Ferme cette porte, tu veux ?

J'hésite. Durant un bref instant, il monte le volume. J'entends Sophia appeler Jack. Sa voix me pulvérise les oreilles. Je ferme la porte avec des mains tremblantes. Sans-Nom sourit.

— Tu as l'air tendue. Relax, fait-il. Je ne vais rien te faire.

Mes yeux font le tour de la pièce. J'attrape une lime à ongles sur la commode et la pointe comme un couteau vers lui. Il s'esclaffe un peu plus.

— J'avais oublié à quel point tu peux être drôle.

Je serre le manche un peu plus fort et recule le plus loin possible. J'envisage un instant d'éteindre la lumière pour lui flanquer la trouille, mais une lampe est posée sur la table de nuit près de lui.

Sans-Nom me dévisage, pensif, et finit par m'applaudir lentement. Chaque claquement est une balle qui transperce la tension hystérique accumulée dans ma poitrine.

— Je te félicite d'avoir choisi une personne aussi dangereuse pour ennemi.

— Tu parles de Jack ? fais-je en plissant les yeux.

— De lui.

— Je sais que tu as volé cette vidéo aux fédéraux.

Il rit.

— Volé ? Ne sois pas bête. Même moi je ne pourrais pas hacker leur serveur. On me l'a donnée. Bon, pas à moi, mais à un ami. On travaille ensemble, sur Internet. On est consultants numériques freelance. Les fédéraux nous ont contactés et nous l'ont donnée. Ils voulaient qu'on améliore la qualité pour qu'ils puissent identifier ce qui s'est réellement passé.

Je déglutis très fort. Sans-Nom ricane.

— Et on l'a fait. Mais on ne leur a jamais rendu.

Pas pour le moment, en tout cas. Je voulais que tu sois la première à la voir dans toute sa splendeur.

— Pourquoi ?

— Pour que tu comprennes à qui tu as affaire exactement, répond-il avec nonchalance. Jack n'est pas quelqu'un de bien. C'est une bonne chose que vous ne vous parliez plus.

Un feu malsain et sombre embrase mes poumons. Sans-Nom a un petit air satisfait devant mon silence impuissant. Il me lance alors la tablette, avec son bouton « play » au milieu. Mes doigts hésitants errent au-dessus.

— Vas-y, me presse Sans-Nom, son sourire encore plus radieux.

Après des mois d'interrogations, d'hypothèses exaspérantes et de demi-vérités, LA vérité pleine et entière se trouve juste là, sous mon index.

J'appuie sur « play ».

Il y a deux secondes de noir avant qu'un bruissement de feuilles s'élève. L'heure dans le coin inférieur indique *21 h 45 min 1 s*. Un peu moins de 22 heures, le 8 novembre 2011. Je fais le calcul. Jack avait treize ans.

— *Retire ce putain de cache ! marmonne une voix qui peut seulement appartenir à Avery. Putain, tu es sacrément débile, pour un nerd.*

J'entends un ronchonnement étouffé, que je reconnais aussitôt comme celui de Wren. Un Wren plus jeune avec une voix plus aiguë, mais reconnaissable. Le cache de la caméra retiré dévoile un sol couvert de feuilles et des grands arbres très familiers. Avery – une jeune Avery encore sans courbes, en bustier, jupe blanche, et avec des méduses aux pieds – est déjà impérieuse et mal élevée. Elle attrape la caméra en soufflant.

— Tiens-la comme ça !

Elle la pointe sur Wren. Il est tellement maigrichon et petit. Ses lunettes dévorent son visage innocent et terrifié. Ses joues ont encore la rondeur de l'enfance. Il porte un short cargo et une chemise à rayures que sa mère a sûrement choisis pour lui, et une énorme montre deux fois plus grosse que son poignet.

— Je ne sais pas si c'est une bonne idée, murmure-t-il.

Avery zoome sur son visage.

— Si jamais tu flippes, je dirai à tout le monde que ta mère trompe ton père. Tu vas rester là et jouer les caméramans, si tu sais ce qui est bon pour toi.

Wren devient encore plus pâle. La caméra se concentre sur son visage avant de s'éteindre. Elle se rallume aussitôt, à 22 h 7 min 15 s heure locale, soit 22 heures et quelques. Il fait beaucoup plus sombre. Avery jure.

— Merde… Ils en mettent, du temps…

— Est-ce que ce truc a une… une lumière ? demande Wren timidement.

Avery hausse les yeux au ciel, ce qui se distingue à peine.

— On ne va pas pouvoir filmer discrètement si on allume la torche, Wren.

— Mais alors, comment…

La caméra tressaute soudain dans tous les sens avant de passer en vision nuit : tout est vert, noir et gris. Les pupilles désormais blanches d'Avery ont une lueur sinistre tandis qu'elle lui passe à nouveau la caméra.

— Reste juste concentré sur elle, OK ?

La caméra tremble.

— Avery, je ne veux pas le faire. Je ne veux plus faire ça…

— Chut…, siffle Avery en s'étendant de tout son long

sur le sol et en attirant Wren par terre près d'elle. La voilà. Filme !

Je ne respire plus. Wren zoome sur une silhouette pâle qui se découpe au milieu des arbres.

Sophia. Une Sophia de treize ans.

Ses cheveux sont courts, mais de la même couleur de lune hivernale. Elle tient une lampe-torche. Elle est maigre, quoique beaucoup plus dodue qu'à l'époque où je l'ai connue : ses joues bien dessinées sont bombées, et ses courbes commencent à se dessiner. Son visage se colore soudain, puis elle se met à sautiller. Sautiller ! Je n'ai jamais vu Sophia faire autre chose que marcher d'un pas flottant et tranquille. Elle porte une robe d'été à fleurs, qui ondule au niveau des mollets. Elle regarde autour d'elle en appelant quelqu'un.

— Jack ? Jack, où est-ce que tu es ? Allez, arrête ! Tu me fais flipper.

— J-Jack n'est pas là, c'est ça ? murmure Wren.

— Bien sûr que non, espèce de crétin, se moque Avery. J'ai écrit un mot en imitant son écriture et je l'ai fourré dans le sac de Sophia. Ils sont teeeellement amoureux qu'elle goberait n'importe quoi.

L'objectif se concentre sur Sophia, qui semble terrifiée, maintenant. C'est irréel et à fendre le cœur en même temps, de la voir vivante. Tellement différente.

Le faisceau de sa lampe-torche rebondit avant de se poser sur les fourrés derrière lesquels Avery et Wren sont cachés. Puis le faisceau s'éloigne tandis que Sophia pivote lentement. Elle se fige ensuite et commence à reculer.

— Qui… qui êtes-vous ?

La lampe éclaire un homme barbu d'âge mûr au rictus cruel. Il porte un bleu de travail et un chiffon graisseux pointe de sa poche.

— Ils vont juste lui faire peur, n'est-ce pas ? demande Wren à Avery d'un ton désespéré.

Elle ne répond pas. Son attention est focalisée sur Sophia.

— C'est bien ça, Ave ? insiste Wren.

Il déplace la caméra de nouveau sur Sophia, ses mains tremblantes faisant tressauter l'image. D'autres hommes s'avancent alors de sous les arbres. Ils sont cinq. L'un d'eux tient une batte de base-ball ; un autre un pied-de-biche. Celui en bleu de travail dit quelque chose à voix basse à Sophia tandis qu'elle recule vers les arbres, le visage tordu d'horreur. Seule la voix aiguë de Sophia est intelligible.

— Laissez-moi tranquille ! Mes amis sont dans la maison ! Ils appelleront la police, si je crie !

Cette réplique fait rire l'homme, puis ses acolytes, qui évoquent des hyènes enrouées. Sophia est si vulnérable que le besoin pressant de tendre la main vers elle me fait trembler.

— Ave ! siffle Wren. Dis-leur d'arrêter !

— Pas tout de suite. Ils ne lui ont pas encore vraiment fait peur.

— Ils vont la… Ils ne vont pas la toucher, n'est-ce pas ?

— Non. Je leur ai juste dit de lui flanquer la trouille de sa vie. Ils n'ont pas le droit de poser la main sur elle. Je le leur ai dit.

Les hommes encerclent désormais Sophia. Elle tente de fuir, mais l'un d'eux l'attrape et la jette par terre au centre. D'autres rires s'élèvent.

— Laissez-la tranquille !

Cette voix est jeune, forte, coléreuse. Je ne l'ai jamais entendue sonner de cette façon auparavant, mais je sais à qui elle appartient. Jack, fier et les cheveux fauves, attire l'attention des assaillants sur lui. Ses yeux bleus ne sont pas glacés, mais brûlants d'un feu blanc-bleu et ses joues encore rondes. En dehors de ça, il est dégingandé dans le genre garçon-qui-grandit-trop-vite. Et il est déjà extrêmement beau, le petit con. Mais pas comme le Prince de Glace que je connais – ses expressions le trahissent, ses émotions claires à travers chacun de ses muscles tendus et son poing serré. Il est un lion, un petit roi en colère.

Deux hommes commencent à s'avancer vers Jack, mais il plonge et se précipite vers Sophia. Un autre se jette alors sur lui et les plaque au sol lui et Sophia dans un panache d'aiguilles de pin et de boue.

— Jack ! crie Sophia.

Jack jure, balance pieds et poings et cogne comme un animal sauvage. Mais deux autres gaillards s'avancent alors pour lui bloquer les bras dans le dos et le forcer à s'agenouiller.

Un léger brouillard commence à flotter à travers les arbres. Les autres hommes se tournent vers Sophia, qui hurle et se recroqueville contre le tronc d'un arbre comme s'il allait la protéger.

— Laissez-la tranquille ! hurle Jack.

Son cri me brise le cœur.

— Espèces de salopards ! Attaquez-vous à quelqu'un capable de riposter ! Non ! Non, Sophia ! Sophia, cours !

— Non… non, fait la voix d'Avery. Non, ce n'est pas ce qui était prévu… Reculez. Reculez, je vous dis !

Ses ordres murmurés ne changent rien. Les hommes se rapprochent. Sophia se prend la tête entre les mains.

— Aide-moi, Jack ! crie-t-elle.

Certains tanguent sur leurs pieds, ivres, tandis qu'ils referment leur cercle et commencent à tirer sur la robe de Sophia. Jack réagit alors ; l'homme qui le tient pousse un hurlement et s'effondre. Jack se lève alors d'un bond, ramasse la batte en métal que l'homme a laissée tomber et frappe le type avec, encore et encore. Avery se met à jurer. Deux hommes plongent vers Jack, mais il glisse entre leurs bras corpulents et vise leurs crânes. Un ignoble bruit creux résonne à travers les arbres au moment de l'impact du métal sur leurs os. Le quatrième homme fouille sa veste à la recherche d'une arme, mais Jack se baisse derrière le premier assaillant, et le frappe à l'épaule. La force de l'impact le met à nouveau à terre. Jack en profite pour bondir vers l'avant et frapper dans le cou le tireur potentiel, qui chute sur lui-même comme une poupée de chiffon avant de lâcher son arme sur le tapis de feuilles.

Jack n'a pas arrêté de sourire et continue de le faire, la bouche et le visage éclaboussés de sang.

Le cinquième assaillant, qui avait coincé Sophia contre l'arbre, recule alors à toute allure. Jack lui flanque un coup de batte dans le flanc. Sophia hurle. Quelque chose craque. Ce n'est pas la batte. Le type lève en l'air ses mains qui, dans la vision de nuit, ne sont qu'un amas d'os brisés et de chair mutilée. L'homme les regarde, étonné, jusqu'à ce que la douleur le gagne et qu'il se mette à pleurer et à ramper en suppliant.

— S'il te plaît, mec, on ne voulait pas... On n'allait pas...

L'homme se relève et commence à courir, mais Jack rejette la tête en arrière, hilare, et s'élance à sa suite. Ils disparaissent dans l'obscurité. La caméra perd leur trace, toujours rivée sur Sophia en pleurs et chancelante tandis qu'elle essaie de remettre sa robe en place. Mais elle tremble trop. Elle commence à s'éloigner, trébuche et roule au bas de la colline, heurtant des arbres au passage. Quand enfin elle s'immobilise, le silence retombe tandis que les minutes passent, jusqu'à ce que Sophia se tortille et qu'un bruit humide se fasse entendre.

— Oh, putain…, murmure Avery. Oh…

Jack surgit alors de l'obscurité. Un frisson me parcourt à sa vue. Son sourire a disparu, cédant la place à une expression plus effrayante encore : une expression que j'ai eu l'occasion de très bien connaître.

Le masque.

Il porte le masque de glace.

Mais celui-ci se fissure à la vue de Sophia. Jack se précipite vers elle, il lâche la batte maculée de sang pour prendre Sophia dans ses bras.

— Soph…, murmure-t-il. Sophia, Sophia, s'il te plaît…

Il tend une main pleine de sang vers elle. Sophia ne bouge pas. Il touche à tâtons les aiguilles de pin autour de son corps et suffoque à nouveau – le bruit d'un animal qui viendrait de recevoir une balle. Du sang. Une mare de sang entoure le bassin de Sophia et souille sa robe fleurie.

Un bruit s'élève alors. Avery a dû se tourner et écraser des brindilles sous sa chaussure. Jack tourne la tête d'un coup sec. Il attrape la batte, le visage tordu de rage, et commence à s'avancer. Avery jure et prend ses jambes à son cou. La torpeur quitte alors Wren, qui lâche la caméra, l'objectif montrant désormais ses chaussures. Les pieds de Jack passent devant une seconde après.

— Je vais vous tuer ! hurle-t-il en écho. Je vais tous vous tuer !

Il continue de crier. Le fracas de la batte en métal qui pulvérise du bois résonne. Ses hurlements sont forts, furieux et remplis de douleur.

Sans-Nom prend alors la parole :

— Il continue de crier. Ils appellent le 911. Et ensuite, la vidéo s'arrête.

L'écran de la tablette devient bleu, puis noir. Mes mains voudraient trembler, mais je m'efforce de les maîtriser. Sans-Nom scrute ma réaction. Il n'est pas question de lui faire ce plaisir. Je suis troublée et au bord des larmes, mais je ne le lui montrerai pas.

— Et alors ? je demande. Qu'est-ce que j'étais censée apprendre de ça ?

Sans-Nom hausse un sourcil.

— Tu n'es pas terrifiée ? Il a réduit quatre hommes en bouillie et tué le dernier…

— Le dernier est tombé de la falaise parce qu'il faisait nuit, je corrige. Jack ne l'a pas poussé.

— Il n'aurait pas couru dans la nuit si Jack ne l'avait pas pourchassé, contre-attaque Sans-Nom. Ne le défends pas. Il a tué un homme et il ira en prison pour ça quand on aura rendu cette vidéo aux fédéraux.

— Il ne l'a pas fait. On n'a jamais retrouvé de corps. Tu ne peux rien prouver.

— Belina Hernandez. Tu la connais, n'est-ce pas ? Tu lui as rendu visite.

— Comment tu sais que…

— Ça n'a pas été très difficile à découvrir. Belina Hernandez est l'épouse de Joseph Hernandez, le type qui est tombé de la falaise. Ton ennemi assoiffé de sang a payé pour l'éducation de ses enfants en prétextant des allocations de l'État. Par culpabilité. Comment les jurés considéreront ça, d'après toi ?

— C'était de la légitime défense ! je lance d'une voix rageuse.

— Défendre quelqu'un est une chose, mais la violence débridée en est une autre. Cette vidéo le montre très clairement.

J'agrippe la tablette et considère un instant les

avantages et les inconvénients de la balancer dans un incinérateur. Sans-Nom éclate de rire.

— Je sais à quoi tu penses. N'essaie même pas. J'ai plusieurs copies sur différents disques durs. Tu ruinerais juste une très bonne tablette.

Sans-Nom se lève. Mon estomac se serre quand je prends conscience de notre proximité physique

— Je voulais te montrer le vrai visage de celui dont tu crois être amoureuse. Jack est pire que moi. Ce type est un assassin. Il te fera plus de mal que je ne t'en ferai jamais.

Il se baisse juste à temps pour ne pas recevoir la tablette en pleine tête. Elle s'écrase contre le mur et laisse une marque sur la peinture rose.

— Va te faire foutre ! je crache. Personne ne me fera jamais plus de mal que toi.

La porte derrière moi s'ouvre soudain. Un mec à l'air paniqué et à la coupe afro entre.

— Oh, merde ! Désolé… Je me suis planté de chambre.

Je me précipite vers la sortie quand Sans-Nom m'interpelle.

— Ça a été sympa de discuter avec toi. J'ai très hâte qu'on remette ça.

— Pourquoi ? je murmure.

Il sourit.

— Je t'ai vue redécorer le bureau de Summers. J'en ai même fait une vidéo. Je me demande bien ce que le doyen en penserait, s'il la voyait.

— Pourquoi ? je répète. Qu'est-ce que tu as à t'accrocher à mes basques comme ça ?

— Mmm, laisse-moi réfléchir…, fait-il en penchant la tête. Parce que tu es à moi.

Mon estomac se serre. Sans-Nom ricane.

— Tu as toujours été à moi, Isis, et tu le sais. Et personne ne se mettra entre nous. Pas après tout ce que nous avons partagé.

Je cours aussi vite que je le peux hors de la chambre, puis de la maison. Quand la voix de Sans-Nom s'estompe enfin dans ma tête, je m'effondre sur la pelouse et vomis sur l'herbe.

Chapitre 12

Quatre ans, zéro semaine, zéro jour

Parler à Sans-Nom est une chose.

Lui parler la veille du jour anniversaire de son agression en est une autre. Il avait tout manigancé. Ou pas. Peut-être suis-je la seule à me rappeler la date exacte à laquelle tout a merdé. Il doit s'en contrefoutre, pour sa part.

J'aurais dû me rendre compte que le seul garçon capable de me détourner de ma douleur était spécial. Spécial, et assez précieux pour que je le garde près de moi. Peut-être l'avais-je compris inconsciemment, parce que j'ai essayé de le garder près de moi, à ma manière. « Ha, ha, j'ai planqué de la fausse beuh dans ton casier et j'ai fouillé dans ton passé », ce qui, il faut bien le reconnaître, n'était peut-être pas la meilleure façon de s'y prendre. Mais je manquais trop de pratique relationnelle pour demander à des gens de ne pas me laisser. Alors c'est tout ce que j'avais trouvé. Jouer la casse-pieds. Soyez bruyant, et les gens se souviendront de vous.

Tu essaies de le faire. Tu essaies de mettre un terme à toutes les injustices et de sauver les gens d'eux-mêmes. Mais tu n'essaies jamais de te sauver toi.

Je secoue la tête pour ne plus entendre la voix de Kieran. La situation est déjà assez compliquée. Sans-Nom va rendre la vidéo aux fédéraux, et Jack va se retrouver dans un merdier tout nouveau et bien profond. Encore mieux : il a un enregistrement de moi en train de dégrader le bureau de Summers. M'a-t-il suivie ? Mon zèle insatiable m'aurait-il aveuglée ? Là encore, rien de très surprenant.

La fac est la fin et le début de tout, le truc cool qu'on est censé faire pour obtenir un diplôme à accrocher au mur, ou à brûler en guise de petit bois quand votre prêt étudiant a bouffé tout l'argent des factures du chauffage. J'ai bossé dur pour venir ici. Je le crois, en tout cas. Je ne m'en souviens pas vraiment ; cette période n'est qu'un brouillard de devoirs à rendre, de blagues pourries et de bâtonnets de poisson dégueu de la cantine. Si je me fais virer de l'université, papa sera déçu et maman sûrement heureuse que je rentre, mais je pourrais dire au revoir à mon avenir. Je me retrouverais condamnée à faire cuire des hamburgers.

Et pourquoi est-ce que je dois aller à la fac, déjà ? Pour découvrir ce que j'ai envie de faire dans la vie, c'est ça ? Mais je le sais déjà ! Quitter l'État. Sortir du pays. Aller en Europe. Mais je n'ai pas pu me résoudre à laisser maman. Du coup, j'ai fait un compromis.

Je pose les pieds sur mon bureau et fronce les sourcils.

Se faire virer de l'université n'est rien à côté de se faire arrêter pour meurtre.

La vidéo rôde dans mon esprit : le visage poupin de Wren, celui d'une Sophia en pleine santé, et celui, furieux et dévasté, de Jack. Je les ai fréquentés, j'ai erré au milieu de cette histoire bien pourrie sans savoir ce qui s'était vraiment passé et ils m'ont tolérée malgré tout.

Si je ferme les yeux, j'entends à nouveau Jack crier. Si je les garde clos trop longtemps, le rire de Sans-Nom vient s'ajouter au reste et rend toute réflexion impossible.

Mais une douleur dans mon bras me rappelle alors que je dois faire changer mon pansement. Je pars pour l'infirmerie.

— Isis ?

Je reconnais cette voix. Elle me criait dessus la dernière fois que je l'ai entendue. Comme je pouvais m'y attendre, Gertrude se tient debout devant moi avec un tas de livres dans les bras. Son regard est plus doux que dans mon souvenir.

— Oh, mon Dieu… euh, salut ! Écoute, je suis vraiment désolée pour l'autre fois, à la fête…

Gertrude lève les mains pour m'interrompre.

— Arrête. Je n'ai pas envie d'en parler. Je ne t'aime pas et c'est très bien comme ça. Je voulais juste te présenter mes excuses.

Je fronce les sourcils. Elle soupire et rejette ses cheveux roux par-dessus son épaule.

— Je suis avec Jack, OK ? Le mec le plus sexy du campus. Et même le plus sexy que j'ai jamais rencontré. Je pensais que j'avais beaucoup de chance. Mais un type est venu me parler à la fameuse soirée.

— Qui ça ? fais-je en plissant les yeux.

— Un mec plutôt mignon. Des cheveux sombres et des yeux vraiment intenses.

On dirait Sans-Nom. Pourquoi aurait-il fait une chose pareille ? Je sais pourquoi : pour me faire du mal. Pour me faire souffrir par tous les moyens. Pour que quelqu'un d'autre me déteste autant que lui.

— Bref, il a commencé à me parler de toi et du fait que Jack et toi vous étiez tournés autour, au lycée. J'étais si bourrée que je crois que… (elle se mord la lèvre) Il n'arrêtait pas de me raconter ses conneries, et j'y ai cru. Alors, quand je t'ai vue à la soirée, j'ai juste… j'ai pété les plombs.

— Je ne t'ai pas vraiment aidée en t'appelant par ce nom fleuri, dis-je avant de me coller une baffe intérieure.

Gertrude se contente de hausser les épaules.

— Je suppose. Mais c'était nul de ma part de prendre au sérieux un étranger et de péter les plombs à cause de ce qu'il m'avait dit. Mais il s'est montré très convaincant, et j'étais super à la masse. Bref, je me suis sentie super mal à cause de ça toutes ces dernières semaines. Du coup, je te présente mes excuses.

— Moi aussi, dis-je.

Gertrude renifle.

— Je m'appelle Brittany, au fait. Tu n'auras plus besoin de me coller des noms d'oiseaux, comme ça.

— OK… Euh… Brittany.

— Parfait. Bon, je file, dit-elle après m'avoir détaillée une dernière fois de la tête aux pieds.

Je la regarde s'éloigner en ouvrant la bouche à

plusieurs reprises. Je voudrais dire quelque chose, mais ma voix reste bloquée, jusqu'à ce qu'elle sorte enfin :

— Brittany !

Je cours pour la rattraper. Par chance, elle m'attend.

— Qu'est-ce qu'il y a ?

— Est-ce que Jack…, fais-je avant de déglutir très fort. Est-ce que Jack va bien ?

Brittany fronce les sourcils.

— Qu'est-ce que tu veux dire ?

— Est-ce qu'il… est-ce qu'il sourit ? Est-ce qu'il mange bien ?

— Comment veux-tu que je le sache ? On ne vit pas ensemble. Mais sinon ouais, il sourit, comme toute personne normale.

Un nœud dont j'ignorais l'existence se défait au fond de ma gorge.

— Super. Merci. Passe une bonne journée.

Elle se tourne et repart. Je la suis des yeux. Elle est très jolie, très honnête et très simple. Tout ce que je ne suis pas, et c'est peut-être ce que Jack veut. Peut-être est-ce ce dont il a besoin ?

Je déglutis et prends à nouveau le chemin de l'infirmerie.

Jemma est une jolie femme aux cheveux bruns et aux grands yeux sombres de biche. Elle me fait asseoir à la seconde où j'entre et soulève délicatement le pansement sur mon bras. Une odeur de chair pourrie et de vieux coton s'élève aussitôt. Jemma ne plisse même pas le nez.

— Bon, ça a une bonne tête. Tu prends bien les antibiotiques que je t'ai prescrits, n'est-ce pas ?

— J'en ai fait un collier de bonbons que je mange en cours.

Elle me fixe avec un regard sévère. Je soupire.

— Deux par jour pendant les repas.

Jemma sourit.

— Bien. Tu ne peux pas savoir les dégâts qu'une morsure humaine peut faire.

Je gigote tandis qu'elle refait mon bandage puis j'aperçois un bocal à poisson rempli de préservatifs sur le comptoir. Jemma surprend par malheur mon regard.

— Tu es sexuellement active ? me demande-t-elle.

— Nan, m'dame.

— Tu prévois de l'être ?

— Dans la globalité de mon avenir en tant qu'être humain, je l'espère. Mais, vous savez, les choses pourraient changer. Des météorites pourraient frapper la planète. Le soleil pourrait devenir froid, le beurre de cacahuète bon pour la santé, et moi intelligente.

Jemma me dévisage pendant une éternité. Ses yeux bruns sont écarquillés, affûtés. Pendant une seconde, je jurerais qu'elle me connaît, qu'elle sait tout de moi en mode voyante et boule de cristal. Mais c'est lorsque son regard s'adoucit que je comprends vraiment qu'elle sait. Elle sait ce qui m'est arrivé alors que je ne lui ai rien dit.

Et ça me met en colère d'être si transparente. En colère d'être si faible que je ne peux même plus le cacher. Les contusions, l'alcool et le déluge de roulage de pelles m'ont juste rendue plus faillible. Exactement ce que je ne voulais pas. Je voulais être plus forte. Meilleure. Plus expérimentée.

— J'ai eu quelques problèmes, dis-je avec prudence.

Jemma repose son bloc-notes.

— Où est-ce que tu as mal ? me demande-t-elle.

J'envisage de me lever, de partir et de la laisser là

avec des problèmes moins compliqués que des cachets, des plâtres et des injections peuvent résoudre.

— J'ai essayé de régler mes problèmes. Avec des shots de vodka. Mais ça n'a pas fonctionné parce que ce n'est pas comme ça que ça marche. On ne peut pas les planquer sous le tapis et attendre qu'ils se règlent tout seuls.

Jemma ne dit rien.

— Parfois, des mauvais trucs arrivent, et dans ces cas-là, on se dit que ça arrive et que ce ne sera pas la dernière fois, mais on fait quand même tout pour rester en vie parce qu'on sait que tout n'est pas merdique. On continue de s'agiter, d'avancer, d'essayer de mettre de l'espace entre nous et ces mauvais trucs pour les oublier. Mais ils finissent par nous rattraper tôt ou tard. Et alors, ils s'abattent sur nous et nous empêchent d'avancer, et ça craint.

Je me masse le front avec les articulations de mes doigts.

— Ça craint à mort.

Un couple s'assoit de l'autre côté de la fenêtre en se tenant la main. Je voudrais être à leur place et leur dégobiller dessus en même temps.

— Et parfois, on se casse tellement fort la gueule qu'on a juste envie de rester par terre, vous voyez ? Comme si on le méritait, parce que c'est comme ça que ça doit se passer. Ou parce que c'est plus facile de rester à terre. Parce qu'on n'a plus l'énergie de soulever ses fesses du sol, ce coup-ci.

— C'est terrible, déclare Jemma avec douceur.

— Il n'y a pas pire ! fais-je en riant. On pensait être fort et aimer la vie, mais parfois, on se sent si fatigué que…

— Tu te sens fatiguée ?

Je hausse les épaules.

— Parfois. Mais je suis Isis Blake. Être fatiguée n'est pas dans mes habitudes.

— Ça nous arrive à tous par moments, Isis, assure Jemma. Personne n'y échappe.

— Mais je suis une exception ! je pleurniche. Vous ne comprenez pas ! Je fais plein de trucs, des super trucs, et je n'arrête pas de m'agiter sauf quand je fais pipi et même dans ce cas. Aparté : la femme de ménage me déteste.

Jemma tente de camoufler son rire derrière sa main. L'envie de rire me prend, moi aussi.

— Et ce n'est même pas ma meilleure blague.

Je soupire tandis que le calme retombe.

— Et j'ai brisé la règle numéro un.

Jemma essuie une larme.

— Laquelle ?

— Ne jamais rire de ses propres blagues parce que ça veut dire qu'elles ne devaient pas être très bonnes et que ça donne l'air d'être une connasse égocentrique.

— Je vois ce que tu veux dire, maintenant, déclare-t-elle. Une fille comme toi, si vive et si drôle, est rarement fatiguée. Ça doit te faire bizarre, quand tu l'es.

— C'est comme… c'est comme si je perdais une jambe, mais que j'essayais quand même de courir le marathon.

Jemma opine avant d'inspirer.

— Je sais que ça ne va pas te paraître très délicat, et ne va pas penser que je te diagnostique ou je ne sais pas quoi parce que je ne suis pas qualifiée pour le faire, mais est-ce qu'il y a des antécédents de dépression dans ta famille ?

Je m'effondre sur ma chaise de façon théâtrale en ronchonnant.

— Ma mère. Mais pas moi ! Je vous le jure parce que j'ai bossé vraiment dur pour ne pas être dépressive et que je suis heureuse tout le temps et que donc, je n'ai pas chopé sa dépression. Jamais de la vie. Et je ne l'aurai jamais.

Jemma opine avant de se mettre à écrire. Mais mes paroles semblent si creuses et sonnent tellement faux que le besoin de les corriger me prend aussitôt.

— J'ai fait une dépression. Peut-être. Je crois. Quand j'avais quatorze ans.

— Qu'est-ce qui te fait penser ça ?

— Je ne me sentais pas moi-même. Et c'est toujours le cas aujourd'hui. Je ne m'aimais vraiment pas parce que j'étais énorme et que je pensais qu'être grosse était mal. Même si je sais que ce n'est pas le cas, maintenant. Mais quand on est amoureuse et que le mec qu'on aime commence à dire qu'on est moche et grosse, on se met à le croire. Et ce n'était pas de l'amour. Ou peut-être que ça l'était. Mais je ne crois pas. Cette histoire m'a fait me sentir super mal alors que l'amour est censé aider à se sentir bien.

— Certaines personnes disent que l'amour fait se sentir à la fois bien et mal.

— Eh bien, ces gens sont des crétins et ils ont tort. C'est juste… c'est juste du romantisme à la con. Les gens aiment avoir l'air profond, alors ils disent que la douleur fait partie de l'amour, mais ce n'est pas vrai. L'amour, c'est…

— *Non, ce n'est pas moche du tout. Je peux ?*

J'hésite, avant d'acquiescer. Il prend ma main et soulève mon poignet avant de faire courir ses doigts délicatement sur les brûlures de cigarette. Il dessine le contour de chaque cicatrice avec le pouce.

— On dirait une galaxie, dis-je. Remplie d'étoiles, de supernovas, de geysers en éruption et de tout un tas d'autres trucs scientifiques merveilleux qui t'ennuieraient à mourir si je continuais, tellement la liste serait longue.

— … l'amour, c'est être accepté et aimé comme on est, cicatrices comprises.

Mes yeux deviennent humides. Des larmes commencent à tomber sur mes genoux. Je me recroqueville sur moi-même en serrant mes bras autour de moi.

Je connais la différence, aujourd'hui.

Jemma repose son bloc avant de lever les bras pour me prendre contre elle.

— J'ai été… j'ai été violée. Quand j'avais quatorze ans. Par le type que je croyais aimer.

La noirceur se déverse de moi. Elle glisse le long de mes joues et va tomber par terre pour former une flaque sur le carrelage. Quatre années de souffrance silencieuse se déversent dans le bureau de cette femme. Que je ne connais même pas. Elle doit me détester de lui faire ça, mais elle me serre juste plus fort contre elle. Je me déteste. Je déteste celle que j'étais et je déteste celle que j'essaie d'être. Je me suis tue au lieu de demander de l'aide et toute la douleur ressort maintenant. Ses épines m'écorchent la bouche et les yeux. Ça doit être pareil quand on meurt. Sauf que là, la douleur ne s'arrête pas. Pas avant plusieurs heures. Jemma se contente de me serrer contre elle et de pleurer avec moi en murmurant « je sais » encore et encore. Je ne suis plus seule. Plus maintenant.

Chapitre 13

Gregory Callan est peut-être un monsieur très occupé à la tête d'une entreprise de protection rapprochée prospère, ça ne l'empêche pas d'apprécier les choses les plus raffinées, comme virer ses employés sans le moindre avertissement. Je le trouve avec deux tasses à café à la main et un costume fraîchement repassé, quand j'ouvre la porte de la chambre.

— Bonjour, les garçons !

Je grogne. Charlie se précipite vers la porte pour l'accueillir comme un chiot surexcité. C'est presque mignon, cette façon dont Charlie a mis Gregory dans la case « figure parentale ». Gregory ne semble pas gêné.

Sauf que cette fois, avant que Charlie et moi ayons pu dire le moindre mot, Gregory nous ordonne de nous habiller et de venir prendre le petit déjeuner avec lui. L'endroit qu'il a choisi est petit et exhale le vinyle et le gras. Un rade si miteux que même des étudiants de fac l'éviteraient. La serveuse qui nous sert n'arrive même pas à esquisser un sourire fatigué. Ce qui n'empêche pas Gregory de la remercier malgré tout.

— Alors, que nous vaut le plaisir de cette visite, patron ? demande Charlie, la moitié de ses œufs déjà calée dans ses joues.

— Ta grand-mère ne t'a pas appris à mâcher ? fais-je en fronçant les sourcils.

Gregory, qui semble trouver cette petite scène amusante, glousse.

— Tu vois, Charlie ? C'est pour ça que tes anciens partenaires n'ont pas tenu plus d'une semaine. Les gens n'aiment pas la grossièreté.

Charlie déglutit.

— Les gens peuvent aller se faire foutre, déclare-t-il avant de s'interrompre, et d'ajouter : monsieur.

Gregory ricane de nouveau. Il me regarde ensuite.

— Il commence même à répliquer avec des phrases de plus de quatre mots. Je crois que tu déteins sur lui.

Charlie me jette un coup d'œil circonspect avant d'écarter sa chaise de quelques centimètres. Je prends la parole :

— Que nous vaut l'honneur, Gregory ? Nous aurions pu vous envoyer les informations dont vous avez besoin par texto ou par mail…

Gregory s'éclaircit la voix.

— J'étais juste… curieux.

— Curieux ? demande Charlie en mâchant un toast.

— De voir comment vous vous entendez.

Charlie et moi nous figeons avant de rire nerveusement de concert. Gregory sourit comme si c'était amusant.

— Mais je constate que mes inquiétudes n'étaient pas fondées. Alors, où en est votre projet ? La dernière fois que nous nous sommes parlé, vous aviez réussi à couper une des têtes du serpent.

Charlie paraît confus, jusqu'à ce que ses yeux s'écarquillent.

— Oh ! Vous voulez parler du contact de Will Cavanaugh, le patron de cette boîte, là ? Ouais, on a réglé le problème.

— Si je peux me permettre de te suggérer quelque chose, fais-je d'un ton neutre. Tu devrais éviter de dire le nom des gens à voix haute.

— Ce restau est carrément mort, fait Charlie en regardant la serveuse fatiguée nettoyer des tables dans un coin.

— Jack a raison, intervient Gregory. Vous vivez dans une petite ville. Les noms font vite le tour.

Charlie agrippe sa fourchette.

— Eh bien, désolé, patron, je vous ai dit que je n'étais pas fait pour ces conneries d'espion, mais il a fallu que vous écoutiez le petit nouveau…

— Je n'ai pas accepté ce boulot à cause de lui, Charlie. Personne ne m'influence. Tu me connais mieux que ça, assène Gregory, sourcils froncés.

— Patron…, commence Charlie.

Gregory lève une main pour l'inviter à se taire.

— C'est là que vous êtes censés être. À l'université, en train de vous forger un avenir. Si jamais vous voulez rester avec moi et *Vortex* après cette mission, je comprendrai. Mais si vous voulez partir, je le comprendrai aussi.

Il se penche en arrière sur sa chaise avant de s'essuyer la bouche avec une serviette.

— Tout ça pour vous dire d'envisager ce boulot comme une mise à l'épreuve. Les clients ont parfois besoin de choses spéciales pour se sentir en sécurité ; collecter des informations peut en faire partie. C'est la base ; vous devez faire ce que quelqu'un d'autre vous demande, même si ça ne vous plaît pas.

— Ça me va, proteste Charlie.

— Ça te va tant que ça reste simple et facile, le corrige Gregory. Le moindre grain de sable, et tu donnes du poing.

— Je m'en suis très bien sorti jusqu'à maintenant, contre-attaque Charlie. Vous n'avez qu'à demander à Batman !

J'opine.

— Ça a été, dans l'ensemble. Il sait se faire bien voir quand il y est obligé.

Le visage de Charlie se détend. Son regard est presque reconnaissant. Gregory sourit.

— Je savais qu'il le ferait. Je te l'avais dit : tu as le charisme naturel pour ça, petit.

Charlie devient rouge jusqu'à la racine des cheveux. Il vide son verre d'eau d'une traite. Il n'a pas l'habitude d'être encensé. Gregory me regarde.

— Et toi, Jack ? Comment ça se passe ?

— Ça se passe bien pour moi aussi.

— Ah oui ? Tu ne trouves pas ce boulot trop proche de ton précédent, alors ?

Je me retiens de bondir.

— Non, monsieur.

— Pourtant, tu as couché avec cette fille pour obtenir des informations sur nos amis, déclare Gregory. Pourquoi toi ? Pourquoi pas Charlie ?

— Parce qu'elle a flashé sur lui ou je ne sais pas quoi, patron, intervient Charlie.

— Et ?… C'est tout ? demande Gregory.

— Ce qui est censé vouloir dire ?

Gregory ne répond pas. Il me fixe juste sans ciller. Charlie nous regarde tour à tour avec un air confus. Gregory finit par appeler la serveuse. Charlie fourre mes restes dans une boîte qu'il a apportée à cet effet. Gregory et moi le regardons faire depuis l'extérieur du restaurant.

— Sa grand-mère avait très peu de moyens. Il a appris à ne pas gâcher la nourriture très tôt.

— Il vous admire.

Là-dessus, je sors une cigarette. Une fille aux cheveux violets passe au loin. Mes souvenirs convoquent aussitôt Isis et les cicatrices sur son poignet. Je range ma clope.

Gregory ne s'est rendu compte de rien, vu qu'il rit.

— Je sais. C'est pour ça que je veux qu'il réfléchisse sérieusement et sur le long terme à sa place dans l'entreprise. C'est un bon garçon. Il mérite mieux que ce métier. Ça, je le sais.

— Et moi ? De quoi êtes-vous sûr me concernant ?

Gregory me lance un petit coup d'œil de biais tout en se frottant la mâchoire.

— Je sais que tu me rappelles celui que j'étais. Le côté animal sauvage…

Je ne dis rien. Gregory se gratte l'arrière de la tête avec un air absent.

— Je sais que tu as vu des trucs bien pourris très jeune. Que tu as essayé de laisser ce que tu as fait derrière toi, là-bas. On dit que le passé se répète. Je le crois, aujourd'hui.

— Que voulez-vous dire ?

— Blanche… Je t'ai parlé d'elle, n'est-ce pas ? Je la connaissais. C'est elle qui m'a orienté vers toi. Les femmes, l'argent…, fait Gregory en secouant la tête. Ensuite, tu as intégré mon entreprise, et tu as recommencé. Direct, le sexe en échange de quelque chose.

— C'est un outil, je déclare, glacial. Rien de plus.

— Est-ce que… c'est vraiment ce que tu veux, Jack ? Ce n'est pas de l'argent sainement gagné.

— Will Cavanaugh paiera pour ce qu'il a fait, je l'interromps. Quel qu'en soit le prix.

— Et ensuite quoi ? grommelle Gregory. Il paie pour ce qu'il a fait et ensuite, il se passe quoi ? Tu deviens quoi ?

Je ne dis rien. Je n'y ai pas réfléchi. J'ai évité de le faire. Faire payer Will était mon dernier souhait, le seul qui me faisait avancer. Après, il ne me restera plus rien.

— Tu es quelqu'un de bien, Jack, et tu es intelligent, poursuit-il. Je t'ai vu dans ce bar, j'ai vu cette soif de sang que je connaissais si bien dans mon propre regard, et je me suis senti coupable. Je me suis senti coupable que quelqu'un d'autre sur cette planète soit aussi mal et aussi en colère que moi. Il y a vingt-cinq ans, *j'étais toi*, et ça me tord le bide. Il fallait que je te montre ce que j'avais appris avant que tu tombes aussi bas.

Je déglutis très fort. Gregory pose une main sur mon épaule.

— Tu n'es pas Charlie. Il a une colère normale, la même que tout le monde. Elle ne le régit pas comme elle nous régit nous.

— Vous m'avez appris à la contrôler, dis-je.

— J'ai fait de mon mieux. Mais ça restera difficile. On doit travailler dessus toute sa vie. Si Will Cavanaugh est la seule chose qui te motive, alors tu ne tiendras pas debout longtemps, Jack. Peu importe à quel point tu es fort ou à quel point tu es bien entraîné. Tu as besoin de raisons de vivre. Tu as besoin *de gens*.

Je baisse les yeux sur mes mains. Le monde me donne l'impression de tourner quand je pense à toutes les choses que j'ai faites grâce à elles ; j'ai fait mal à des gens, je les ai aimés. J'ai poursuivi un homme, qui en est mort. Je n'ai pas pu sauver Sophia. J'ai abandonné des amis – les quelques-uns qui me restait.

J'ai abandonné Isis.

— J'ai fait beaucoup de choix merdiques.

Ma voix se brise. Gregory me serre l'épaule.

— Comme nous tous. C'est ce qu'on fait *après* ces choix qui détermine qui on est.

Je reste silencieux.

Nous nous quittons là.

Durant le trajet retour, je remarque que Charlie semble un peu plus heureux et que son habituel air renfrogné a disparu en faveur d'un discret sourire.

— C'est vraiment un type bien, hein ? je lui demande.

Charlie sort de son hébétude, le front plissé.

— Euh, ouais, je crois.

— Tu l'aimes beaucoup.

Le front de Charlie se crispe un peu plus.

— Si tu le dis.

Sa réticence à parler de ses sentiments me rappelle une certaine personne, bien qu'il blague moins qu'elle. Je regarde les arbres défiler de l'autre côté de la vitre. Charlie et moi vivons et travaillons ensemble depuis bientôt deux mois.

Tu as besoin de gens.

— Gregory m'a retrouvé dans un motel, finis-je par dire. En sang et en mauvais état. J'avais l'épaule démise et trois articulations plus le nez cassés.

— En faisant quoi ? grommelle Charlie.

— En me battant, dis-je. Je buvais et je me battais parce que j'attendais que quelqu'un me tue.

Charlie me lance un petit coup d'œil à travers ses paupières plissées. Il regarde ensuite la route pendant un moment avant de reprendre la parole :

— Gregory est le flic qui m'a chopé en flagrant délit.

Je hausse un sourcil.

— Vraiment ?

— Ouais.

Charlie opine avant de se moquer doucement.

— J'avais dix grammes de coke sur moi et je la vendais à des lycéens friqués. Ils sont des milliers, à San Francisco. C'est de l'argent facile. Mon gang le savait très bien et y allait à fond.

— Alors comme ça, Gregory était flic à San Francisco ?

— Pendant un temps, opine Charlie. Ensuite, il a quitté la police et il a lancé *Vortex*. Je l'ai suivi.

— Ça fait longtemps que tu travailles avec lui ?

— Plutôt, ouais. C'est un vieux râleur, mais il est plutôt cool dans l'ensemble.

Je m'enfonce dans mon siège.

— Bon, qu'est-ce qu'on fait maintenant ?

Charlie hausse les épaules.

— Brittany t'a parlé du client de Will et de Kyle

pour la drogue, et on l'a chopé. Elle t'a parlé du montage informatique de Will aussi, et tu as essayé de le hacker.

— Ça ne m'a pas mené bien loin.

— Peu importe. Tu as essayé. C'est toujours ça. Et sinon, qu'est-ce qu'elle t'a dit d'autre ?

— Que Will Cavanaugh a peur du noir, je déclare.

— Elle t'a dit ça ?

— Non, fais-je en secouant la tête. C'est une info qui vient d'Isis.

— Elle le connaît ?

— Ça remonte à loin.

Mon estomac se serre.

— Super ! Demande à Grande Gueule de te rencarder sur lui, dans ce cas. Ça nous permettra peut-être d'en savoir plus.

— Non.

— Pourquoi ?

— Il lui a fait du mal.

Ma voix semble glaciale même à mes propres oreilles.

— Elle préfère éviter de parler de lui tant qu'elle peut.

— Salopard..., marmonne Charlie à voix basse. Les mecs qui frappent les filles sont au bas de l'échelle des pourritures.

Je ne le corrige pas, mais j'éprouve une pointe d'affection pour lui. Il tourne à droite, avant de me jeter un coup d'œil.

— On va devoir trouver des preuves tangibles sur l'un d'eux.

— On a assisté à la soirée piscine dans l'immeuble de Kyle. J'ai demandé à Brittany dans quel appartement il vit, mais elle n'en sait rien. Il aurait déménagé après leur séparation. Mais Will vit sur le campus, ce serait plus facile.

— D'autant plus qu'on sait qu'il a peur du noir. Il suffira de flanquer son ordi dans une pièce obscure, et on l'aura.

— J'aimerais que ce soit aussi facile.

Charlie rit, pour une fois.

— Rien n'est jamais aussi facile. Mais ça ne m'a jamais arrêté.

Mon silence me vaut un soupir.

— Tu aurais dû me dire qu'Isis connaissait Will.

— Pourquoi ?

— Parce que je ne l'aurais pas fait fuir si vite. Toute info pourrait nous être utile. En plus, elle semble mieux équipée côté neurones que Brittany.

— On parle de son agresseur, j'assène. Je ne la mettrai pas dans cette position.

— Tu lui as déjà demandé si elle voulait se venger de lui ? demande-t-il d'un ton léger.

Je reste à nouveau mutique. Il se moque :

— Tu ne peux pas décider de protéger les gens à leur place, espèce de crétin. Tu dois les laisser décider par eux-mêmes.

— Mais si elle le fait, elle…

— … souffrira ? Plus que ce qu'elle a déjà souffert à cause de lui ? Je ne crois pas. Quel hypocrite…

Je fixe les arbres au loin. Charlie Moriyama est beaucoup de choses – cruel, impertinent, colérique –, mais il est loin d'être bête.

Et pour une fois, il pourrait avoir raison. Je pourrais demander à Isis de nous aider. Et elle pourrait accepter. On pourrait travailler ensemble, et pour un court moment, je pourrais être près d'elle. C'est une petite graine d'espoir, qui pousse durant la nuit pour devenir un bel arbre, un bosquet, une forêt étendue. On pourrait être à nouveau ensemble. Me retrouver en sa présence me suffirait. Voir son visage, le froncement de ses sourcils, le sourire que je retrouve parfois en rêve, entendre sa voix, ses blagues, son rire.

Je fixe le plafond depuis mon lit en me le promettant à moi-même.

Sauf que ce n'est pas le cas.

Je passe une veste et attrape mes clés. Le trajet est court, et le froid automnal pourrait rafraîchir ma ferveur. Mais je ne me laisserai pas faire. Isis mérite mieux. Elle a toujours mérité mieux.

Je sonne à la porte et attends. Brittany m'ouvre, en pyjama et avec un air perplexe.

— Jack ? Qu'est-ce que tu…

— C'est terminé.

Son visage se décompose.

— Quoi ?

— Toi et moi. C'est fini.

Je me tourne sans lui laisser le temps d'argumenter, mais elle m'attrape le bras et me tire en arrière avec une poigne de fer. Je m'attends à ce qu'elle s'effondre ou qu'elle se mette en colère, mais son visage est triste.

— Dis-moi au moins pourquoi.

Une partie de mon cœur se brise à nouveau : celle qui avait promis de ne plus jamais faire de mal à quelqu'un.

— C'était une erreur. Je suis désolé.

Elle réfléchit, puis relâche mon bras avant d'opiner.

— OK.

— Je suis vraiment désolé.

— C'est bon, fait-elle en riant presque. Au moins, tu es venu. Personne ne l'a jamais fait auparavant. On m'a toujours quittée par SMS ou par mail. Merci pour ça.

Elle me claque la porte au nez, comme elle a tous les droits de le faire. Un poids se soulève de mes épaules, et ma tête me semble plus légère, plus claire.

Beaucoup de gens souffrent à cause de moi, mais je peux faire mieux.

J'ai plus que de la douleur à donner.

Chapitre 14

Quatre ans, zéro semaine, un jour

Dans toute l'histoire de la planète Terre, personne n'a été plus con que moi. À part Dieu, ou le Big Bang, ou comme on voudra bien appeler ça, parce que cet événement ou ce fameux Dieu a créé cet endroit, et nous, les êtres humains. Et objectivement, l'initiative s'est révélée plutôt mauvaise.

J'ai fait quelque chose de très crétin, moi aussi, soit me faire du mal à moi-même. Pendant des années. En gardant un vilain secret pour moi.

Je pensais que j'étais plus forte que cet événement traumatisant, ce qui est vrai. Sauf concernant la partie où j'ai oublié d'admettre qu'il s'agissait d'un événement traumatisant. Parce que, comme Jemma me l'a dit, peu importe ce qui s'est passé et depuis combien de temps, ça s'est quand même passé.

Sans-Nom m'avait quand même maintenue et s'était quand même masturbé sur moi.

C'était bien un viol.

Jemma m'a proposé de revenir la semaine prochaine pour qu'on puisse parler lorsqu'elle changera mon pansement, et j'ai dit d'accord. Elle n'est pas psy, et ne sera pas payée pour ça. Elle m'écoutera gratuitement sur son temps libre, ce dont je lui suis reconnaissante. Je me sens aussi triste, vidée, mentalement épuisée d'avoir revécu l'intégralité de l'événement en une soirée. Mais surtout reconnaissante, et prête à engloutir neuf pizzas.

Je marche différemment, maintenant. Comme si tout l'espace à l'intérieur de mon corps avait été remplacé par de l'hélium en une nuit. Mes épaules et ma tête semblent plus légères. Je fais basculer mes cheveux de l'autre côté de ma tête au moment où un couple passe près de moi, et m'aperçois que je n'éprouve plus le besoin de leur dégobiller dessus.

Sans-Nom, c'est une autre histoire, en revanche.

Je fonce dans le bureau de l'accueil et me sers de l'eau tout en écoutant les bavardages des dames en poste.

— Summers ? Impossible. Il est tellement beau ! soupire l'une d'entre elles.

— En tout cas, une étudiante a fait le coup, dit une autre. Et on avait reçu une plainte pour harcèlement contre lui il y a un an, mais le doyen n'avait rien voulu entendre. Vous ne vous rappelez pas ? La pauvre fille avait dû renoncer.

— Tu penses que c'est vrai, alors ?

— Les étudiantes font beaucoup de choses idiotes, répond la première. Mais elles écrivent rarement « pervers » avec du faux sang sur des portes sans bonnes raisons.

— Si jamais il a eu une attitude inappropriée avec les étudiantes, et Dieu nous en préserve, alors je...

— Les gens de la sécurité du campus sont en train d'interroger ses élèves, tu sais…

La porte se referme, je n'entends plus leurs voix, mais ça n'empêche pas la nouvelle de mes exploits de se propager. Elle filtre dans la conversation d'un petit groupe qui mange des choux à la crème sur les marches du bâtiment de science culinaire.

— Beurk ! Du sang ? fait une fille en plissant le nez.

— Il aurait mérité qu'on l'écrive avec de la merde, se moque un type.

— Je l'ai toujours trouvé *trop* gentil, intervient un autre en secouant la tête.

— Qu'est-ce qu'un mec avec son physique a besoin de jouer les pervers avec les filles ? C'est glauque au possible, ajoute le moqueur.

Je continue de marcher. Des membres d'un club étudiant aperçoivent Summers traverser la pelouse et se mettent à hululer à sa vue. Ce cher professeur en laisse tomber ses cahiers avant de les chercher à tâtons et de les ramasser. Les coups d'œil méprisants et les murmures prouvent que j'ai réussi à retourner tout cet établissement contre lui. Et que j'ai encore du fluide magique, ce machin génial qui distille de la peur dans le cœur des hommes coupables d'actes criminels un peu partout à travers la planète…

— Isis !

Kieran… Il court vers moi avec un air renfrogné.

— Je t'avais pourtant dit de ne rien faire !

— Ouais, eh bien, les ordres n'ont jamais marché sur moi.

— Tu vas te faire virer ! Il y a des caméras partout sur le campus !

Mon estomac se serre, mais je ne relève pas.

— Rien à craindre. Elles prendront feu parce que je suis trop sexy.

— Isis…

Je sens sa main sur mon poignet. Je pivote sur moi-même et plante bien mes pieds avant de me racler la gorge.

— Je sais que ce baiser était sympa, dis-je. Et qu'on s'est beaucoup embrassés pour deux personnes qui se sont rencontrées à côté d'un mec torse nu qui gerbait sur des pétunias. Tu es vraiment sympa comme mec, tu fais un peu Écossais, ce qui est toujours une bonne chose parce que les femmes *adorent* les kilts. Et je sais que tu crois apprécier ma personne et que tu voudrais sortir avec moi, et qu'on s'entendrait bien. Mais là, je vais devoir casser tes espoirs et tes rêves. Je n'ai pas envie de sortir avec quelqu'un. Ou disons que l'abruti avec qui j'aimerais sortir ne veut pas de moi. Donc, tout ça pour dire que j'essayais juste de me débarrasser de lui. Je suis le méchant dans cette histoire, ou le dragon, et je suis désolée. Je suis sincèrement désolée. Je suis un dragon, et je crame des trucs et je suis désolée.

Les yeux verts de Kieran s'écarquillent de choc, et son étreinte s'amollit. Je m'arrache de là et laisse derrière moi un nouvel être humain à qui j'ai fait du mal. Ce dont je suis sincèrement désolée.

Je marche si vite que je ne remarque pas Diana au moment où elle passe devant moi. Elle pousse un cri perçant, revient sur ses pas et me rattrape.

— Isis ! Te voilà enfin ! On t'a cherchée partout…

— Pas maintenant, déesse de la lune. J'ai des garçons à défier.

Diana rit et ralentit.

— Qu'est-ce que tu fais de la foire du comté ? Elle a lieu ce soir. Tu avais dit que tu voulais y aller…

— Mais j'y vais ! je crie avant de franchir l'entrée du bâtiment des garçons.

Je monte les marches deux à deux puis frappe très fort à sa porte. Trois secondes de silence s'ensuivent jusqu'à ce qu'elle s'ouvre. Jack a la tête de quelqu'un qui viendrait de faire un petit footing décontracté à travers un hachoir à viande.

— Salut, dis-je d'un ton vif. J'aimerais que tu m'aides à tuer Will Cavanaugh.

Les yeux de Jack s'écarquillent de surprise. C'est la première fois qu'il m'entend prononcer le vrai nom de Sans-Nom.

— Par contre, mettons ça de côté pour le moment, s'il te plaît, parce que j'aimerais que tu m'accompagnes à la foire du comté ce soir. Et si jamais Brittany ne veut pas te laisser y aller, je m'en fous. Tu viens quand même.

Je m'attends à ce qu'il refuse et qu'il se mette en colère, mais ses yeux se plissent : la version Jack Hunter d'un sourire.

— Très bien.

— On prend ma voiture.

— Parfait.

— Rendez-vous près du bâtiment psycho à 21 heures.

Il opine, la bouche ouverte pour ajouter quelque chose, mais je pivote et m'éloigne. Je ne peux pas continuer de parler avec lui – pas avant de m'être entraînée à dire ce que je veux. Six heures et une fouille frénétique de penderie : c'est tout ce qui se dresse entre moi et la solution. Yvette me regarde avec l'intérêt d'un chasseur de tempêtes tandis que je balance chaussettes, pantalons et chemises par-dessus mon épaule.

— Bon, où est-ce que tu étais passée ? finit-elle par demander. Diana et moi on a vraiment cru que…

— J'ai papoté avec une dame sympa, dis-je. Elle m'a aidée à démêler certains trucs. Les étrangers sont un bon plan pour divulguer des vilains petits secrets.

Je brandis le chemisier rose devant moi, qui arrache un roucoulement à ma colocataire.

— Oh… Celui-là !

L'Isis d'il y a à peine un jour aurait plissé le nez et l'aurait fourré au fond de son placard. Ce que je devrais faire, d'ailleurs. Mais pour une certaine raison, je retire mon tee-shirt et enfile le haut Chanel. Je m'observe sous toutes les coutures dans le miroir. J'attends que la voix de Sans-Nom me murmure que je suis moche. Mais elle se tait, pour une fois.

Il est parti.

Il n'est pas parti, parce qu'il est sur le campus, dans mes cicatrices et mes cauchemars. Mais là tout de suite, il a disparu.

Le chemisier est joli et léger sur ma peau. Les volants dansent à chacun de mes mouvements. Yvette m'aide à choisir un short en jean et me tend une vieille veste d'un surplus de l'armée trop géniale et parfaite pour la saison. Yvette remonte ensuite mes cheveux en queue-de-cheval.

— Tu es mille fois plus sexy comme ça, déclare-t-elle.

— Je veux juste que les gens me regardent et se disent : *je veux lui donner un million de dollars en cash.*

— Pourquoi l'argent t'obnubile tellement ?

— Parce que avec de l'argent, on peut acheter des machins et des bidules.

Yvette rit et secoue la tête.

— Tu me donnes envie de te filer un billet de dix. Et peut-être une pièce de dix cents.

Je tends la main tandis qu'elle fouille son porte-monnaie à la recherche d'une pièce. Que je fourre dans mon soutien-gorge en guise de porte-bonheur.

Je teste dans ma tête ce que je voudrais dire encore, et encore, et encore, histoire d'envisager toutes les failles possibles dans la conversation. J'invente même des contre-arguments, des blagues et des injures, qui quittent mon cerveau par mes oreilles dès que je vois Jack debout près du parking. Il est adossé contre un pêcher, les cheveux coiffés quoique légèrement en bataille, en jean et chemise en flanelle rouge. Ses jambes sont longues, ses épaules larges, et son visage fier et beau comme la tête d'un lion. Cela me frappe alors : il vieillit. Et *je* vieillis. Le temps n'attend pas. Et dire que j'ai passé quatre ans à pleurer à cause de quelqu'un qui ne le méritait pas.

Mais ce garçon, ce merveilleux garçon à la con, pourrait en valoir la peine.

— On ne va pas à la fête des bûcherons…, je balance en m'approchant.

Il regarde sa chemise sous sa veste en cuir avant de prendre la parole sans se tourner :

— J'aime la flanelle.

— Toi et tous les hipsters de Seattle, je déclare.

Jack ricane et me suit jusqu'à ma voiture. Le silence est total durant le trajet, mais pas inconfortable. Jusqu'à ce que les tentes de la foire et le sommet d'un grand huit illuminé par des néons surgissent bientôt dans notre champ de vision.

— J'ai les billets, dis-je en me garant sur le parking. Tu auras donc l'honorable privilège de m'offrir toute la nourriture que je veux, ce soir.

— Toute la nourriture ? Femme, ton appétit couvre l'équivalent des rations mensuelles d'un pays du tiers-monde.

— Ce qui fait de moi une gloutonne ou un être mauvais ?

— Les deux, répond-il avant de prendre le ticket que je lui tends.

Il s'arrête sous l'arcade qui mène à l'entrée de la foire. La lumière de la lune teinte d'argent les arbres noirs et les nuages gris. Les lumières de la grande roue, du grand huit et du bateau corsaire nous appellent. L'odeur de pop-corn gras et de hot-dogs se mélange à la senteur sèche et piquante des feuilles d'automne.

— La dernière fois que je suis venu dans ce genre d'endroit, c'était avec Sophia, finit-il par dire.

Mon cœur semble soudain peser une tonne.

— Merde… Partons…, dis-je aussitôt. On n'est pas obligés de faire ça. Je ne voulais pas…

Les doigts chauds de Jack attrapent mon poignet et restent posés là. Sa prise est lâche. Pas brutale comme celle de Kieran. Je pourrais me dégager si je le voulais, sauf que je n'en ai aucune envie.

— Je suis content d'être ici, me répond Jack d'une voix douce tandis que son regard croise le mien. Je veux être ici, avec toi.

Je fonds, jusqu'à ce que je me rappelle qui je suis, et tire la langue avant de sautiller sous l'arcade en direction d'un stand de nourriture.

— Tu ne viendras pas dire que je ne t'avais pas prévenu…

Là-dessus, je lui fais acheter un sundae, un feuilleté à la saucisse et un granité.

— Madame, fait-il d'une voix traînante. Vous avez l'appétit d'un cheval.

— Et vous, la face d'un cheval. Tout est donc pour le mieux.

— Vous allez à l'université, désormais. Vous n'avez officiellement plus l'âge de faire ce genre de plaisanteries.

— Mais elles représentent à peu près quatre-vingt-quinze pour cent de mon numéro comique !

— Hélas, soupire Jack. De quoi vas-tu vivre, à présent ?

— Comme une étudiante digne de ce nom ! je proteste. Fauchée, tout le temps bourrée, en manque de sommeil… tout le temps.

Son regard s'adoucit.

— Parfois, j'ai l'impression… de ne pas être à ma place. Que je devrais faire autre chose de ma vie, aujourd'hui, tu vois ce que je veux dire ?

Il passe une main dans mes cheveux. Je lève les yeux, sidérée. Les lèvres de Jack s'étirent dans un demi-sourire typique.

— Je sais.

Ma langue est bleue à cause du délice sucré digne d'une usine Haribo. Jack me dit que je vais mourir à force de manger ce genre de trucs, ce à quoi je lui réponds que ma volonté est plus forte que le diabète. Il se moque de moi. Mais moi de lui ensuite une fois que nous nous retrouvons à bord du bateau pirate et qu'il semble prêt à se faire pipi dessus.

— Ça va ? je hurle devant son visage blême.

Ses lèvres sont crispées et ses poings serrés, mais il parvient à me hurler une réponse en retour.

— Oui, oui, super bien !

— Tu es aussi pâle qu'un revenant ! Si jamais tu es un vampire, tu devrais me le dire avant que je mange du pain à l'ail ! fais-je en désignant un stand en contrebas.

— Je vais bien ! réplique-t-il d'un ton cassant.

Je lève les bras et pousse un cri de joie au moment où le bateau arrive tout en haut. Jack jure comme un beau diable et balance un bras en travers de ma poitrine en guise de ceinture alors que je n'en ai pas besoin vu que j'en ai déjà une, et énorme.

— Tu as le vertige ! je m'exclame, essoufflée, au moment où nous descendons du bateau.

Jack titube légèrement. Il agrippe le bord d'une poubelle à proximité.

— Je n'ai pas peur ! insiste-t-il, le teint vert. J'ai juste une méfiance compréhensible à l'idée de me retrouver suspendu à quinze mètres au-dessus du sol dans une espèce de pendule qui se balance sauvagement.

— Les lois de la physique nous protègent, fais-je avant de lui frotter le dos avec sympathie. La seule manière pour nous de mourir aurait été qu'un essieu central se détache. Ou si on pesait chacun trois cent cinquante kilos.

J'attrape une barbe à papa sur un stand et regarde Jack en attendant qu'il paie. Il ronchonne avant de sortir un billet de cinq dollars de son portefeuille.

— À ce rythme, tu pèseras bientôt trois cent cinquante kilos.

— Mais je serai aussi sexy qu'aujourd'hui, je déclare en reniflant avec dédain avant de fourrer une grande bande de barbe à papa dans ma bouche.

Jack ricane de nouveau. Il se penche, si près de mon visage que je pense qu'il va m'embrasser. Tout ralentit autour de nous. Les lumières se mettent à clignoter et les voix deviennent soudain graves et déformées. Mais Jack se contente de croquer dans ma barbe à papa et de se redresser. Le temps reprend aussitôt son cours normal. Histoire de punir Jack, je me dirige vers le grand huit. Il râle de façon sonore, mais me suit malgré tout.

Mais lorsqu'il s'arrête devant une autre poubelle en se demandant s'il va vomir ou non, la pitié me gagne, et je l'entraîne vers l'allée des jeux. Pêche aux canards, tir aux ballons… il y a tout ! Jack me suit à grandes enjambées.

— Hé ! Ralentis un peu, tu veux ?

— Ta requête a été soigneusement étudiée par le comité de Moi-même, et rejetée.

— Tu aurais dû venir ici avec Kieran, ajoute-t-il.

— Pourquoi ? Tu n'aimes pas les kermesses, hmm ?

— Non, c'est juste qu'il est ton…, commence Jack avant de froncer les sourcils. Vous n'êtes pas… ?

— Non. Il est sympa. C'est un ami. Mais non. Adorable, mais trop normal. À long terme, être normal égale un énorme non, non et non !

Je sens le regard de Jack posé sur moi. Ce qui gêne une grande part de ma personne. J'attrape un fusil sur un stand de tir et le pointe vers son front. Il prend un air terrifié parfaitement adapté.

— Tu vises du mauvais côté, déclare-t-il d'un ton pince-sans-rire.

— Non, non, c'est bien le bon, j'insiste.

— Mademoiselle, s'il vous plaît ! Les cibles sont derrière vous, fait le type du stand avec nervosité.

Je me tourne et lui jette un coup d'œil, puis au panneau, et enfin au gigantesque panda en peluche offert en guise de lot toutes les cinq cibles atteintes.

C'est parfait. C'est Mlle Cupcake, en énorme. Ou M. Cupcake, plutôt. Je le veux !

— Filez-moi des balles.

Il s'étrangle à moitié.

— Pardon ?

— Six balles ne suffiront pas. Donnez-m'en plus.

— Six balles suffiront, intervient Jack en tendant des billets au type.

Il me prend le fusil des mains.

— Regarde et apprends.

— Oh, ça va être trop bon ! Et par bon, je veux dire hilarant.

Je m'adosse contre le stand et le regarde se mettre en position. Il appuie sur la détente. Son tir atteint l'œil du taureau de la première cible, qui explose dans un jet de peinture rose. Jack se tourne vers moi, un sourcil haussé en « je te l'avais bien dit, gamine ». Je me moque.

— Et alors ? Tu t'es entraîné avec des pistolets à eau. Hip, hip, hip, hourra !

Jack va se planter devant l'autre cible, qu'il atteint, ainsi que la troisième et la quatrième. Il ne lui faut chaque fois qu'une seule balle, qui termine chaque fois pile au centre. Le type du stand siffle. Jack me regarde avant la cinquième cible.

— Soit tu as appris deux, trois trucs à l'école des gardes du corps, soit tu es un tueur en série.

— Je suis doué pour faire du mal.

Jack juche le fusil sur sa hanche inclinée. C'est tellement insupportable d'arrogance que je voudrais le pousser dans la piscine à balles près de nous et/ou lui rouler sauvagement une pelle.

— Rien de nouveau, n'est-ce pas ?

Un petit rire désespéré lui échappe. Son regard est

un peu plus froid. Je regrette d'avoir fait le commentaire sur le tueur en série, mais avant que j'aie pu m'excuser, il se met en position et atteint la cinquième cible. Le type du stand lui dit de choisir un lot. Jack s'interroge pendant une demi-seconde avant de choisir le panda géant. Il se tourne ensuite vers moi et me le tend. Je ravale mon cri de surprise.

— Qu'est-ce que tu…

— Je t'ai vue t'extasier. Il est à toi.

— Nan…, fais-je en fourrant M. Cupcake dans ses mains. Donne-le à Hémorroïde. C'est ta petite amie, après tout.

— On n'est jamais vraiment sortis ensemble, fait-il en le posant sur ma tête.

Les jambes en peluche me cachent les yeux.

— Et je lui ai dit hier que je ne voulais plus la voir.

J'étouffe le frisson qui court dans mes veines et prends une expression noble beaucoup plus adaptée.

— Tss, tss… J'ai l'impression que tu utilises toutes ces femmes et que tu les jettes ensuite comme de vulgaires kleenex.

— La plupart de ces femmes m'ont utilisé *moi*, fait-il d'un ton soudain sombre.

Je serre le panda contre ma poitrine tout en essayant de ne pas m'appesantir sur la douleur dans sa voix. Il l'a toujours bien cachée, mais je l'entends, là tout de suite. Nous vieillissons vraiment.

— Tu y penses, parfois ? je demande en trottinant le long de l'allée des jeux pour nous obliger à rester en mouvement. Que ton expérience d'escort ait pu t'affecter plus que ce que tu voulais bien le reconnaître ?

— Je te l'ai déjà dit auparavant et je te le redis : ça ne signifiait rien pour moi. Je ne ressentais rien…

— Tu te sentais utilisé, je l'interromps. Tu n'avais pas envie de le faire, même si tu répètes que c'était purement professionnel. Être réticent n'est pas accepter. C'est être réticent, point barre.

Jack ne dit rien. Je désigne la grande roue et lui souris.

— Allez viens. Ça va lentement et si tu ne regardes pas en bas, tu as juste l'impression d'être suspendu à des millions de kilomètres en l'air.

La nacelle se balance et Jack semble nauséeux, mais les lumières de la fête foraine en dessous sont trop magnifiques pour être ignorées. Même par un Jack vert nausée. Nous observons les arcs roses et verts et les points bleus et blancs trembloter tandis que nous montons et que la musique s'éloigne. Nos genoux se touchent presque.

— Comment va ton bras ? me demande Jack.

Je regarde le pansement avant de hausser les épaules.

— Je ne vais pas me transformer en zombie. C'est déjà ça.

— Je me suis inquiété, déclare-t-il avec hésitation. Non pas que j'aie encore le droit de le faire. Mais je me suis vraiment inquiété et je n'ai pas pu m'en empêcher. Je suis content de voir que ça va, que tu vas bien.

— Est-ce que je vais bien ? je lance en riant. Je n'en sais rien.

— Tu parais aller mieux. Quelque chose dans ton visage est moins triste qu'avant.

Je regarde dehors par la fenêtre de la cabine. Je brûle de lui dire que j'ai parlé à Jemma, mais ce n'est pas le bon moment. Le lui raconter convoquerait

Sans-Nom et je veux qu'il n'y ait que nous deux, là tout de suite.

— Quand on plisse les yeux, la fête foraine ressemble un peu à une galaxie, vue d'en haut.

Si c'était un film, la grande roue se retrouverait coincée. Ou un feu d'artifice démarrerait. Mais elle se contente de s'arrêter alors que nous sommes au sommet. Jack observe de nouveau mon visage. Mon estomac se ratatine sur lui-même. Je devrais dire quelque chose. Mais l'instant passe, et la grande roue commence à redescendre. Sauf que rien ne se mettra jamais plus en travers de mon chemin, une roue de hamster géante éclairée par des LED encore moins…

— Isis… Tu penses à voix haute…

— Je t'aime. Je suis désolée. Je suis désolée de dire ça, mais je t'aime. Et tu n'es pas obligé de… ça ne t'oblige pas à faire ni à dire quoi que ce soit. Je pourrais te raccompagner au campus après ça si tu ne veux plus jamais me parler. Je comprendrais, parce que tu as l'habitude que des filles te fassent des déclarations et tu détestes ça. Mais je me suis rendu compte de pas mal de trucs ces derniers temps, et le plus énorme est que je t'aime sûrement. Je n'en suis pas sûre, mais je crois que oui. Ce n'est pas hyper romantique ou rassurant de ne pas être sûre, mais je ne sais pas vraiment ce qu'est l'amour. J'en ai juste appris la définition. En gros. Mais je sais que ce que j'éprouve pour toi y correspond assez, et je veux en savoir plus. Et je pense que tu pourrais m'aider à apprendre. Si tu pouvais juste m'aimer en retour, ce serait vraiment génial, mais si tu ne peux pas… je comprendrais.

Jack se penche vers moi. Pour m'embrasser, cette fois. Ce baiser ne brûle pas mon âme et ne me donne pas envie de m'évanouir comme dans les livres, mais je peux le goûter, le sentir. Jack m'embrasse moi, moi entre toutes les filles. Il a ce sourire que je l'ai seulement vu adresser à Sophia, quand il s'écarte. Et il s'adresse à moi. Tout doré, tout doux, sincère tandis que Jack pose son front contre le mien. Ce sourire est mieux qu'un feu d'artifice.

— Espèce de crétine… Je t'aime, moi aussi.

Je me fige, tremblante, refusant d'y croire.

— Tu ne… tu ne déconnes pas ? Tu penses *vraiment* ce que tu viens de dire ? Parce que… je ne voudrais pas me faire de faux espoirs. Je ne pourrai pas le supporter s'ils étaient encore anéantis, tu comprends ? Ça fait trop mal.

Je ris alors que je suis sur le point de pleurer. Jack prend mon visage entre ses mains et plante son regard bleu glacier dans le mien.

— Je t'aime, confirme-t-il. Depuis cette nuit dans la chambre marine, j'ai envie de t'aimer. Je veux prendre toute ta douleur, te tenir dans mes bras et te protéger, te faire rire, sourire, et te montrer ce que c'est, l'amour. Ça fait si longtemps que j'ai envie de te montrer que tu vaux la peine d'être aimée pour la personne que tu es… J'ai essayé de le nier, de me convaincre moi-même que… que je n'étais pas assez bien pour toi, que je te ferais juste du mal. Et je l'ai fait. Je suis désolé. J'avais peur. J'avais peur d'aimer quelqu'un d'aussi délicat, magnifique et unique que toi. Je savais que la chance ne passerait qu'une fois, et l'idée de merder me terrifiait. De te rendre encore plus triste et encore plus convaincue que tu n'es pas digne d'être aimée. J'avais peur de mes propres défauts. Et à cause de ça, je t'ai fait du mal.

Je renifle. Jack essuie du pouce la larme qui m'a échappé.

— Je suis désolé, murmure-t-il. Je t'aime. Pardonne-moi.

J'agrippe le col en flanelle de sa chemise et l'embrasse de nouveau, encore et encore. Il fait courir sa main le long de ma colonne puis prend doucement mes joues entre ses mains. Je voudrais que ce moment dure pour l'éternité.

Le préposé à la grande roue ouvre notre porte lorsque nous regagnons le sol. Je tire aussitôt Jack à l'extérieur pour l'entraîner loin de là. Je ris et laisse le vent sécher mes larmes de bonheur. Nous courons jusqu'à la voiture avant de nous arrêter pour nous embrasser contre un stand de donuts, l'odeur du sucre et de sueur se mêlant dans nos cheveux. J'essaie d'ouvrir la portière dans l'obscurité tandis qu'il m'embrasse dans le cou. Je lui flanque un petit coup de coude pour l'arrêter, mais il rit et se glisse côté passager. Il passe l'intégralité du trajet à me chatouiller la paume de la main.

* * *

— Ça pourrait tout gâcher ! On pourrait ne plus être amis pendant une éternité, après ça. On a le temps, dit Isis tandis que nous descendons de sa voiture et qu'elle la verrouille.

Je fais le tour et lui prends la main. Elle serre la mienne, les joues roses.

— On peut être juste des amis, comme avant. Ou ennemis. Mais faire comme avant, en tout cas.

Ma poitrine se gonfle. Avant que j'aie pu m'en

empêcher, je passe les doigts dans ses cheveux et l'attire vers moi pour l'embrasser avec fougue. Sa surprise se transforme en désir et sa respiration se fait haletante. Elle m'embrasse *elle*, alors, jusqu'à ce que je m'écarte.

— Je te veux, Isis. Pas comme amie. Pas comme ennemie, mais comme la plus belle fille que j'aie jamais vue.

Le silence retombe – un fil en suspens qui se balancerait dans le vent. Elle finit par sourire et par m'entraîner par le bras. Nous rions lorsque je manque percuter la porte vitrée de son bâtiment. Elle fourre la clé dans la serrure de la porte de sa chambre, qui s'ouvre grand ; sa coloc dort chez quelqu'un d'autre, cette nuit. La pensée d'avoir Isis toute à moi dans une pièce fermée avec un lit moelleux envoie des vagues de désir brûlant le long de ma colonne. Elle m'embrasse à nouveau, puis balance ses chaussures pendant que je retire les miennes. Elle m'entraîne vers le lit aux draps défaits. Elle est un feu brûlant qui consume chacune de mes pensées. Ses doigts courent sur mon torse. Je retire ma veste pour l'aider, pour la sentir. Je lui mords la lèvre et elle mord la mienne en retour, un petit éclair de douleur me pousse un peu plus vers la délicieuse limite. Ses mains insistent, errent du côté de mes épaules et de mon dos avant de glisser plus bas, vers mon nombril…

— Isis…, fais-je en lui attrapant les mains et en plongeant mon regard dans le sien. Écoute-moi. Je ne peux pas… je ne peux pas te donner ce que tu veux. Je commence tout juste à me reconstruire. Tu devrais bien réfléchir. Trouver quelqu'un de moins cassé que moi.

Elle fronce les sourcils et se laisse aller contre mon torse avant de murmurer :

— Ça a l'air tellement chiant…

— Je suis sérieux, Isis. Tu mérites quelqu'un de mieux.

— Moi aussi, je suis sérieuse !

Elle lève des yeux étincelants. Sa bouche fait une moue boudeuse.

— Je me fous de ce que tu peux ou non me donner. Je te veux *toi*. Même si tu es cassé. Personne d'autre. Je veux *Jack*.

L'excitation qui gagne alors mon cœur est presque douloureuse. Je me désagrège comme un château de sable sous une vague, j'attire Isis sur le lit avec force et précipitation. Je m'assois et me calme de peur qu'elle soit en colère ou effrayée, mais elle rit et me tend les bras.

— Allez viens, espèce de crétin.

Ses cheveux sont étalés sur les oreillers. Son chemisier remonté dévoile la peau crémeuse de sa hanche. Doucement, lentement, je me penche et embrasse sa taille nue, puis soulève son chemisier plus haut avec le nez tout en continuant de l'embrasser. Elle pousse des petits cris hilares, qui se transforment en gémissements lorsque j'atteins la bordure de son soutien-gorge. Je me redresse et la regarde dans les yeux en tirant dessus.

— Ça, ça s'en va.

Elle hausse un sourcil et s'assoit en attrapant le bas de ma chemise.

— Ça aussi, alors.

Je la retire d'un geste fluide et regarde ses yeux s'illuminer tandis qu'elle m'attire contre elle. Elle pose les lèvres sur ma peau et embrasse le contour de chaque muscle. Je ne peux me retenir de haleter lorsqu'elle arrive plus bas.

— Isis…

Elle enfouit son nez dans ma peau et se met à la renifler.

— Tu sens le miel…

Je grogne et la repousse doucement sur les oreillers.

— Et toi…, fais-je en sentant son poignet, ses cheveux, le creux entre ses seins – ce qui me vaut un petit cri perçant et une tape sur la tête –, tu sens l'été et la cannelle. Je pourrais te manger. Je *vais* te manger.

Isis rougit.

— Si j'avais su que tu faisais dans le cannibalisme, je t'aurais dit non dès le départ.

— Trop tard ! fais-je en souriant avant de lui lécher le cou. Tu es à moi, maintenant.

Isis soupire, les épaules crispées quand je la chatouille trop. Nous rions. Je lui retire son chemisier avec des mains timides. Elle n'arrive pas à me regarder. Ses yeux errent d'un endroit à l'autre pour m'éviter tandis que je la contemple.

— Je peux ?

Elle opine, les lèvres de nouveau en moue boudeuse. Je fais courir mes doigts sur son ventre. Sa douce peau laiteuse est sillonnée de petites lignes pâles et verticales autour de son nombril.

— C'est moche. Je sais. Désolée…

Je me penche et les embrasse l'une après l'autre, puis les cicatrices sur son poignet. Elle se met alors à pleurer avant de tendre les bras pour m'embrasser férocement, pleine de désir. Elle s'assoit ensuite sur moi et m'embrasse les clavicules, le cou, les bras, le torse, puis de nouveau le nombril dans un ouragan de souffles torrides.

— Isis, tu…

— Chut…, m'interrompt-elle aussitôt en défaisant les boutons de mon jean pour me le retirer d'un coup sec.

Elle sourit à la vue de mon caleçon.

— C'est entièrement ta faute…, dis-je d'un ton pince-sans-rire.

Elle se contente de chantonner joyeusement et se met à me caresser en réponse. Je fonds sur place. J'ai imaginé cette scène tant de fois, mais rien ne remplace la réalité, la vraie Isis, tout sourire, rouge et à moitié nue. Tous mes fantasmes deviennent réalité. Le besoin intense qu'elle me touche se concentre en cet instant.

Sauf que non. Ce n'est pas comme ça que notre première fois devrait se passer. Je renverse Isis sous moi. Elle pousse un cri perçant, la mine boudeuse. Je l'embrasse entre deux murmures.

— Tu auras… tout le temps… de t'amuser avec moi. Mais ce soir… il n'y a que toi… et ce que je peux faire pour toi.

— Tu pourrais t'allonger et me laisser découvrir pourquoi on fait ce pataquès à propos des pénis, suggère-t-elle.

— Comme je te l'ai dit, tu auras tout le temps pour ça. Pour le moment, je veux que tu te sentes à l'aise. Et ensuite, je te ferai hurler.

Elle pousse un petit cri et cache son visage entre ses mains.

— T'as pas le droit de dire des trucs pareils, espèce de crétin !

Je souris avant de défaire son soutien-gorge et de l'enlever.

— Hé ! fait-elle en croisant les bras sur sa poitrine. T'as pas le droit de regarder !

— Tu as bien vu les miens !

— Ils sont tout petits et pathétiques !

— C'est vrai.

Je pose les lèvres sur la peau fine au-dessus de ses seins et commence à suivre le tracé de ses veines.

Elle se détend lentement, très lentement, jusqu'à ce que sa résistance s'évanouisse, remplacée par de la gêne. Elle plaque ses avant-bras sur ses yeux.

— C'est bon. Tu peux regarder.

Une personne ordinaire ne se serait pas rendu compte de ses généreux atouts, vu qu'elle portait toujours des vêtements un peu trop grands. Mais j'avais eu l'occasion de les entrapercevoir et deviné la vérité, désormais confirmée. Jolis, ronds, en goutte d'eau parfaite, le sein droit légèrement plus gros que le gauche. Et tremblants.

— Isis… Qu'est-ce qui ne va pas ?

Elle secoue la tête.

— Ils sont bizarres.

— Regarde-moi, Isis.

Elle jette un petit coup d'œil par-dessus ses avant-bras.

— Tu me crois si je te dis que j'ai vu beaucoup de seins dans ma vie… non ?

Elle fronce les sourcils et soupire.

— C'est bon, j'ai compris. Ils sont vraiment bizarres comparés à la centaine de paires de seins que tu as vus…

— Ils sont magnifiques.

— Tu ne penses pas ce que tu dis.

— Si.

Je me penche et embrasse l'un d'eux.

— Je n'ai jamais vu de seins plus adorables. Et ils me font beaucoup d'effet. Tout ton corps me fait beaucoup d'effet. Mais ça, tu le sais.

Je souris. Elle se tortille tandis que ses doigts commencent à chercher son short en jean à tâtons. Je défais le bouton du haut pour l'aider, lorsqu'elle m'arrête.

— Euh… Emballe ton kiki. Euh… Si tu veux pas d'ennuis.

Je glousse avant de me tourner pour fouiller ma veste étalée par terre. Je sors un préservatif d'une poche.

— J'en ai toujours sur moi. Une habitude.

Elle plisse le front, sans doute mécontente à la pensée des autres filles qui ont contribué à ce que je prenne cette habitude. Je me penche et lui embrasse le cou en remontant jusqu'à son oreille pour lui murmurer :

— Oh, ne fais pas cette tête ! Ça fait des mois que tu es la seule avec qui j'ai envie de m'en servir. La seule. Bon sang Isis, je ne veux que toi depuis tellement longtemps…

Elle m'interrompt et m'embrasse. Je me recule et caresse son ventre qui se tend et se détend. Elle m'aide à retirer son short, qui atterrit sur son ordinateur. J'arrête ma main au niveau de l'ourlet de sa culotte – blanche avec un ruban rouge – et lève les yeux. Isis ne tremble pas. Elle ne paraît pas nerveuse.

— Si jamais tu te sens mal, dis-le-moi tout de suite.

— OK, fait-elle avant de déglutir.

— Si tu ne veux plus, tu me le dis. À n'importe quel moment. Je m'arrêterai.

Elle opine. Je soupire et me penche vers elle pour poser mon front contre le sien.

— S'il te plaît, promets-le-moi. Promets-moi de communiquer avec moi. Je peux voir les signes physiques, mais je ne peux pas lire dans les pensées.

— Je sais. Désolée. OK. OK !

Elle inspire à fond. Son regard est déterminé.

— Je te le promets. Maintenant, tais-toi, embrasse-moi et enlève ce satané caleçon.

* * *

Et il le fait.

— Ça va ? me demande-t-il avec un regard paniqué.

— Recommence, je lui demande.

Et il s'exécute, encore et encore jusqu'à ce que mes bras s'enroulent autour de lui et que mes cuisses l'écrabouillent. Ses doigts sont différents, plus longs et plus fins. Ils atteignent des endroits hors de ma portée, qui me font haleter, me tortiller, et finalement, *finalement*, exploser en silence.

— Espèce d'idiot…

Jack s'assoit.

— Qu'est-ce qu'il y a ?

— Et toi ?

— Tu joues à un jeu très dangereux.

Son sexe pointe. La glace dans ses yeux n'est plus que de l'eau de source, douce et embrumée de désir. Il rejette la tête en arrière. J'embrasse son cou exposé quand je me retrouve de nouveau sur les oreillers. Les cheveux devant ses yeux, Jack plaque ses mains sur mes épaules et me lèche du cou jusqu'aux seins. Je cambre le dos. Un bruit sourd de plastique se fait entendre. Je ressens ensuite une soudaine pression. Je devrais avoir peur ou mal. Ma tête et mon passé me disent que ça devrait me terrifier. Mais je me sens juste en sécurité tandis qu'il se glisse en moi avec des mouvements lents et prudents.

Je me sens remplie. La légère sensation d'inconfort disparaît rapidement. Et je ne veux pas le dire à Jack maintenant. Pas quand son expression est aussi satisfaite. Il pousse un grognement rauque tout en couvrant mon cou de baisers.

— Je suis désolé... Tu vas bien ? J'aurais dû te demander, te prévenir...

— C'est bon. Vraiment. Je n'ai pas eu mal du tout.

Il ne paraît pas convaincu. Je lui souris.

— Je te dis la vérité.

— Promis ?

— Promis, je lui assure. Juste... essaie juste de moins bouger. Pendant un petit moment. C'est un nouveau territoire, tout de même.

— Je crois que « inexploré » est le terme que tu cherches.

Il rit dans sa barbe. Je le frappe avec ma petite culotte. Nous restons là à respirer, et moi à m'habituer à la sensation de quelqu'un en moi. Jusqu'à ce que la pression diminue.

Et que je sente vraiment Jack pour la première fois. J'en gémis.

— Jack...

— Dis-le encore.

— Jack...

Je m'enroule autour de lui. Mes jambes remontent d'elles-mêmes pour agripper son dos.

— Oh, mon Dieu…, râle-t-il dans mon cou. Ce que tu m'as manqué ! Tu m'as tellement manqué, Isis. C'est tellement bon de t'entendre dire mon prénom.

Je le répète de plus en plus fort malgré moi.

Chapitre 15

Zéro an, zéro semaine, un jour

Jack n'apprécie pas que je prenne toutes les couvertures.

Ou que je le mate pendant qu'il dort.

Je le sais parce que A) je connais Jack, et il n'aime pas qu'on le mate à moins d'être payé pour ça et B) chaque fois que je tire sur les couvertures entortillées autour de ses jambes, il grimace dans son sommeil. Alors, je fais ce que tout être humain digne de ce nom et respectueux d'autrui ferait, soit continuer de tirer.

Jack grogne avant de se couvrir les yeux. Le soleil du petit matin pare d'or ses cheveux ébouriffés. La lumière illumine sa poitrine et projette une ombre sur son ventre, son cou et sa gorge nus. Je voudrais fourrer mon museau dans le creux de son épaule et vivre là pour toujours. Ça semble irréel – comme si à n'importe quel moment, un réveil allait se mettre à hurler et que j'allais me réveiller dans le vrai monde, dans mon vrai lit, seule, frigorifiée, triste et convaincue que personne ne m'aimera jamais.

Mais il m'a embrassée.

Il a embrassé mes vergetures et mes cicatrices.

Il m'a traitée comme une personne respectable, digne d'être adorée et aussi délicate que du cristal.

Il est là. J'en reviens à peine.

J'en reviens à peine qu'un garçon aussi beau, intelligent, gentil, intéressant ait pu avoir envie – *brûlé* d'envie – de coucher avec moi.

~~*Personne ne voudra de toi*~~.

Jack me veut pour celle que je suis.

Et je trouve encore plus incroyable qu'il soit resté après, qu'il soit encore là, qu'il n'ait pas changé d'avis et qu'il ne soit pas parti. Il n'est pas le fruit de mon imagination. Il est bien réel. Je me vautre dans son odeur pour faire durer le luxueux brouillard doré de ce lit chaud défait avec ce garçon ébouriffé dedans, pour qui j'éprouve un paquet de sentiments horripilants.

Jack finit par ouvrir des yeux bleus endormis et me surprend en train de le dévisager. Il éclate d'un rire féroce.

— Bonjour, espèce de magnifique chose flippante.

— Je complotais. Pour trouver la meilleure manière de te tuer dans ton sommeil.

Jack se penche et plante un baiser sur ma paume.

— Fais en sorte que ce soit long. Interminable, même. J'adore souffrir.

— Raison pour laquelle je prévois justement de faire court. Au niveau du cou, pour être tout à fait précise.

Il tapote mon avant-bras du doigt.

— Tu n'arriverais pas à me trancher la gorge même si tu essayais.

Je l'escalade et m'assois sur lui en essayant de passer mes bras autour de son cou. Il me repousse avec douceur et finit par m'attirer contre lui, hilare.

— Tu es vicieuse.

— Tu disais « mesquine », avant, il me semble, je corrige dans le creux de son oreille.

Il parcourt doucement ma colonne de la main.

— Comment tu te sens ? Pas de douleur ?

— Je suis cassée en deux et je ne remarcherai plus jamais, fais-je d'un ton pince-sans-rire.

— Clairement, ironise-t-il en me serrant plus fort. Et comme ça, tu ne pourras plus jamais t'échapper.

Je hausse les yeux au ciel et roule sur le côté.

— Allez, debout. Une nouvelle journée nous attend, glorieuse et pleine de futures déceptions. Et de nourriture.

Il ne se lève pas. Il me regarde enfiler mon short et un tee-shirt en grognant avant de fourrer son visage dans son oreiller.

— Je ne veux pas. Je déteste le monde extérieur. Je veux rester ici pour toujours.

— Je n'ai pas assez de Doritos pour qu'on reste dans cette chambre « pour toujours », j'avance avant de grimacer tandis qu'une douleur affreuse traverse mon pelvis.

Jack bondit du lit et m'attrape par le bras.

— Ça va ?

— Tout n'est que douleur. Je me meurs...

— Je t'avais prévenue.

— Non, pas du tout ! Tu m'as juste dit des trucs dégoûtants !

— Qui t'ont fait rire.

Je rougis. Il me prend dans ses bras et me ramène sur le lit en soupirant dans mes cheveux.

— Ça fait des années que je n'avais pas ri comme ça. Merci.

— Tss, tss, quel genre d'escort es-tu ? C'est moi qui suis censée te remercier. Ou te payer.

Je me penche par-dessus le lit et cherche à tâtons autre chose que de la poussière. Mes doigts trouvent le soutien-gorge qu'Yvette m'a donné. Je le fourre dans le creux de la main de Jack.

— Tiens, voilà. Pour tes bons services.

Jack grogne et me mord le cou.

— Je crois que je mérite un peu plus que ça.

— Je ne sais pas..., je gazouille. Prouve-le d'abord.

Il me renverse sur le dos et pose son front contre le mien.

— Le prouver ? Et cette nuit ? Tu en fais quoi, hmm ?

— C'était un échauffement. Une mise en bouche. Sauf que, euh... ne mêlons pas des analogies culinaires bizarres à tout ça. Je ne veux pas être comparée à un restaurant.

— Tu es le meilleur des restaurants. Trois étoiles au Michelin, affirme Jack.

Je le repousse. Il rit puis remet son caleçon. Yvette choisit ce moment précis pour ouvrir la porte et avoir un aperçu complet de Jack. Elle le fixe, puis moi, puis le visage de Jack, et opine comme une amatrice d'art expérimentée avant de proclamer :

— Neuf sur dix.

Moi, Isis Blake, je décrète que le sexe est OK.

J'ai une ~~petite~~ gigantesque banque de données mentale sur ce qui est OK ou non, et le sexe vient d'être retiré du registre des pas-OK et flanqué dans le livre des OK, le tout en moins de deux semaines. Jack et moi faisons la navette entre ma chambre et la sienne, alternant selon la présence ou l'absence de nos colocs respectifs, volant chaque moment de calme pour les rendre beaucoup moins calmes. Je découvre chacun de ses grains de beauté, chaque petite cicatrice d'enfance, chacun de ses points faibles. De gigantesques problèmes à la con planent au-dessus de nos têtes, comme la vidéo… Mais je les mets eux et Sans-Nom de côté et me prélasse dans ma toute nouvelle obsession pour Jack. L'ancien Prince de Glace est chatouilleux derrière les oreilles, les genoux et les hanches, et il est encore très Prince de Glace : froid, posé et logique. Coucher ensemble n'a pas changé ça. Rien n'a vraiment changé, en fait. Je pensais que le sexe nous transformerait, mais non. J'enfonce de force des oursons Haribo dans sa sublime bouche, il me tire en arrière pour m'éloigner de l'idiot qui menace de me rouler sur les pieds avec son skateboard. Nous nous affrontons par répliques interposées. Nous nous disputons. Débattons des points les plus subtils de l'histoire de l'humanité.

— Le père Noël existe, fais-je en attrapant un burrito sur le comptoir.

— Papa Noël n'existe pas, corrige Jack en s'écartant pour laisser passer un employé de la cafète avec un plateau rempli de piles d'assiettes.

— Quatre petits mots ridicules n'ont jamais convaincu personne à propos de rien.

— Si, au contraire. *C'est de la merde*, déclare Jack.

— Qu'est-ce qui est de la merde ?

— Les préquelles de Star Wars

— Oh, je vois ! Là, tu as *raison*. Du coup, je dois retirer ce que j'ai dit parce que j'avais *tort* et que tu viens de me convaincre à fond avec quatre petits mots. Pouah ! J'ai *horreur* d'avoir tort.

— J'*adore* avoir raison.

Il soupire. Je lui flanque un coup de pied sous la table, sauf qu'il est plus rapide et que je frappe le bois. Avec mon tibia.

— Aïe…

Il m'embrasse sur la tête.

— Tu l'as bien cherché.

Je pose d'un geste rapide mon front sur la table et fais semblant de sangloter.

J'ai des bleus partout. Je suis un élevage de bleus. Un vrai aimant à bleus, à cause de mon amant. Un jour, les futurs habitants de cette planète – qui ne connaîtront pas les bleus parce que leurs technologies seront si avancées que personne n'en aura plus – viendront me trouver et je leur montrerai ma peau. Je ferai alors la plus grande contribution à la civilisation humaine.

Jack est si impressionné qu'il en prend une gorgée de soda.

Parfois, je le surprends à sourire alors que je parle à tort et à travers. Mais c'est bien la seule chose qui ait changé.

Avant, le sexe était une forme floue, bizarre et inquiétante faite de culottes en dentelle et de femmes hurlantes comme dans les films porno, de « et si je sens bizarre ? » et de « et si j'ai un double menton vue en contre-plongée ? » Avant, je pensais que je devrais me raser partout pour être aussi glabre qu'un dauphin chaque jour de mon existence pour ne pas rebuter mon amant. Mais ça, c'était avant ; quand le sexe était une épée avec laquelle je ne voulais plus qu'on me blesse, un tigre qui m'avait déjà mutilée auparavant. Et j'aurais préféré entrer dans un puits de goudron corrosif plutôt que de retourner dans l'antre de ce tigre.

— Objection, votre honneur. Je ne suis pas un puits.

Je l'embrasse sur la joue et me lève.

— Je vais à la bibliothèque.

Jack se penche alors pour que je l'embrasse, ce que je fais. Il mordille ma lèvre inférieure avant de s'écarter.

— On se voit plus tard.

— Ta chambre ou la mienne ?

Il sourit alors avec un air entendu.

— Je pensais à quelque chose d'un peu différent, pour ce soir.

— Ah ouais ?

— Je dois faire mon rapport à notre cliente, déclare-t-il. Je dîne avec elle et nous essayons de rendre ça le plus informel possible. Ça aurait l'air encore plus informel, si tu venais.

— Je vois. Mais non. J'ai regardé assez de films pour savoir que c'est là que tu me balances à la CIA et qu'on me kidnappe pour faire des expériences sur moi.

— Il n'y aura pas d'enlèvement. Mais il y aura de la crème brûlée, en revanche.

Je réfléchis à sa proposition pendant deux très longues secondes et demie.

— Alors OK.

— Rendez-vous dans ma chambre à 20 heures. Mets une robe.

— Tu veux juste me voir en robe, espèce de pervers.

Il prend un air narquois.

— Je veux te voir dans toutes les tenues possibles. Mais surtout sans rien du tout.

Sans-Nom est sur ma liste depuis tellement longtemps. Mais je n'ai jamais eu le courage de mettre au point un plan pour le rayer de la liste jusqu'à aujourd'hui. Jack doit déteindre sur moi ; le fait que je n'aie pas défoncé la porte de Sans-Nom et tranché sa verge indique que j'ai appris à contrôler ma colère comme une véritable Princesse de Glace. Argh ! L'horreur !

Les gens disent qu'on est censé s'aimer soi-même tout seul comme un grand. Et j'ai essayé. Pendant quatre ans.

Mais maintenant que je sais que quelqu'un d'autre m'aime, c'est beaucoup plus facile de trouver le courage de m'aimer.

Ça ne se fait pas tout seul, et ça n'arrive pas d'un coup.

Mais c'est un début.

La seule robe que j'aie emportée avec moi à l'université est verte et plissée. Je l'avais achetée pour le bal de promo, mais elle n'a jamais servi. Jack porte une chemise blanche à col boutonné et un pantalon chic. Je m'inquiète soudain de ma tenue.

— Tu es ravissante, déclare-t-il en souriant.

Je fais la révérence.

— Est-ce que cet endroit est chic ? je lui demande.

Nous marchons jusqu'à la voiture. Je remonte le bas de ma robe et m'installe sur le siège passager avec la grâce d'une poule bourrée dotée d'un énorme popotin.

— Pas particulièrement.

Il quitte le parking.

— On me jettera dehors quand je me mettrai de la soupe partout ? Parce que j'adore me mettre de la soupe partout.

— Tant que tu ne cries pas que des Martiens débarquent, tu ne risques rien.

— Quoi ? Mais les Martiens font partie de ma prière traditionnelle aux dieux des desserts !

Il m'adresse un regard appuyé que je traduis par « s'il te plaît, ne hurle pas des trucs à propos des Martiens ».

— OK, d'accord, je souffle. Je ferai semblant d'être normale. Mais ne joue pas les surpris quand je tomberai sur le côté et que je mourrai d'embolie pulmonaire. Des suites d'une overdose d'ennui pur.

Il prend ma main et l'embrasse sans rien dire.

Le restaurant se situe dans un petit immeuble en verre foncé coincé au bout de Main Street. Jack me tient la porte. Je me glisse à l'intérieur. L'hôtesse d'accueil m'adresse un sourire lumineux, et un encore plus lumineux à Jack. Il demande alors la table de Vanessa, à laquelle la jeune femme nous conduit au milieu de rangées de box en bois sombre éclairés par des bougies. Une femme aux longs cheveux noirs en robe de soie chic bleue touille un thé glacé. Elle se lève et m'adresse un étrange sourire tandis qu'elle se penche pour me prendre dans ses bras.

— Ça fait tellement longtemps !

Elle rit et serre Jack contre elle à son tour. Nous nous asseyons, même si mon popotin semble plus désorienté que les leurs.

— Euh, bonjour… Je suis Isis, et aussi extrêmement gênée.

— Jack m'a beaucoup parlé de toi.

Le serveur arrive.

— Vous voulez quelque chose à boire ? nous demande Vanessa.

— De l'eau sera très bien, merci, répond Jack avant de me regarder.

Je ne sais plus où me mettre.

— Euh… un Coca sera parfait.

Le type opine. Vanessa et Jack le regardent s'éloigner avec des regards si acérés que je suis surprise que son dos ne se mette pas à saigner.

— Il représente une menace ? demande Jack à voix basse en parcourant le menu sans regarder Vanessa.

— Non, fait cette dernière en secouant la tête. Mais il m'a suivie depuis mon hôtel un peu plus tôt dans la journée. On devrait rester sur nos gardes.

— Ouah, attendez un peu… *ce gars* ? Il a l'air tout à fait normal.

Vanessa me sourit.

— Les meilleurs le sont toujours. Induisons-le en erreur grâce à une petite conversation pleine d'entrain, voulez-vous ? Comment ça se passe à la fac, Isis ?

Elle hausse la voix. Je joue le jeu et l'imite, même si je n'ai pas la moindre idée de ce qui se passe.

— Je suis larguée en chimie, fais-je dans un soupir. Je *déteste* cette matière – encore plus que les maths.

Vanessa rit.

— Eh bien au moins, tu sais dans quelle matière tu ne vas pas te spécialiser, comme ça.

Son regard ne me lâche pas, mais elle s'adresse alors à voix basse à Jack dans une même respiration.

— Tu as l'enregistrement ?

— Moi, j'adore la chimie, au contraire, déclare

Jack d'une voix plus forte. Mais je n'en ferai jamais ma spécialisation. Ça devient beaucoup plus dur en licence. J'envisage une matière scientifique plus simple, déclare-t-il avant d'ajouter à voix basse : sur la clé USB dans la serviette.

Vanessa acquiesce avec enthousiasme.

— Quand j'avais ton âge, j'ai arrêté la bio pour faire de la physique. Moins de cellules visqueuses, plus de chiffres… J'ai trouvé ça beaucoup plus facile.

— Ouais, j'interviens, sauf que la biologie permet de bosser sur des trucs trop cool, comme les wombats. Vous ne trouvez pas que leurs oreilles sont trop mignonnes ? Un chiffre n'arrivera jamais à la cheville d'un wombat. Bon, sauf le numéro 83, peut-être.

Jack et Vanessa me regardent avec des airs ébahis.

— Parce que si on le penche, ça fait une tête de chat, ha, ha, ha !

Un silence de mort accueille mon hilarité totale. Je rougis jusqu'aux oreilles. Quand soudain, Vanessa laisse tomber sa serviette par terre, avant de plisser le nez.

— Eh, merde…

— Tiens, fait Jack en lui passant la sienne. Prends la mienne.

Vanessa sourit et la pose sur ses genoux.

— Merci. Tu es prête pour tes examens, Isis ? continue-t-elle avec aisance.

— Je suis surtout prête pour les gambas au beurre à l'ail, fais-je en désignant le menu.

— Bien sûr ! Vous devez être affamés. Même si la cafète de votre fac a une sacrée réputation !

— Il y a surtout des burritos, mais ce n'est pas moi qui vais m'en plaindre. Mes intestins eux si, en revanche. Ce qui me fait penser que je dois aller faire pipi. Où sont…

Vanessa pointe un pouce vers le fond du restaurant en souriant.

— Sur la gauche.

Je passe près de Jack, qui m'attrape la main avant de la serrer.

— Tout va bien ? me demande-t-il.

— Je m'apprête à mettre de la nourriture dans ma bouche. Tout va *super* bien.

Il sourit et me lâche. Je file aux toilettes. Le serveur me jette un petit coup d'œil. Pas super subtil, le mec.

Même les toilettes sont classe : des comptoirs en marbre et du savon qui sent trop bon. Je m'observe dans le miroir. Mon maquillage évoque moins un raton laveur qu'un chat. J'ai grandi. Pas beaucoup. Mais un peu.

C'est un début.

* * *

Une fois Isis partie, je me tourne vers Vanessa.

— Elle est vraiment très jolie, déclare cette dernière. Beaucoup plus que ce que j'avais supposé.

— Quoi ?

— Oh, rien ! L'humour est une qualité qu'ont souvent les filles ordinaires.

Son compliment ambigu ne me décontenance pas. Je m'éclaircis la voix.

— La confession de Terrance est sur la clé USB que je t'ai donnée. Il donne leurs noms très clairement.

Vanessa sourit tout en regardant la carte avec intensité. Mais je sais qu'elle est concentrée sur notre conversation.

— Les aveux d'un dealeur de drogue ne suffiront pas, déclare-t-elle. Mais c'est déjà ça. Avec les codes d'accès, ça devrait permettre à notre équipe de travailler.

— Comment tu comptes obtenir ces codes ? Will se méfie de moi. J'ai essayé de l'approcher à plusieurs reprises, mais il a toujours réussi à me glisser entre les mains. Kyle est moins intelligent, mais Will l'a prévenu. Ils m'évitent l'un et l'autre.

Vanessa me dévisage alors. Je connais assez son langage corporel, maintenant, pour comprendre que je dois changer de sujet.

— Nous sortons ensemble depuis plusieurs semaines, maintenant, dis-je aussitôt. Elle est ma première véritable petite amie depuis très longtemps.

— Tu as toujours été du genre playboy.

— Puis-je prendre votre commande ? nous demande le serveur, qui s'avance derrière nous.

— Oui, merci. Il y aura des gambas au beurre à l'ail pour la jeune femme qui s'est absentée et un filet de saumon pour moi.

Le serveur opine en scannant notre table avec un regard d'aigle. Il s'attend à ce que Vanessa et moi nous passions des documents, c'est évident. Ce type est-il un ami de Will ?

Vanessa tapote le menu du doigt.

— Je prendrai le hot-dog de homard. Avec la salade en accompagnement. Merci.

Le serveur opine avant de prendre nos menus et de s'éloigner d'un bon pas.

— Il n'est pas très discret, tu ne trouves pas ? demande Vanessa en touillant son thé.

J'opine.

— Will est très amical en apparence. Il a dû dire à tous ses amis de garder un œil sur moi.

— Comment on va gérer ça ? Ce type va dire à Will que tu as dîné avec moi. Il pourrait renforcer ses défenses.

— Qu'est-ce qu'on fait ? je lui demande.

Vanessa réfléchit une seconde.

— Tu as dit qu'Isis connaissait Will, c'est bien ça ? Il lui aurait fait du mal par le passé et il la harcèlerait toujours. Si elle acceptait de jouer les appâts…

— Il n'est pas question que je la mette dans une position pareille, je l'interromps aussitôt. Jamais de la vie.

— Tu seras là pour la protéger.

— Ça n'est pas suffisant. Je ne lui demanderai pas de faire quoi que ce soit qui la mette mal à l'aise, point barre.

— Très bien. Mais nos options sont minces. On aurait plus de chances si on la laissait nous aider, c'est tout.

— Me laisser faire quoi ?

Isis est de retour. Elle passe à côté de moi avant de rejoindre sa place.

— Auriez-vous ragoté dans mon dos pendant que j'étais aux toilettes, hmm ? Dix millions d'années de cachot pour chacun de vous !

Je ne dis rien et Vanessa non plus. Toujours allergique au silence, Isis se tortille sur sa chaise.

— Je suis sérieuse ! De quoi est-ce que vous parliez ?

— De…

— Nous aurions besoin que quelqu'un installe un dispositif sur l'ordinateur de Will pour qu'on puisse réunir assez de données pour le faire arrêter, explique Vanessa.

Je m'attends à ce qu'Isis chancelle d'inconfort ou de douleur, mais elle se contente de hausser le menton.

— C'est le cas. Je le hais.

Vanessa sourit.

— Fabuleux ! J'imagine que tu aimerais encore plus que nous le voir derrière les barreaux.

— Ou mort…, fait-elle d'un ton léger.

Tellement léger que c'en est effrayant.

— Je ne suis pas très difficile.

Le sourire de Vanessa s'élargit un peu plus. Isis penche la tête comme si elle réfléchissait.

— Tu travailles pour le gouvernement, c'est ça ?

— Oui.

— Isis, ne fais pas ça…, dis-je avec fermeté.

Elle me sourit.

— Tout ce que je fais, c'est manger des crevettes et peut-être un dessert après.

Le serveur nous apporte nos plats. Nous dînons en poursuivant notre fausse conversation. Je me sens mal à l'aise. Vanessa est beaucoup trop sympa avec Isis. Elle regarde même des photos de chats sur son téléphone. Je comprends l'erreur que j'ai faite en l'emmenant ici, en la mettant en première ligne.

Maintenant que je l'ai retrouvée, il n'est pas question que je la perde à nouveau.

Une fois nos plats terminés, Isis commande une tarte aux pommes. Vanessa paie l'addition et me sourit.

— Je dois vraiment y aller. Vous n'avez qu'à rester et profiter encore un peu de la soirée.

— Où est-che que tu fas ? demande Isis, la bouche pleine.

— Il faut que je m'occupe de quelque chose, déclare

Vanessa avant de nous saluer tour à tour de la tête. Bonne nuit.

— Salut ! fait Isis en agitant frénétiquement une main avant de me regarder. Je l'aime bien.

J'essuie la trace de pomme sur sa joue.

— Elle est agent. Elle fait juste semblant.

Isis fronce les sourcils avec mauvaise humeur.

— Je pourrais le faire, tu sais.

— Faire quoi ?

— Installer ce matériel. Je suis sûre que Will me laisserait entrer dans sa chambre, si je frappais à sa porte.

— Isis, non. Il n'est pas question que tu te retrouves face à lui. Il t'a fait assez de mal comme ça.

— Raison pour laquelle j'ai besoin de me confronter à lui.

Elle suce son doigt couvert de crème fouettée avec un air pensif.

— Tu ne vas pas aller installer ce truc sur l'ordinateur de Will. Laisse-moi gérer ça. C'est mon boulot, pas le tien.

Elle me fixe avec des yeux sombres innocents et écarquillés avant de hausser les épaules.

— Très bien.

— Je suis sérieux, Isis.

— Une crise cardiaque aussi, accorde-t-elle. Je te le promets. C'est toi qui décides, bébé. Pouah ! Est-ce que je viens de t'appeler *bébé* ? Un bébé geignard, alors. Aux très jolies fesses.

La colère me quitte aussitôt, à ces mots.

Une fois dans la voiture, je m'éclaircis la voix.

— Si Will tente quelque chose, si jamais il te

menace, tu pourras toujours venir me trouver. Tu le sais, n'est-ce pas ? Je m'occuperai de lui.

— Je sais, répond-elle en regardant dehors par la vitre.

— Je te protégerai. Je te le promets.

— La ferme, fait-elle en se penchant. Embrasse-moi.

Ses lèvres sont du feu, de la pomme et de la cannelle qui effacent tous mes soucis. Nous ne rentrons pas directement au campus, je me gare près d'un parc non loin du restaurant. Isis grimpe sur mes genoux, et nous nous embrassons jusqu'à ce que le soleil disparaisse derrière les arbres. Mes mains glissent sous sa robe. Son odeur et ses halètements embrument la voiture d'un délicieux brouillard. Lorsqu'elle est sur le point de perdre le contrôle, elle enfouit sa tête dans mon cou et me mord.

— Je t'aime, murmure-t-elle. Je t'aime, espèce de crétin.

Lorsque j'arrête de la toucher, elle se met aussitôt à pleurnicher. Je plonge mon regard dans le sien, observant son expression troublée de plaisir se tordre de désir. Des perles de sueur brillent sur son front et son menton. Je les embrasse.

— Désolée. Je suis désolée de t'avoir traité de crétin. Allez, s'il te plaît…

Je ris et pose à nouveau mes mains sur elle. Elle halète aussitôt.

Plus tard, beaucoup plus tard, des siècles plus tard, une fois ivres de nos corps respectifs, après nous être retrouvés un nombre incalculable de fois à la limite, je retourne au restaurant et demande à voir le serveur. L'hôtesse d'accueil m'informe qu'il a démissionné, et demandé à ce qu'on remette une lettre à celui ou celle qui viendrait demander après lui.

Cher Jack,

J'espère que tu t'amuses bien avec elle. Parce que je me suis beaucoup amusé, pour ma part.

Tu as pris des nouvelles de Belina Hernandez récemment ?

Bien à toi,

Will

Mon estomac se serre. Comment est-il au courant ? Isis lui a-t-elle parlé de cette histoire ? Non… elle ne ferait jamais une chose pareille. Et je ne devrais pas sous-estimer les talents de limier de Will. Évidemment qu'il sait.

Si Will est au courant pour Belina, il l'est pour cette fameuse nuit, et pour Joseph. Et si jamais il lui a raconté ce que j'ai fait…

Mes pieds touchent à peine le ciment. Il lui a dit. Il a gâché ce que j'essaie de faire depuis des années. Belina me déteste. Elle a dû appeler la police, et on va venir m'arrêter. Je vais me retrouver en prison. Je ne pourrai plus voir Isis, la tenir dans mes bras, la protéger de Will. C'est ce qu'il cherche : me faire dégager du tableau. Et il connaît une veuve en souffrance qui ne demanderait pas mieux que de déverser sa colère sur la personne qui a tué son mari.

Je m'autorise plusieurs dépassements de vitesse sur le trajet pour Northplains. La maison de Belina n'a pas changé. Pourtant la peur de frapper à sa porte est deux fois plus grande, à présent. Je m'avance vers la femme dont le sang du mari souille mes mains.

Je dois le faire. Si je ne le fais pas, je ne reverrai plus jamais Isis.

Cette pensée me brûle. La douleur m'oblige à bouger les jambes et à descendre de voiture. Chaque marche que je gravis me donne l'impression qu'un millier de blocs de fer pèse sur mes épaules.

Je frappe à la porte. L'attente est une torture. Une femme au visage rond finit par répondre. Ses cheveux sont remontés en chignon et des rides de fatigue strient le contour de ses yeux. Elle porte un tablier sale, comme si elle avait passé la journée à faire le ménage. Son regard sombre me scrute tandis que son visage demeure inexpressif. Elle prend la parole la première :

— Jack ? Entre.

— Madame Hernandez, je...

— Entre..., répète-t-elle avec douceur en ouvrant la porte plus grand.

Un lourd silence retombe. J'ai l'impression de brûler vivant. A-t-elle prévu de se venger ?

Non... je ne suis pas en position de la suspecter de quoi que ce soit. Je lui ai enlevé son mari. J'inspire et pénètre à l'intérieur. Elle referme la porte. La maison est simple, propre, avec des murs jaunissants et de nombreuses croix au-dessus des encadrements de portes. Cela sent délicieusement bon – un plat de viande qui mijote –, mais je suis tellement tendu que je le remarque à peine. Elle me conduit dans un salon avec plusieurs banquettes et une vieille télé.

— S'il te plaît, fait-elle en désignant une assise, assieds-toi. Tu veux de l'eau ? Un jus de fruit ? Je peux préparer du café, aussi.

— Ça ira, merci, dis-je aussitôt. Madame Hernandez, je suis venu parce que...

— Je sais pourquoi. J'ai vu la vidéo.

Le feu me consume tout entier. Je ne suis plus que

cendres. Mes mains commencent à trembler. Will lui a-t-il montré la vidéo ? Comment l'a-t-il eue, d'abord ? C'est terminé. Elle a tout vu. Je suis un monstre. Aucune somme d'argent n'y changera rien. Je ne pourrai jamais réparer ce que j'ai infligé à cette femme, peu importe à quel point j'essaie. Je penche la tête et serre les poings.

— Je suis désolé. Je suis tellement désolé. Quelle que soit votre décision, je l'accepterai, parviens-je à articuler d'une voix enrouée. Je ne fuirai pas.

— Je le sais très bien, déclare-t-elle avec un discret sourire. Tu n'as pas fui quand tu t'es retrouvé face à cinq hommes adultes très malintentionnés vis-à-vis de la fille que tu aimais. Pourquoi fuirais-tu aujourd'hui ?

Je tressaille, mais la sensation de sa main sur la mienne m'aide à lever les yeux. Son regard est si doux.

— Joseph était le père de mes enfants. Il a construit cette maison pour moi il y a très longtemps. On s'est aimés pendant pas mal d'années et ensuite, on s'est détestés pendant pas mal d'autres. La haine a fini par prendre le dessus. Le jour où il a frappé mon petit dernier avec une bouteille.

Je suffoque à ces mots. Le sourire de Belina s'élargit.

— Ça a été la goutte d'eau. J'ai commencé à remplir les papiers du divorce. Il s'est mis à boire, à compter de ce jour-là.

Belina pose son autre main sur la mienne. Son regard est sincère.

— Quand je l'ai vu en train d'agresser cette jeune fille sur la vidéo, j'ai su qu'il n'était plus l'homme que j'avais épousé. Et j'ai su que c'était peut-être mieux qu'il ait disparu avant d'avoir pu faire du mal à mes enfants, ou à quelqu'un d'autre.

— Belina, je vous jure que…

— Non, non, m'interrompt-elle en levant les mains. Tu étais très jeune, presque un enfant. Tu avais peur. Je ne veux pas t'entendre t'excuser. Je ne veux pas de la police ni des avocats. Je veux juste la vérité.

Alors, je la lui livre. En détail. Chaque coup de batte, chaque dollar envoyé, chaque dissimulation de la part des parents d'Avery, chaque once de la vie de Sophia. De ma vie. Quand je me tais enfin, elle me prend dans ses bras et me serre contre elle.

— Tu as été très courageux, Jack, pendant si longtemps.

Nous restons assis là, à regarder la lune de l'autre côté de la fenêtre tandis qu'une unique larme roule le long de mon visage.

Chapitre 16

Zéro an, une semaine, cinq jours

— Tu es virée en tant que meilleure amie ! hurle Kayla.

Même à 2 heures du matin et sur Skype, son visage est aussi parfait que celui de Beyoncé. J'aimerais être elle sauf que non, sortir avec Wren serait comme de l'inceste, vu qu'il est un peu comme mon petit frère, et aussi parce que des seins aussi gros que ceux de Kayla me feraient trébucher.

— Arrête de parler de mes nichons ! Tu es virée, point barre !

— Kayla ! je pleurniche. Kayla, écoute-moi, ne me vire pas. Calme-toi.

— Que je me CALME ??? Pourquoi tu ne m'en as pas parlé avant ?

— Parce que ! je rougis. Parce que… parce que j'étais *occupée* !

Un petit sourire entendu se dessine sur ses lèvres.

— La ferme !

— Je n'ai rien dit !

— La ferme quand même !

— Enfin ! fait-elle sans écouter ma requête. La vache, tu en as mis, du temps. Deux éternités !

— Un an et quelques mois. Ce n'est pas une éternité.

— Tu aurais eu le temps d'avoir un bébé !

— Pouah ! Ah non, s'il te plaît… Ne me parle pas de ces avortons. Promets-moi de ne jamais en faire.

— J'ai l'intention d'en avoir neuf cents rien que pour t'embêter. En parlant de ça, vous utilisez des préservatifs, hein ?

— Oui, maman…

Elle glousse.

— Pardon ! fait-elle en jetant les mains en l'air. Excuse-moi d'être contente que tu aies enfin ce que tu veux dans la vie !

— Jack n'est pas ce que je veux dans la vie, je la contredis en levant les yeux au ciel. Ce que je veux dans la vie, c'est une carrière stable et satisfaisante dans le domaine de mon choix, et une immense maison en donut.

— Et Jack.

— Et Jack pourra venir dormir de temps en temps dans ma maison en donut, d'accord.

Kayla me dévisage.

— Quoi ?

— Tu es amoureuse.

— Pouah !

— Je suis sérieuse ! Quel autre garçon tu laisserais dormir dans ta maison en donut, à part lui ?

— Heath Ledger.

— D'accord, sauf qu'il est mort.

— Quelle discrimination. Les gens morts peuvent trop dormir dans ma maison en donut.

— Attends une seconde…

Kayla semble avoir été frappée par un éclair de lucidité.

— Ta maison en donut… c'est une image ou bien ?

Je grogne et m'enroule dans ma couverture avant de rouler par terre comme une saucisse. Un bip attire mon attention. Je me redresse comme un piquet.

— Oh… J'ai un autre appel. Reste en ligne ! Je te reprends après.

Le visage de Vanessa s'affiche sur l'écran.

— C'est toi ! Salut !

— C'est moi, confirme-t-elle.

Elle a l'air différente, sans maquillage. Elle m'appelle d'une chambre d'hôtel chic.

— J'imagine que tu as trouvé le mot que je t'ai écrit dans ton téléphone ?

— Ouais ! Je suis scotchée que tu aies réussi à écrire tout ça pendant que tu faisais semblant de regarder mes photos.

Si tu es toujours intéressée, je te contacterai par Skype entre 0 h et 3 h du matin.

Je l'avais trouvé dans mon appli notes le lendemain matin.

— Je ne voulais pas que Jack tombe dessus. Mon plan le mettrait en colère, et je tiens à ce qu'il reste concentré.

— Donc tu veux que j'installe un truc dans l'ordinateur de Will pour obtenir des codes d'accès ou je ne sais trop quoi, c'est bien ça ?

— Exactement.

— OK. Je serais ravie de le faire, tout ça, mais j'aurais besoin de motivation.

Vanessa opine.

— Bien sûr. Je serais ravie de te rétribuer…

— Euh… non. Je ne veux pas d'argent. Enfin si, je veux de l'argent, dans l'absolu, mais pas de ta part.

— Qu'est-ce que tu veux, alors ?

Je serre les lèvres et débats en mon for intérieur de l'utilité de dévoiler un très vilain secret à un agent fédéral. Tout ce que je lui dirais se retrouverait classifié.

— Jack a fait quelque chose. Il y a très longtemps.

— Tu parles de la disparition d'Hernandez ?

Je me tortille sur ma chaise.

— Euh, ouais. Comment tu as…

— Je sais tout ce que j'ai besoin de savoir.

— Donc, tu sais que les fédéraux ont donné la vidéo de cet… incident aux amis de Will pour qu'ils nettoient la bande.

— Malheureusement, oui.

— Vos gars ne traquent pas Will et ses petits copains ? Alors pourquoi… ?

— La coopération ne se passe pas très bien entre nos services et le gouvernement fédéral, répond-elle aussitôt. Appelons ça de la rivalité ou de l'ego mal placé, mais des méprises de ce genre arrivent très souvent. Nous ne leur disons pas ce que nous faisons ni à qui. Alors parfois, nous arrêtons des gens qu'ils ont… eux-mêmes recrutés.

— OK. Très bien. Je vais faire ce truc pour toi. Mais je veux que tu fasses disparaître cette vidéo en échange. Débrouille-toi pour qu'elle ne retourne pas chez les fédéraux. Qu'elle ne se retrouve entre les mains de personne. Jamais.

Vanessa fait la bouche en cul-de-poule.

— Tu me demandes de dissimuler des preuves dans une affaire fédérale.

— Je sais. Mais… si tu le fais, je m'occuperai de l'ordinateur de Will. Ce soir. Tout de suite. Occupe-toi juste de la faire disparaître.

Une petite voix dans ma tête me murmure de lui demander de s'occuper de la vidéo où je dégrade le bureau de Summers. Mais le problème de Jack est plus important. Jack pourrait finir en prison.

Vanessa soupèse les enjeux un instant avant de soupirer.

— Très bien. Tu installes la clé d'accès et je passe quelques coups de fil.

— Merci. Merci beaucoup. Vraiment

— Mon collègue la déposera dans un sac en papier kraft dans la poubelle de droite devant le *Ciao Bella*. C'est le café de ton campus.

— Sans blague… J'y suis allée des milliards de fois.

Vanessa me dévisage avec un regard sévère, qui me réduit aussitôt au silence.

— Tu devras insérer la clé dans un des ports USB de son ordinateur. N'importe lequel. Assure-toi juste de l'enfoncer à fond. Il faudra la laisser ensuite en place quatre heures. Je pourrai accéder à son disque dur à n'importe quel moment, après ça.

— Un port USB, n'importe lequel, à fond. J'ai pigé !

— Je le saurai quand ce sera fait. Mon collègue t'appellera dans les prochaines semaines.

— OK.

— Et Isis…, fait Vanessa. Sois prudente. Will n'est vraiment pas quelqu'un de bien.

— Ça, je le sais déjà.

Vanessa se déconnecte. Je reprends la communication avec Kayla.

— Tout va bien ? Tu as l'air mal.

Je ne dis rien. Je me contente d'observer l'obscurité de sa chambre à coucher tandis qu'elle scrute la mienne. Un peu plus de mille kilomètres nous séparent.

— Hé, Kayla…

— Ouais ?

— Tu serais toujours mon amie si… si je lâchais la fac ?

Les sourcils de Kayla se froncent aussitôt à ces mots.

— Évidemment, espèce de débile. Tu n'aimes pas la fac ?

— Je pensais adorer ! Je croyais que j'avais envie d'y aller. J'imaginais que ce serait génial. Et ça s'est plutôt bien passé, mais… C'est juste chiant, d'étudier. Je veux voyager, voir des nouveaux trucs. Autre chose que des manuels scolaires. Je veux voir du pays ! Quitter cet État, sortir des États-Unis. Je veux juste… partir ! Sauf que…

— Ta mère, finit Kayla à ma place. Tu veilles sur elle depuis tellement longtemps ! Tu mérites vraiment un break familial !

— Mais elle sera… Papa et elle seront déçus. Sans compter l'argent qu'ils ont dépensé pour m'envoyer ici…

— Ils n'auront plus à payer quoi que ce soit si tu abandonnes ! s'esclaffe Kayla. Je ne connais pas ton père, mais je connais ta mère et elle voudrait que tu sois heureuse.

— Tu ne trouves pas ça débile ? Tu ne crois pas

que je vais gâcher mon avenir à tout jamais ou un truc du genre ?

— Tu es Isis Blake ! Tu n'es pas comme moi ou Wren, ni Jack, même. Tu n'es pas comme les autres. Tu es hilarante et adorable. Et plus important, tu es toi-même. Tout ira bien pour toi, peu importe ce que tu fais de ta vie. Et je serai toujours ton amie.

Mes yeux s'emplissent de larmes, et ceux de Kayla aussi. Elle rit tout en s'essuyant les joues.

— Tant que tu pars faire ce qui te rend heureuse, tout ira bien. Je te le promets.

Huit heures plus tard, je fais tout mon possible pour ne pas ressembler à une espionne. Je porte une jupe jaune, un chemisier à fleurs, je souris et dis bonjour à tout le monde, même à Heather. Les espions ne sont pas amicaux. Personne ne saura jamais que je manigance des trucs d'espion.

— Tu manigances des trucs d'espion ?

— Sacré nom d'une pipe en bois ! je glapis avant de me retourner pour tomber nez à nez avec Charlie. Comment est-ce que…, fais-je avant de me pencher pour lui parler à voix basse : *tu lis dans les pensées ?*

— Tu pensais à voix haute, déclare-t-il, impassible. Et ce jaune est hideux. Un petit conseil : si tu veux jouer les espionnes, mets du noir.

— Je ne suis pas une espionne !

Les gens me dévisagent. Je baisse d'un ton.

— Je ne suis pas une espionne. J'ai juste… jeté un document important. Par accident. Ouais, voilà.

Charlie regarde ma main fourrée dans la poubelle avant de me dévisager.

— Beaucoup de documents, je corrige. Un classeur entier. Rempli de papiers.

— Là, grogne-t-il en fourrant sa main à l'intérieur avant d'en ressortir le sac en papier kraft et de virer la peau de banane dessus. Si tu veux de la drogue, achètes-en à un dealeur, comme les gens normaux.

— OK. Bien. Merciaurevoir !

Je m'éloigne d'un pas rapide. Et percute la porte en verre de mon bâtiment avant de prononcer le nom du diable de façon sonore en me frottant le front.

— La vache, meuf ! T'es vraiment pas très discrète, toi, alors, déclare Charlie.

Je me cache derrière une colonne.

— Va-t'en, je murmure. Allez zou !

— Tu es beaucoup plus bavarde, d'habitude…

— Ça me colle la migraine quand les gens disent trop de conneries à la fois.

— Pour ce que ça vaut, sache que je t'apprécie vachement plus que l'autre meuf, là, Brittany. Mais maintenant qu'elle a dégagé, Jack et moi on doit utiliser les grands moyens.

— Quels grands moyens ?

— Bosser avec subtilité. Tout ce que je déteste…

— C'est vrai que c'était pas ton fort, dans la forêt, je lui accorde.

— On commet tous des erreurs.

Il lève les yeux au ciel. Je trépigne.

— Écoute, c'est vraiment génial de te croiser et de voir que tu fais des trucs géniaux comme respirer, mais je dois vraiment y aller…

— Hé !

Charlie me retient, une main sur mon poignet.

— Quoi ?

— Je veux juste…

Il est rouge de la racine de ses cheveux en épis jusqu'au menton. Il n'arrive même pas à croiser mon regard.

— Je voulais m'excuser.

— Pour ?

— De t'avoir poursuivie dans la forêt. De t'avoir insultée. Je suis désolé, OK ?

Il prend sur lui. Il est clair qu'il ne doit pas s'excuser très souvent. Je souris et lui ébouriffe les cheveux.

— Je te pardonne, mon enfant.

Je monte les marches deux à deux, laissant Charlie se demander s'il a fait l'erreur de sa vie le jour où il m'a parlé. Une fois dans ma chambre, j'ouvre le sachet en papier kraft ; la clé est en plastique noir, pas plus grande que l'ongle de mon pouce.

— C'est quoi ?

Je pivote sur moi-même en cachant la clé entre mes doigts. Yvette est assise sur son lit, sur lequel elle vernit ses ongles de pieds avec un joyeux noir vampire habituel.

— C'est une pièce à conviction pour négocier mon âme. Je me suis lancée dans un jeu très dangereux contre Satan. C'est assez vivifiant. Tu veux participer ?

Yvette m'assène un regard plein de soupçons.

— Satan avec des cornes, la peau rouge et une grande fourche super flippante ?

— Avec un peu plus de poils et un peu moins de trucs qui pointent, mais le même niveau de malveillance.

— Un mec, donc.

— Yep ! Je dois pénétrer dans sa chambre et y planquer quelque chose, mais je ne veux pas me faire choper. Parce qu'il m'enfermera dans sa piaule vu qu'il adore me voir me tortiller comme un ver de terre.

— Putain de sadique, crache Yvette. OK, donc, tu vas là-bas, et je t'aide à t'évader, j'ai bon ?

— Oui, mais avec discrétion.

— Ce qui veut dire ? fait-elle en plissant le nez.

— Qu'au lieu de défoncer sa porte et de l'alerter sur le fait que j'ai monté ce plan et que je mets mon nez dans ses affaires, tu vas faire diversion.

— Qui va faire diversion ? demande Diana en entrant. Je peux aider ?

— Tu as le job ! fais-je en la pointant du doigt.

Yvette la met au jus pendant que je fouille dans ma penderie à la recherche d'une tenue de combat appropriée. Quelque chose de mignon, mais pas trop. Je veux rappeler à ce sale mec ce qu'il a gâché. J'opte pour un jean skinny sombre et un chemisier moulant, même si l'idée de lui montrer mes courbes me donne juste envie de vomir. Mais je le fais pour Jack. Pour qu'il ne se retrouve pas en prison à cause de cette vidéo à la con qui a gâché sa vie, celle de Sophia, de Wren et d'Avery.

— On pourrait déclencher l'alarme incendie, déclare Diana. Je doute que quelqu'un du genre de ce mec traînera longtemps dans les parages avec une sirène en train de lui exploser les tympans.

— Excellent ! Putain, tu es un génie. Ma meuf est un génie.

Yvette l'embrasse sur la joue. Diana rougit jusqu'aux oreilles.

— Oh, ça va, arrête !

Yvette marche jusqu'à la fenêtre et l'ouvre avant de crier :

— Ma meuf est géniale !

Ma bouche fait un « O » béant de joie tandis que mon regard se tourne vers Diana, dont le visage est figé de choc. C'est un geste audacieux, plein de courage et d'amour, à des années-lumière de la Yvette que je connais. Diana se lève et va l'embrasser. Je m'éclaircis la voix.

— Hem, hem ! Brigade de la vengeance, garde à vous !

Elles rient et tentent de s'écarter et de se mettre au garde-à-vous dans un même mouvement, mais réussissent juste à se cogner le nez.

Yvette et Diana conviennent de déclencher l'alarme si je ne suis pas ressortie au bout de dix minutes. Ce qui m'en laisse deux pour monter l'escalier, et huit pour papoter assez avec Will pour le distraire et insérer la clé. Mais si jamais je merde… Je secoue la tête. Pas question de merder !

Je me précipite dans l'escalier. Je dois attendre que ma respiration se calme, une fois devant la chambre de Will. J'en profite pour me lisser les cheveux histoire de donner l'impression que je ne viens pas de gravir trois étages à toute allure. Mais mes mains tremblent et j'ai envie de vomir.

Mon téléphone se met à sonner.

Je le cherche à tâtons pour répondre avant qu'il alerte Will.

— Allô ? je murmure en m'éloignant de la porte.

— Je peux savoir ce que tu fais, exactement ? assène Jack, qui semble marcher très vite. Va-t'en de là tout de suite.

— Ne viens pas. Je suis sérieuse, Jack. Ne t'en mêle pas. Et comment est-ce que tu…

— Charlie m'a dit que tu te comportais bizarrement.

Isis, tu ne peux pas aller dans cette chambre avec lui. Reste en dehors de ça. C'est mon boulot, pas le tien ! Il pourrait te faire *du mal* !

— Ça en vaut la peine. Si je le fais, tout ira bien pour toi. Laisse-moi le faire. S'il te plaît.

— Non ! J'arrive. Je viens te chercher…

— Jack, fais-je avec toute la force que je parviens à rassembler. Tu as fui après l'enterrement de Sophia parce que tu avais besoin de le faire. J'ai besoin d'aller dans cette chambre. Seule. C'est pareil.

Jack reste d'abord silencieux, avant de laisser échapper un grognement de frustration.

— Non.

— Si.

— Non, *s'il te plaît*, Isis.

— Il ne me fera pas de mal, cette fois.

— Tu n'en sais rien !

— C'est vrai. Tu as raison. Je ne sais rien à rien. Je ne sais pas si le soleil se lèvera demain, si je vais choper une horrible maladie, si je me ferai renverser par une voiture, et si Will me fera du mal. Je ne sais pas où je serai dans trois ans, et encore moins où je serai dans dix. Je ne sais même pas si *Game of Thrones* finira un jour ! Je ne sais pas si quelqu'un que j'aime mourra bientôt, ou si une météorite frappera la Terre et nous réduira tous en cendres. Et je ne sais pas non plus si je prendrai des œufs demain matin au petit déj ou pas, fais-je en riant. Mais je sais que je t'aime. C'est… c'est la seule chose que je sache.

— Isis…

— S'il te plaît, Jack. Laisse-moi le faire. Je reviendrai entière. Je te le promets.

— Tu me le promets ? fait-il d'une voix désespérée.

— Je te le promets, espèce de crétin.

— Je t'aime, déclare-t-il. Bon sang, je t'aime vraiment, espèce de petite conne !

Jack raccroche le premier. Je range mon téléphone et fais face à la porte *in extremis*. Sauf qu'il n'y a pas de porte. Le torse de Will Cavanaugh se dresse devant mon visage. Je recule d'un bond.

— Isis ! Quelle surprise ! Ça me fait très plaisir de te voir !

Je fais de mon mieux pour rendre mon expression indéchiffrable.

— J'aimerais te parler. En privé.

— Bien sûr…, me répond-il d'un air satisfait. Viens, entre. Mon coloc est parti dîner.

Il me conduit à l'intérieur et ferme la porte derrière moi.

— Ne ferme pas à clé, dis-je en feignant d'être terrifiée.

Il tourne quand même la clé à double tour, un rictus aux lèvres.

— Nous ne voudrions pas que tu t'enfuies, n'est-ce pas ? Il y a tant de choses dont nous devons discuter !

Will frappe dans ses mains et s'assoit sur son lit avant de désigner une chaise près de son bureau. Et de son ordinateur. Bingo !

— Donc ! Tu commences ou c'est moi ? À moins que tu comptes rester là, la bouche en cœur, à me laisser prendre le dessus comme d'habitude ?

— Ça te plairait, hein ? je lance d'une voix rageuse.

Will fait un « oooh » sonore.

— La flamme est revenue, on dirait… Et moi qui la croyais éteinte. C'est depuis que Jack t'a sautée, c'est ça ? Comme tu es prévisible…

— Tu ne vaux pas l'oxygène dépensé à te parler. Mais je vais en gâcher quand même parce que ça fait longtemps que j'aurais dû te dire ce que tu vas entendre.

— Oh, laisse-moi deviner ! Est-ce que je vais avoir droit à un de tes « va te faire foutre » ? Parce que je les adore. Ils me manquent. Non, je t'assure. Depuis que Jack et toi vous vous êtes remis ensemble, tu ne me calcules plus.

— Et tu n'aimes pas ça, n'est-ce pas ?

Will se tapote le menton avec un air pensif avant d'opiner.

— Évidemment, Isis. Je te l'ai dit : tu es à moi. Jack est un idiot, s'il pense que quelques séances de baise lui permettront de te posséder.

Will se lève, me tourne autour et attrape ma main. Je la dégage. L'adrénaline dope mes muscles, mais il parvient à écarter mes doigts et attrape la clé à l'intérieur.

— Tiens, tiens… Qu'est-ce que c'est que ça ?

— R… Rien.

— C'est une clé de traçage. Tu pensais vraiment que je ne me douterais de rien ? Jack me cherche des noises. Lui et son petit con de partenaire, et toi aussi, maintenant. Mais ça ne marchera pas, parce que… (Il casse la clé en deux.) Je suis trop intelligent pour vous.

Je fixe les débris. Il ne sait pas que c'était en fait un leurre, ce que mon visage ne doit pas trahir. Will se laisse retomber sur le lit en soupirant.

— Mais c'était bien tenté. Divertissant, disons.

— Est-ce que c'est tout… ? C'est ce que j'étais pour toi ? Un divertissement ? Tu ne m'as pas aimée, jamais ?

— Oh, ne te méprends pas ! Je t'aimais vraiment, fait-il en souriant. Je pensais que tu le savais.

— Mais tu… tu ne peux pas aimer quelqu'un et l'insulter. Tu ne peux pas aimer quelqu'un et…

— Oui… ? Allez, vas-y. Dis-le.

J'inspire à fond. J'emplis mes poumons de force, y stockant l'odeur de Jack et le souvenir de son rire et de ses mains ; les rires d'Yvette et de Diana ; le sourire de Kayla. Je plonge mon regard dans celui de Will sans ciller.

— Tu ne peux pas aimer une fille et la violer.

Ses yeux s'écarquillent. Il reprend la parole à voix basse.

— Violer ? Est-ce que… c'est ce qui s'est passé, pour toi ? Mon Dieu, non ! Je voulais coucher avec toi ! C'est dire à quel point je t'aimais !

Mon instinct me pousserait à fermer les yeux, à bloquer les souvenirs, mais je m'oblige à prendre sur moi.

— Je t'ai dit d'arrêter. Je te l'ai même dit plusieurs fois.

— C'est vrai. Tu l'as dit. Sauf que les filles sont bizarres, elles n'avouent jamais ce qu'elles veulent. Tu t'accrochais à moi comme un chien affamé. Tu n'étais qu'une gamine idiote qui ne savait pas ce qu'elle voulait. Alors, je t'ai aidée à te décider.

Ses paroles sont un feulement, sa colère est renouvelée. C'est le vrai Will, celui qu'il cache derrière ses faux sourires.

— Je n'étais pas idiote. Je ne voulais juste pas coucher avec toi.

Il se lève d'un bond, plein de colère.

— Si, tu le voulais !

— Non, pas du tout.

Je l'ai poignardé là où ça fait mal, dans son ego. Son joli visage se tord de façon affreuse, on croirait une gargouille.

— Espèce de salope ! assène-t-il en plaquant les mains sur son bureau.

Son ordinateur vibre dans un bruit de ferraille.

— Tu étais énorme et hideuse ! Une vraie baleine ! Tu as eu de la chance que je te laisse traîner avec moi ! Que j'aie envie de toucher ta grosse carcasse puante ! Personne ne l'aurait fait. Et personne ne le fera. Ne te fais aucune illusion : l'autre joli cœur te baise seulement parce qu'il a pitié de toi. Il voit à quel point tu es laide et pathétique, et il a pitié de toi ! Tu n'es qu'une idiote de croire qu'il te veut – toi parmi toutes les filles sur cette planète !

Je m'assois tranquillement. Will met son visage écarlate à la hauteur du mien. Je prends sur moi pour ne pas bondir et plonger par la fenêtre ouverte.

— Je t'ai eue le premier ! enrage-t-il. Il a eu les restes, mes putains de détritus ! Tu n'es rien. Absolument rien, sans moi. Je t'ai donné des amis, de la popularité, je t'ai appris à fumer, à boire, à voler et à ne pas être une loseuse pathétique. Tu es à moi ! Tu n'es qu'une salope inutile, sans moi. Le fond de ma *poubelle*.

À chacune de ses paroles, quelque chose de profondément enfoui en moi se libère. Une chose solide et sombre, comme de l'ambre sur l'écorce d'un arbre, qui se tortille pour se libérer peu à peu. Will éructe un rire fou.

— Je sais que tu as aimé ça. Tu as adoré, même.

Alors, la chose sombre se libère d'un coup de l'écorce de mes entrailles, et remonte à la surface jusqu'au sommet de ma tête. Je me sens soudain libérée et épuisée.

Peu importe ce que Will était, dans mes souvenirs,

peu importe ce qu'il m'a fait. Son emprise se relâche pour se volatiliser. Aussi simplement que ça, après toutes ces années de souffrance.

— Tu ne m'as jamais aimée, fais-je avec férocité. Et j'ai détesté ce que tu m'as fait.

— Tu me détestes, accorde-t-il avec un rictus fou. Et tu me détesteras toujours. Tu penseras toujours à moi, où que tu sois.

— Non. Je me sens juste désolée pour toi, fais-je avant de me lever en soupirant. Je vais franchir cette porte et ne plus jamais penser à toi.

Will réagit alors si vite que j'en perds l'équilibre et tombe. Il en profite pour plonger sur moi et me bloquer avec les genoux. De la peur remonte le long de ma colonne, telles les griffes glacées d'un monstre terrifiant.

— Dégage ! je hurle. Dégage de là, connard !

— Tu penses que tu vaux mieux que moi, c'est ça ?

Il ricane. De la salive atterrit dans mes yeux. Il attrape mes poignets qui battent l'air et les maintient au sol.

— Tu crois que tu as le droit d'être désolée pour moi ? Je vais te montrer ce que c'est que d'être désolé. Tu vas te sentir désolée comme tu ne l'as jamais été…

Je lui crache au visage. Ma bave atterrit sur son sourcil avant de se mettre à couler. Will paraît horrifié, puis il me flanque un coup très fort dans les côtes. Je crie et me tortille pour me dégager tout en essayant de le frapper avec les mains et les pieds, mais en vain. Tout mon corps est immobilisé au sol sous son poids.

Ça va recommencer.

Ça va recommencer et je ne peux rien faire pour l'empêcher…

Non.

NON.

Je dois empêcher que ça arrive. Je dois mettre un terme à tout ça une bonne fois pour toutes !

Je tords mon corps et frappe fort du pied le morceau de chair flasque dégoûtant entre ses cuisses. Will vagit et se roule en boule loin de moi. Ce n'est pas grand-chose, mais c'est assez pour me fournir le levier dont j'ai besoin pour le cogner comme la sangsue qu'il est et bondir vers l'interrupteur.

— Non ! hurle-t-il tandis que le noir tombe sur la pièce.

La seule lumière qui filtre est celle d'un lampadaire à l'extérieur. Will se hisse sur son lit à tâtons pour aller s'asseoir dans le petit carré de lumière.

— Espèce de salope ! m'insulte-t-il, tremblant. Espèce de connasse ! Je vais te tuer quand je t'aurai trouvée. Si… si jamais tu approches, je te tue !

Je reste tapie comme une panthère. Les cartes ont été redistribuées. Je suis le prédateur, la créature sauvage tapie dans l'ombre qui hante ses cauchemars. Je déverrouille la porte au cas où j'aurais besoin de fuir. Mais j'ai la sensation que ce sera inutile. Il est terrifié. Ça s'entend à sa respiration. J'ai le pouvoir, et il m'enivre, bouillonne dans mon sourire qui contient à peine mon hilarité.

— Tu es pathétique, dis-je.

Will s'avance aussitôt vers ma voix, mais je fais un pas de côté pour l'éviter. Il recule dans la lumière lorsque ses doigts ne trouvent rien.

— Tu es immonde.

Je le contourne de nouveau, un peu plus loin. Il balaie le vide d'un grand geste.

— Va te faire foutre ! hurle-t-il.

— J'ai pitié de toi parce que tu ne sauras jamais ce que ça fait d'être aimé, dis-je avant d'éructer un rire sombre et rauque. Ton père ne te l'a jamais appris. Et vu ta sale attitude, personne ne t'aidera jamais à apprendre.

— La ferme ! Ferme ta putain de bouche !

— Tu vas pourrir, enfermé à l'intérieur de toi-même, à jamais, je lui murmure. Tu auras toujours peur du noir, de la vraie obscurité, de la face sombre qui vit en toi. Elle ne te quittera pas parce que personne ne prendra jamais soin de toi. Personne ne tentera de la faire sortir de là. J'ai pris soin de moi, moi, en revanche. J'ai essayé pendant des années, et j'y suis finalement arrivée. Et maintenant, je te laisse derrière moi avec tout ça.

Le visage de Will se déforme dans la pénombre. Je souris.

— Donc oui, je te plains, Will Cavanaugh.

La porte s'ouvre grand dans mon dos. La lumière du couloir afflue soudain à l'intérieur. À bout de souffle et furieux, Jack trébuche vers nous. Il embrasse la situation d'un coup d'œil avant de s'avancer vers moi pour me prendre dans ses bras.

— Est-ce qu'il t'a touchée ?

Il prend mon visage entre ses mains et l'observe avec la bienveillante intensité d'un médecin.

— Non, je lui réponds en souriant. Pas trop, en tout cas.

Jack se tend, le regard plus glacé que jamais. La pièce elle-même semble refroidir tandis qu'il fixe Will avec les deux icebergs qui lui font désormais office d'yeux. Ceux de Will regardent partout autour avant de se concentrer sur la voie de sortie derrière Jack et moi. Il rassemble ses forces avant de s'élancer comme un fou, mais sans y parvenir tout à fait parce que Jack lui fait un croche-pied. Il le plaque ensuite au sol en lui tordant les bras dans le dos malgré ses cris furieux.

— Dégage ! Va te faire foutre, connard ! Lâche-moi !

Jack prend appui sur le corps de Will pour atteindre le plafonnier. Il retire l'ampoule et la balance contre le mur où elle éclate en mille morceaux.

— Isis, fait Jack calmement, la lampe.

Je m'exécute et enjambe Will en laissant négligemment traîner mon pied pour qu'il heurte son visage. Will jure deux fois plus fort lorsque je tire sur le fil d'un coup sec. Je m'apprête à balancer la lampe contre le mur quand Jack m'arrête.

— Non. Le lit. Je vais le tenir. Attache-le avec le fil.

— Non ! Putain, putain ! Ne faites pas ça ! Isis, empêche-le de faire ça !

Je l'ignore tandis que Jack attache ses bras à la colonne de lit en fer enfoncée dans le sol. Je fais deux nœuds, puis Jack un troisième. Il tire ensuite dessus d'un coup sec pour vérifier qu'ils sont bien serrés.

— Il doit rester sept heures jusqu'au lever du soleil. Je suis sûr qu'on devrait pouvoir convaincre ton coloc de passer la nuit ailleurs.

— La fenêtre, dis-je d'un ton dégagé. On devrait la couvrir.

— Non ! hurle aussitôt Will.

— Si, vraiment, Will, reprend Jack en souriant.

Là-dessus, il retire la couette du lit et la place sur la tringle à rideaux afin de bloquer la lumière extérieure.

— Isis ! Isis, je t'en prie ! halète Will, en larmes et morveux. Tu ne peux pas faire ça ! Je tenais à toi…

Jack le frappe alors si fort qu'un bruit d'os retentit.

— Tu n'adresseras plus jamais la parole à Isis.

— Isis ! S'il...

Je me détourne par réflexe quand part le second coup de poing. Puis je sens Jack battre en retraite.

— Tu es vraiment drôle, Will, fais-je en riant. La clé que tu as pulvérisée était un faux. Je n'en reviens pas que tu m'aies crue assez stupide pour n'en avoir qu'une. J'ai inséré la vraie quand tu as verrouillé la porte. Combien d'heures il leur faudra pour trouver tous les sales trucs que tu as faits dans ton ordinateur, d'après toi ? Probablement moins qu'il ne t'en faudra pour voir le lever de soleil.

— Non ! *Non !*

— Ah, le bruit..., intervient Jack.

Il fouille alors dans un tiroir tout proche et en sort une chemise, qu'il me tend.

— Tu me laisses l'honneur ?

— Ah non. Je m'en charge.

Je déchire le frêle coton par le milieu et m'avance vers le garçon pathétique que j'ai aimé autrefois. Will gémit, mais la menace d'un nouveau coup de poing le retient de prononcer le moindre mot.

— Dis-moi pourquoi, dis-je en m'accroupissant à sa hauteur. Pourquoi tu m'as fait du mal ?

— Ce n'est pas le cas, Isis ! Je t'appréciais vraiment ! Je pensais que tu le savais !

Il se débat à peine tandis que j'enfonce le tissu dans sa bouche. Pas dans sa gorge. Je ne veux pas le tuer. Je pensais que si. Mais non, vraiment pas. Je veux qu'il vive. Qu'il souffre dans le noir comme moi – mais lui pour le restant de ses jours.

Je retourne vers Jack. Les cris étouffés de Will

sont la dernière chose que j'entends avant de fermer la porte et de laisser le noir total le dévorer.

J'arrive à trouver Diana et Yvette avant qu'elles déclenchent l'alarme à incendie. Me sentant trop exténuée pour traquer qui que ce soit, elles me proposent de partir à la recherche du colocataire de Will pour moi, un type effacé avec de grosses lunettes. Il soupire de soulagement lorsqu'elles lui racontent ce qui s'est passé. Il déteste Will, et nous remercie de lui avoir réglé son compte. Il dort dans la chambre de Diana.

Jack m'aide à regagner ma chambre puis s'effondre avec moi sur le lit.

Je pleure dans ses bras tandis qu'il me caresse le visage et les bras, jusqu'à ce que je me calme.

Chapitre 17

Deux ans plus tard

Le soleil veut me faire la peau.

Parmi toutes les choses terribles et dangereuses de cette planète, le soleil doit être la pire d'entre elles. Comme il fait pousser nos aliments et qu'il nous tient chaud, il nous pousse à croire qu'on devrait le remercier. Mais on oublie un peu vite qu'il nous aveugle avec des rayons ultraviolets aussi tranchants qu'une scie.

— Pouah !

Je roule sur ma serviette.

— Tu ne pourrais pas refroidir, genre… cinq secondes, mec ?

Le soleil décline ma proposition. Je prends une gorgée de boisson fruitée couleur Barbie dans mon verre fantaisie en faisant comme s'il n'existait pas.

— Où sont passées ces satanées…, je râle en cherchant mes lunettes de soleil à tâtons avant de les fourrer sur mon nez. Ah ! Enfin soulagée ! C'est divin. Et Gucci.

— Mademoiselle ! lance une voix sonore.

Je grommelle et m'assois. Gregory s'avance à grands pas vers moi dans le sable. Même les villageois du sud de la France, pourtant habitués aux tenues méditerranéennes lumineuses et colorées, restent bouche bée à la vue de son hideuse chemise hawaïenne orange et vert. Quand nous lui avons dit « venez passer quelques jours de vacances avec nous », Gregory a oublié de lire le mémo qui expliquait que ce n'était pas dans une île sous les tropiques.

— Gregory… vous êtes horrible.

Il éclate de rire et me tend la main tout en contemplant mon maillot de bain.

— Et vous, tout l'inverse, madame.

— Ah, non ! je proteste avant de me lever. Non, non et non ! Matez un peu ces cuisses. Je suis beaucoup trop jeune pour qu'on m'appelle madame. Vous pourrez réessayer dans sept cents ans si ça vous chante, mais pas avant !

Il glousse.

— Très bien. Allez, venez, il m'a envoyé vous chercher. Je ne sais pas pourquoi, mais il est nerveux comme pas permis.

— Nerveux ? *Jack* ?

Je hausse un sourcil, attrape ma serviette et mon verre avant d'enfiler mes sandales puis d'arpenter le sable avec Gregory.

— On parle bien du même être avec qui j'ai des contacts physiques réguliers ?

— Lui-même.

— Vous le réembauchez, c'est ça ? S'il vous plaît,

dites oui ! Je veux encore de ces incroyables petits chocolats de Paris, je les veux du fond de mon imbécile de petit cœur.

— Et vous les mériteriez, vu la patience dont vous faites preuve avec lui, déclare Gregory, essoufflé. Je le trouve assez à côté de la plaque, ces derniers temps. Il ne m'a rien dit de particulier, mais on se contacte souvent par mail.

— Oh, je sais ! J'ai vu vos échanges. Vous le tannez pour qu'il revienne chez *Vortex*.

Gregory éclate de rire.

— Vous m'en voulez ? Mais c'est Jack…

— C'est Jack, comme vous dites ! je concède. Raison première pour laquelle il est parti. On fait aussi carrière dans l'enseignement, vous savez.

Le regard de Gregory devient paternel, à ces mots.

— Jack sera un excellent professeur. Et ce regard… Il ne devrait pas avoir de problèmes d'autorité avec ses élèves.

Gregory marche jusqu'à la petite route en terre qui sépare le village en deux. Ça fait maintenant deux ans que Jack et moi sommes venus ici pour la première fois, et que nous avons décidé de rester. Les villageois se méfient encore de nous, le couple d'Américains. Mais je les apprivoiserai. Ou je les aurai à l'usure. Je prendrai ce qui viendra en premier. Je les salue de la main avec le plus d'entrain possible.

— *Bonjour ! François ! La bouche un petite chienne !*

Eh, merde… Ils n'ont pas l'air d'apprécier du tout.

— Cela ne voulait strictement rien dire, insiste Gregory avant d'adresser un discret pardon aux villageois offensés.

Je le dépasse à toute allure et commence à remonter

la route pavée. Le village est petit ; des enfants avec des planches de bodyboard et des bouées dansent et se faufilent entre les cyclistes et les couples trop lents. Deux vieux avec de grands chapeaux jouent aux échecs en sirotant du vin sous l'avant-toit du fleuriste.

Vers le fond du village, les pavés cèdent la place à un chemin en terre fatigué.

De hautes herbes se balancent de part et d'autre. Je cueille des fleurs sauvages jaunes, violettes et blanches au passage. Une abeille lutte avec moi pour une fleur orange particulièrement belle.

— Va-t'en ! fais-je en la chassant. Il y en a des milliers d'autres. Ça ne va pas te tuer d'en laisser une à un pauvre être humain, quand même !

Gregory glousse.

— Ce village me manquera. Vous avez vraiment choisi le meilleur endroit sur cette planète pour vous installer. Oui, vraiment.

— Hé ! Personne ne s'est installé ! On va au Cambodge, l'année prochaine !

— Quelle différence ?

— S'installer implique des monospaces et du vomi de bébé. Un port d'attache. Alors que nous sommes des explorateurs de première catégorie. Après ça, on ira en Grèce. Et ensuite, on rentrera dans l'Ohio.

— C'est le plan, alors ?

— Tout à fait !

Je flanque un coup de pied dans un petit caillou.

— Votre famille ne vous manque pas ? demande-t-il doucement.

J'opine en guise de réponse.

— On est restés chez ma mère deux semaines pour organiser notre départ. On s'est parlé sur Skype, mais… ça ferait du bien de la voir en chair. Et en os. Et toutes les autres parties d'elle.

Je contemple la foule du village, hypnotisée par la fluidité de sa danse. Je me suis fait virer de la fac le lendemain de ma confrontation avec Will. Pas parce qu'il a balancé la vidéo dans laquelle je dégradais le bureau de l'autre connard. Je me suis dénoncée toute seule. Pour qu'on me vire, peut-être ; ou parce que je voulais être en règle à tous les niveaux.

J'ai serré Diana et Yvette dans mes bras pour leur dire au revoir, en leur promettant de rester en contact. Ensuite, j'ai fait mes bagages, et je suis partie avec Jack à Northplains, chez ma mère. Ces deux semaines comptent parmi les meilleures de mon existence. Maman, Jack et moi avons traîné ensemble, on a joué à des jeux de société, on est allés au zoo et on a préparé de délicieux repas. J'ai été si heureuse quand j'ai appris l'arrestation de Will. Il purge une peine de sept ans dans une prison de l'Ohio pour avoir aidé une organisation criminelle. Je n'ai plus entendu parler de lui depuis.

Ni de Vanessa. J'ai bien reçu un mail quatre jours après la confrontation, en revanche, d'un « ami » à elle. Cette personne confirmait que tous les exemplaires de la vidéo montrant Jack, Sophia et les autres avaient été détruits. Il aurait été facile de douter de la promesse de Vanessa. Mais à l'annonce de l'arrestation de Will, j'ai su qu'elle était fiable.

Quand je l'ai dit à Jack, il m'a serrée contre lui sans un mot, et très fort.

Il a quitté *Vortex* rapidement après ça. Charlie est passé chez moi pour lui demander de revenir. Jack est sorti et ils ont parlé, puis Charlie a fini par partir.

Ensuite, Gregory est passé, pour donner son argent à Jack pour la mission avec Vanessa, ce qui nous a permis de voyager. Jack voulait quitter l'Ohio, et moi voir du pays.

Mais d'abord, nous avons dû faire nos au revoir.

Kayla et Wren ne pouvaient pas passer nous voir avant notre départ. Alors c'est nous qui sommes allés à leur rencontre, vu que notre avion pour l'Europe faisait escale à Boston. Il y a eu beaucoup de larmes de joie, de cheveux ébouriffés et de promesses de se donner des nouvelles. Promesses qui ont été tenues, quotidiennement, grâce à ma connexion Internet et à un tableau des décalages horaires.

Il y a eu d'autres au revoir, juste avant l'avion.

Je me suis séparée de maman de la seule façon que je connais : avec des larmes, une longue étreinte, un bisou sur la joue et la promesse que je reviendrai. Maman a ri et m'a serrée en retour en me répétant qu'elle se débrouillerait très bien toute seule. On s'appelle tous les jours, et on Skype, parfois. C'est d'ailleurs par Skype qu'elle m'a présenté Harold, un homme potelé au sourire chaleureux qui porte des pulls sans manches à col en V. Il traite ma mère comme si elle était un vase précieux, une reine de diamants. Elle semble plus heureuse que ce que j'aurais cru possible après Léo. Mais je testerai la sincérité de ce fameux Harold à mon retour dans l'Ohio. Non pas que je ne lui fasse pas confiance ; je ne fais juste confiance à personne. En tout cas, elle a l'air d'aller bien pour le moment.

Après ma mère, on est allés voir celle de Jack. Mme Hunter est venue ouvrir la porte couverte de taches de peinture et avec son éternel chignon à moitié défait. À la vue de Jack, elle a lâché son bocal en verre rempli d'eau troublée de peinture, et elle a pris son fils dans ses bras en sanglotant. Il l'avait appelée avant ça, bien sûr, mais c'était la première fois qu'elle le revoyait depuis les funérailles de Sophia. J'ai ramassé les morceaux de verre pendant que Jack la consolait. Au bout d'un moment, elle a fini par se calmer assez pour nous inviter à prendre le thé. Jack lui a expliqué qu'on partait. Elle a essayé de nous convaincre de rester, mais nous lui avons expliqué que nous avions besoin de passer du temps au loin. Elle m'a prise à part juste avant qu'on reparte pour me remercier d'avoir retrouvé son fils et d'être avec lui. Mon cœur a fondu quand elle m'a serrée contre elle. Elle m'a fait jurer que Jack l'appellerait au moins deux fois par semaine, une promesse que j'ai honorée comme un vrai scout.

Pour finir, Jack et moi sommes passés chez Avery. La gigantesque maison était glaciale, à l'intérieur, toute de marbre, de murs blancs sans tableaux ni tapisseries ni la moindre tache. Pris par une affaire à Colombus, ses parents n'étaient pas là. Avery a descendu l'escalier et s'est figée à notre vue. Jack et moi lui avons parlé comme ça, elle sur les marches et nous deux dans le hall d'entrée. Elle avait une moins mauvaise tête qu'à la remise des diplômes. Ses cheveux étaient toujours d'un roux étincelant, eux. Mais son regard était nerveux, et son corps beaucoup trop maigre. Elle n'a pas desserré les dents.

— Isis ! a-t-elle enfin lancé alors que je me trouvais à mi-chemin de la porte d'entrée.

Je me suis tournée. Elle était au bas des marches, avec une expression sérieuse et honnête que je ne lui avais jamais connue.

— Amuse-toi bien, a-t-elle déclaré en me regardant dans les yeux.

Elle ne souriait pas et ne fronçait pas les sourcils. Mais son expression en disait plus que des paroles. « Amuse-toi bien » signifiait aussi « prends soin de toi » et « merci », mais de cette manière silencieuse, cachée et subtile qui la caractérisait tellement. Elle le savait, et moi aussi. J'ai souri.

— OK, Avery Bobovary.

Jack nous a ensuite conduits chez Belina. Nous n'avons pas résisté très longtemps à sa proposition de rester partager un délicieux dîner avec ses enfants et elle. Elle a pris Jack dans ses bras en guise d'adieu puis son visage entre ses mains comme s'il était son propre fils, avant de lui dire quelque chose en espagnol, que je n'ai pas compris.

Plus tard dans la voiture, Jack m'a expliqué qu'elle lui avait souhaité de vivre heureux et longtemps.

Puis vint l'au revoir le plus difficile.

Nous sommes allés sur la tombe de Tallie avec un pique-nique. Des sandwichs et du vin. J'ai servi une petite tasse de limonade à Tallie, que j'ai déposée sur sa tombe. Nous avons parlé d'elle, en imaginant celle qu'elle serait devenue. Ce moment aurait dû être triste, mais Jack et moi n'avons pas arrêté de sourire. Quand le soleil s'est couché derrière le lac, nous avons remballé nos affaires. Jack est ensuite allé caresser de la main la croix en bois blanchi.

— Qu'est-ce que tu fais ? lui ai-je demandé.

Jack a dévisagé la croix avant de me regarder avec un air doux.

— Elles devraient être ensemble, a-t-il simplement répondu.

— On ne peut pas déposer le squelette d'un bébé sur une tombe, Jack. On aura la police sur le dos.

— Non, bien sûr, tu as raison. Mais on peut emporter le reste.

La tombe de Sophia dégageait un calme serein. Le cimetière était vide et métallique sous la lumière dorée du soleil couchant. Jack a déposé la croix sur la tombe.

Il m'a laissée lui parler la première, seule. Ça nous semblait mal de venir la voir ensemble, alors nous y avons été à tour de rôle. J'ai raconté à Sophia tout ce qui s'était passé à la fac : la nourriture dégueu, les cours avec Yvette et Diana, et Will. Je lui ai tout décrit dans les moindres détails comme je le faisais à l'hôpital. Elle aurait aimé savoir. Elle n'a pas pu aller à la fac.

Jack a pris plus de temps que moi. Je me suis assise sous un arbre un peu à l'écart pour lui laisser de l'espace. Il est resté agenouillé devant la tombe pendant deux heures. Ses lèvres bougeaient par moments. Je ne sais pas ce qu'il a dit, mais ça semblait important. Ça se voyait à ses poings serrés.

Puis au bout d'un moment, tout d'un coup, ses doigts se sont détendus et il s'est approché de moi. Nous sommes retournés ensemble à la voiture, et nous avons pris le chemin de l'aéroport.

Je me suis tellement perdue dans mes souvenirs que je ne me suis pas rendu compte que Gregory m'a fait remonter la route en terre qui mène à notre petite maison.

Gregory inspire à fond.

— Comment ça se passe ici, pour vous ? Avec la barrière de la langue et tout ?

— Eh bien, il y a du miel, du pain et beaucoup de fruits à l'automne, et je suis incapable de prononcer le moindre mot de français, à l'inverse de mon petit ami. Petit ami… Ce mot a *encore* un drôle de goût. On devrait en utiliser un autre. Prince, peut-être ? Non, c'est trop aristo. Moitié ? Pouah ! Trop bobo. Mon gros ours ?

Je m'interromps, puis me tourne vers Gregory.

— Ce n'est plus de l'amour, c'est de la rage, décrète-t-il dans un soupir.

— Vous n'êtes pas au courant ? L'amour est une maladie contagieuse qui se guérit seulement avec la mort. Et des chansons tristes.

Gregory secoue la tête. Nous dépassons une autre ferme en pierre blanche devant laquelle un chien court après des chèvres.

— J'ai entendu dire qu'une superbe fille avec un sacré humour aurait lancé une émission de conseils sur Internet et qu'elle rencontrerait un vrai succès sur YouTube.

Je balaie ses réflexions de la main.

— Les gens regardent des trucs bizarres. Et ils aiment me voir m'agiter dans tous les sens. C'est comme ça depuis que je suis née. Plutôt pas mal pour une fille qui s'est fait virer de la fac, non ?

— Et vous gagnez assez pour vivre ici, surenchérit-il.

— Ouais. Enfin, Jack participe. Un peu.

Nous sourions de nouveau. Gregory et moi savons que Jack participe beaucoup. Son salaire de chez *Vortex* est plus que suffisant pour nous permettre de tenir deux ans. Mais maintenant que Jack va obtenir son diplôme d'enseignant dans l'université du coin, les choses vont changer, son plan consiste à enseigner les sciences au lycée. Ce que je trouve difficile à croire, vu que c'est un crétin.

— *Votre* crétin, me corrige Gregory tandis que je divague à voix haute.

Je hausse les yeux au ciel et cours vers la barrière de notre maison.

On ne peut pas vraiment parler de maison, plus d'une cahute délabrée plantée sous un pêcher. Les murs en pierre blanche sont renforcés de bois. Les fenêtres de travers laissent échapper la chaleur l'hiver, ce à quoi le poêle à bois remédie. Le toit ne fuit pas, en revanche. Et nous avons une grande baignoire avec des pieds en forme de griffes et le plus gros chat gris de la terre. Il s'appelle Oolong et il passe son temps assis sur le rebord de la fenêtre, à prendre le soleil. Je franchis la porte à toute allure. Oolong lève la tête pour m'adresser un très long et très intimidant coup d'œil avant de se remettre à dormir.

— La cavalerie est arrivée ! fais-je pour annoncer mon retour avant de jeter ma serviette sur une chaise et d'entrer dans la cuisine, où du verre de mer et des coquillages décorent le rebord de l'évier rouillé.

Les tasses du petit déjeuner sont encore posées sur le bar près des restes de gaufres. J'ouvre le frigo et lève les yeux tandis que Gregory s'installe à la table de la cuisine. Sa chaise proteste de façon sonore.

— Vous voulez du lait ? Il est frais et il vient des vaches du voisin. Ou… oh ! Il reste du vin du dîner d'hier soir.

— De l'eau sera très bien.

Je lui sers un verre avant d'aller passer une tête dans le salon. Mon ordinateur et la caméra que j'utilise pour enregistrer mes émissions sont encore sur la banquette. Le poêle à bois est froid. On ne l'allume que lorsque les nuits sont fraîches. Mais le tas de bûches posé à côté est haut. Jack l'a réapprovisionné.

Je m'avance sur la pointe des pieds dans le salon avant d'entrer dans la chambre. La porte est ouverte ; et le lit queen-size au cadre en cuivre, aussi défait que ce matin. Jack est assis à son bureau devant la fenêtre face à la mer. Il parle avec quelqu'un sur Skype. Le soleil se reflète dans ses cheveux ébouriffés couleur fauve. Sa chemise en flanelle et son jean donnent l'impression que son dos est plus large. Mais je n'ai pas le temps de l'apprécier parce que je vois avec qui il parle.

— … imagine que je lui demande et qu'elle…

— Wren ! je crie avant de m'élancer dans la pièce et d'agripper l'épaule de Jack. Regarde-toi ! Je n'en reviens pas que tu aies passé ton diplôme plus tôt que tout le monde, espèce d'idiot ! Oh, merde… Je ne peux plus t'appeler comme ça, si ? Monsieur a un diplôme universitaire, maintenant.

Wren se met à rire. Des lunettes sont perchées sur son nez et une barbe de trois jours assombrit ses joues.

— Non, c'est désormais interdit.

— Et moi je trouve que tu devrais continuer de l'appeler comme ça ! claironne Kayla derrière lui. Salut, toi ! J'adore ton bronzage. Très beau boulot !

— Hé, beauté, je roucoule en retour. Ça fait trop longtemps.

— On s'est parlé hier, Isis.

— C'est bien ce que je te dis. Tu devrais revenir. Tu me manques et à la maison aussi, et à cet adorable chat sumo.

Jack lève une main et commence à me caresser le dos.

— OK, vous deux. Je vous laisse, déclare-t-il.

— OK ! On se parle plus tard, répond Wren avec un petit rictus aux lèvres.

— Bonne chance ! lance Kayla avec un sourire radieux.

Jack grommelle tout en fermant son ordinateur.

— Hé, le Schtroumpf grognon ! Pourquoi tu fais la bouille ? Attends, ne me dis rien. Oolong a fait caca sur le lit.

Jack soupire et passe ses bras autour de ma taille pour m'attirer contre lui.

— Non.

— Est-ce qu'il… a recommencé à manger ton gel pour les cheveux ?

— Non…, murmure Jack en mettant sa tête dans le creux de mon cou avant de me humer. Tu sens l'océan.

— Et toi tu vas être cuisiné au sel marin ! je lui lance avant de tourner mon visage vers le sien. Qu'est-ce qui te turlupine à ce point ? Tu es à côté de tes pompes, ces derniers temps. Et chaque fois que je te surprends sur Skype avec Wren, tu te déconnectes aussi sec ! Vous échangez des trucs porno ou quoi ?

— C'est la puberté ! crie Gregory depuis la cuisine.

— La ferme ! crie Jack en retour. Monsieur !

Je voudrais rire, mais Jack me serre plus fort. Quelque chose ne va vraiment pas.

— Hé, toi…, fais-je en me dégageant pour prendre son visage entre mes mains. Si tu ne me dis pas tout de suite ce qui ne va pas, je vais mourir. Et m'envoler. Ou attends… faire l'inverse. Je ne crois pas que des trucs morts puissent voler à moins qu'il s'agisse de zombies croisés anges. Et je ne suis certainement pas un ange…

La bouche de Jack se colle à mon oreille.

— Épouse-moi.

Je me fige à ces mots. Une horde de frissons glacés me parcourt le corps.

— Qu… quoi ?

Il ronchonne et fourre son nez dans mon cou. Je sens ses joues rougir contre ma peau.

— Ne m'oblige pas à me répéter…

— Jack, qu'est-ce que…

— Épouse-moi, répète-t-il malgré tout. Sois ma femme. Je veux que tu sois ma femme, Isis. Je veux que… je veux que tu sois à moi.

— Je suis à toi, espèce de crétin, fais-je avant de l'embrasser dans le cou.

— Je sais. Mais je veux que tout le monde le sache. Je veux que ta mère et ton père viennent, je veux que Wren et Kayla soient là, Diane et Yvette, et Charlie…

— Tu crois qu'il viendrait ?

Jack éclate de rire.

— Évidemment. Il est ronchon avec moi, mais il m'aime bien dans le fond. Il viendrait avec sa grand-mère. Tu l'adorerais ; elle est beaucoup plus sympa que lui. Je veux juste qu'ils soient tous là et qu'ils voient comme on est heureux, et je veux qu'ils fassent la fête avec nous et qu'ils te voient en robe blanche, souriante, en train de découper ton gâteau, heureuse.

Je mûris sa proposition. Se marier est énorme. Le mariage est la fin du conte de fées de toutes les héroïnes de film, selon le point de vue étriqué d'Hollywood sur le bonheur. C'est le cliché ultime. Le moi d'il y a deux ans aurait levé les yeux au ciel à cette seule idée. Mais si vous mettez Jack sur la photo de mariage, ça paraît soudain moins terrible.

Passer le reste de ma vie avec lui me semble parfait, d'une certaine façon.

— Tu n'as pas vu tes parents depuis deux ans, insiste Jack. Et moi non plus. Imagine deux secondes cette maison pleine de gens…

— Et on les ferait dormir où ?

— Imagine l'hôtel du village rempli de gens, reprend-il. Toutes les personnes que tu aimes. Tu pourrais leur faire visiter le coin, on pourrait aller à la plage, tirer des feux d'artifice, tu préparerais le meilleur gâteau que la terre ait jamais porté…

— Chaque gâteau que je prépare de mes blanches mains est le meilleur de toute l'histoire de l'humanité…, dis-je d'un ton hautain.

Jack enfonce alors ses doigts dans ma peau. Je glousse de rire et me détourne, mais il se penche et m'attrape de nouveau.

— Et tu serais… tu serais Isis Hunter. Si… si ça te convient, bien sûr. Tu n'y es pas obligée. Je suis parfaitement heureux comme ça, mais je me disais que… je ne sais pas… juste que…

Je me tourne et l'embrasse avant de le pousser sur le lit pour m'asseoir sur son ventre.

— OK. Admettons que je t'épouse. Qu'est-ce que ça me rapporte ?

— Je dédierais ma vie à ta seule personne, répond-il avec sérieux.

— Tu es déjà plutôt dévoué, fais-je, tout sourire, avant d'embrasser sa mâchoire, puis sa clavicule.

— Je te protégerais. Comme toute bonne ennemie jurée se doit de l'être.

Je ris de nouveau contre sa poitrine et y laisse traîner mes lèvres.

— Je serais à toi, ajoute-t-il. Dans tous les sens du terme.

— C'est déjà le cas.

Il me tire vers lui pour m'embrasser avec fièvre avant de nous retourner et de me plaquer contre les coussins.

— Alors c'est facile, dans ce cas, déclare-t-il avant de me mordiller l'oreille. Tout ce qu'il te reste à faire, c'est choisir une robe blanche, préparer un gâteau et prévenir nos familles.

— Tu veux juste me voir en robe de mariée..., je ricane.

Il me regarde de haut en bas avant de m'adresser un petit sourire présomptueux et de faire claquer l'élastique de mon maillot de bain contre ma cuisse.

— Tu ne vas quand même pas me le reprocher, si ?

— Je te reproche tout : la faim dans le monde, Ronald Reagan, Lady Gaga... mon statut actuel de petite-amie-sur-le-point-de-perdre-sa-vertu.

Il rit. J'ai juste envie de l'embrasser encore et encore. Pour toujours. Mais il fait la moue.

— Alors, c'est non ?

Je passe mes bras autour de son cou et l'attire plus près.

— Tu me prends pour qui ? Je suis Isis Blake. Je tente tout au moins une fois. Ou quatre...

Le regard de Jack est sérieux et dur. J'arrête aussitôt de plaisanter.

— ... et je serai donc honorée de tenter le mariage avec toi...

Jack sourit.

— ... espèce de crétin.

Chapitre bonus

Mec aux Couteaux

Même deux ans après, Isis continue de m'appeler Mec aux Couteaux.

Tous ceux qui l'entendent ont la même question à la bouche : « Tu ne connais pas son vrai prénom ? » J'ai toujours envie de les reprendre ; bien sûr, qu'elle le connaît. Elle m'a envoyé une invitation pour son mariage, après tout. Et pour qui aurais-je fait tout ce trajet et porté un smoking trop grand pour moi dans une espèce de pré perdu dans la campagne française ?

Tous les invités sont rassemblés sur des chaises en plastique branlantes, dans leurs plus beaux vêtements malgré la petite pluie qui menace et dont personne ne semble se soucier. La mère d'Isis sourit à pleines dents. Son père est absent, en revanche. Il devrait être assis aux côtés de sa fille. Mais Isis lui aurait apparemment dit de ne pas venir avec sa nouvelle femme et leurs filles, et il aurait décliné l'invitation. Son père pourrait être un plus grand trou du cul que le mien, ce qui n'est pas peu dire. La mère de Jack est assise à sa place, les yeux humides à la perspective du moment à venir. Kayla et Wren n'ont pas changé depuis le lycée. Ils sont assis dans des fauteuils côte à côte et se murmurent à l'oreille avec excitation.

Allez comprendre : la fille la plus sexy et le mec le plus ringard du lycée sortent ensemble dans la vraie vie.

Et allez comprendre *bis*, Avery est là, elle aussi. La reine des vipères, la brute qui s'habille en Balenciaga, est là. Ça fait bizarre de la voir assise là, sans maquillage, avec ses cheveux roux détachés et sa robe toute simple. Elle avait tout le temps un petit rictus, avant. Mais là, son expression est juste… douce. Elle contemple le pré et l'assistance comme si elle les voyait pour la première fois. Nos regards se croisent. Je la salue de la tête. Ma mâchoire manque tomber par terre quand elle me sourit en retour. Un petit sourire, mais si sincère que j'ai du mal à croire qu'il s'agit de la fille que j'ai connue. Je n'aurais jamais cru que quelqu'un d'aussi pourri gâté et mesquin qu'Avery pourrait se bonifier. Mais je me trompais peut-être.

Peut-être certaines personnes changent-elles pour de bon ?

Deux filles que je ne reconnais pas sont installées près d'Avery. La première a un look gothique. L'autre est petite et a une tête d'ange. Elles s'embrassent et jouent avec leurs cheveux. Il me semble qu'Isis a dit qu'elles étaient à la fac ensemble. Je ne me rappelle pas leurs prénoms, en revanche. À l'inverse de celui de la femme tout au bout de la table : Beth, la tante d'Isis, celle qui l'a élevée. À la vue des foulards colorés qu'elle a enroulés un peu partout autour d'elle, je comprends pourquoi Isis est aussi tonitruante.

Le prêtre, qui n'en est pas vraiment un, est un grand gaillard aux cheveux blancs et en costume de tweed. Il aurait été le patron de Jack ou un truc dans le genre, mais serait également habilité à marier les gens. Ses yeux se mettent soudain à briller. Les mariés ont dû enfin arriver.

Nous nous retournons tous en même temps. Jack et Isis remontent l'allée étroite entre les chaises. Jack est d'une classe folle dans son smoking noir. La vie est injuste : les mecs comme lui deviennent de plus en plus beaux en vieillissant. Jack semble heureux. Il l'était déjà quand Isis et lui se chamaillaient. Mais ce serait comparer un simple bouton à une rose pleinement éclose. Il semble ne pas y croire, mais son sourire parle à sa place. Je n'aurais pas cru voir ça un jour.

Isis est et sera toujours son exact opposé : elle arrive à peine à ne pas sauter sur place. Je ne peux m'empêcher de sourire à sa vue. Elle a toujours eu cet effet sur moi. Quoi qu'elle ressente, elle finit toujours par déteindre sur ceux qui l'entourent. Elle se dandine dans sa robe comme si elle n'arrivait pas à contenir son énergie. Sa tenue n'est pas sophistiquée : aucune dentelle, juste une robe d'été blanche toute simple. Ça lui va bien. Son apparence a toujours été en adéquation avec celle qu'elle est dans le fond. Ses cheveux sont remontés en queue-de-cheval, et elle tient un petit bouquet de fleurs sauvages.

Isis salue comme une folle ses amis et sa famille avant de recommencer à sourire à Jack. Ils s'arrêtent devant l'homme au costume de tweed. Il les salue tour à tour et débite ensuite le laïus habituel « dans la maladie et dans la santé ». Isis lui demande d'accélérer le mouvement parce que le gâteau a vraiment l'air trop bon. Le type rit sans se vexer. Jack lui soutient que le gâteau ne s'envolera pas. Mais le gâteau n'est qu'une excuse ; même moi je comprends qu'elle demande ça pour nous éviter de nous prendre la pluie. Elle fait semblant d'être irrespectueuse, mais elle se préoccupe de nous, en fait.

Le mec en tweed termine son speech par « vous pouvez embrasser la mariée ». Ils se penchent l'un vers l'autre. Le visage d'Isis est si rouge qu'on dirait qu'elle embrasse Jack pour la première fois. Leurs lèvres finissent par se toucher. L'assistance siffle et applaudit. Même Avery.

Quand la tempête se déchaîne, Isis nous conduit à travers champs vers leur maison, où nous nous réchauffons. Elle sort des serviettes et insiste pour que nous nous séchions. Nous nous serrons dans le salon jusqu'à ce que les mariés reviennent avec le gâteau : une gigantesque tour avec le glaçage le plus immonde que j'aie jamais vu. Deux petites figurines en forme d'êtres humains, l'un avec les yeux bleus et l'autre bruns, sont enfoncées au sommet du gâteau. Isis déclare qu'il ne ressemble pas à grand-chose, mais qu'elle l'a fait elle-même et « promet qu'il a bon goût ou qu'on vous remboursera si vous pensez le contraire ». Tout le monde rit. Jack se contente de secouer la tête et de sourire.

Le regard chaleureux d'Isis croise alors le mien. Elle se précipite aussitôt vers moi et me prend par le bras avant de m'entraîner vers le gâteau. Elle fourre quelque chose de froid et de métallique dans ma main : un couteau.

— Nous ferez-vous l'honneur, cher Mec aux Couteaux ? demande-t-elle.

J'opine et pose la lame sur la tour.

— Évidemment.

— Attends, attends, *attends* ! crie Kayla. Tu ne peux pas le couper comme ça ! Tu dois dire quelque chose avant !

— Comme quoi ? Je suis nul pour les discours. C'est le truc d'Isis, pas le mien, je grogne.

— Un seul mot suffira, intervient Jack.

— Ou deux, si jamais tu te sentais d'humeur généreuse, me taquine Isis.

Je soupire et réfléchis dans un silence assourdissant. Je contemple le visage d'Isis, puis celui de Jack avant de regarder autour de moi. C'est fou. C'est *fou* d'être là, avec eux, à leur mariage. La vie passe tellement vite. Et pourtant, je sais sans l'ombre d'un doute que tout ira bien pour Isis et Jack.

Je les regarde et souris.

— Tout ira bien pour vous.

C'est tout. Je n'ai jamais été très doué avec les mots ni pour dire ce qu'il faut au bon moment. Ce n'est pas un grand discours digne d'applaudissements. J'ai presque honte. Mais je vois alors la poitrine de Jack se gonfler, de fierté ou de gratitude, et les yeux d'Isis devenir humides, sur le point de pleurer de joie.

Je lève alors le couteau et l'enfonce dans le gâteau sous les acclamations de tous.

Ouvrage composé par
FACOMPO

Achevé d'imprimer en Allemagne
par GGP Media GmbH
à Pößneck
en février 2018

MIXTE
Papier issu de
sources responsables
FSC
www.fsc.org
FSC® C003309

Pocket Jeunesse, une marque d'Univers Poche,
est un éditeur qui s'engage pour
la préservation de son environnement
et qui utilise du papier fabriqué à partir
de bois provenant de forêts gérées
de manière responsable.

PKJ
www.pocketjeunesse.fr
• POCKET JEUNESSE

12, avenue d'Italie – 75627 PARIS Cedex 13